CHAGRIJINIGE PUCK

MISHA BELL

♠ MOZAIKA PUBLICATIONS ♠

Uitgegeven door Mozaika Publications, onderdeel van Mozaika LLC.
www.mozaikallc.com

Ontwerp cover: Najla Qamber Designs
www.qamberdesignsmedia.com

Vertaling: Missy Veerhuis

ISBN: 979-8-89796-047-7
Print ISBN: 979-8-89796-046-0

HOOFDSTUK 1
CALLIOPE

Ik staar in de spiegel in de badkamer. De krankzinnige ogen van een moordende clown/pluche beer-hybride kijken me van onder een gigantische rode bril aan.

"Oké, Calliope," zeg ik tegen mezelf. "Tijd om in karakter te komen." Ik trek mijn wenkbrauw op en grom: "Berenman boos. Berenman wil honing — de zoete nectar, de poep van bijen, geen Pookie-poo met grote borsten. Grom. Nu wil Berenman een stukje van Pookie-poo's kont."

Onder het hoofd van de clownbeer masseren Wolfgangs kleine teentjes geruststellend mijn hoofdhuid. Ik pak een rattenbrokje uit de zak van mijn spijkerbroek en steek hem stiekem onder mijn hoofddeksel.

Ja, ik heb een van mijn ratten meegenomen naar deze nieuwe baan. Nee, ik heb mijn lesje niet geleerd, zelfs niet nadat ik uit elk themapark in Orlando was verbannen omdat ik als een rat in de val was betrapt.

Maar hoe kon ik Wolfgang niet mee laten gaan? Hij krijgt vreselijke verlatingsangst als ik zonder hem wegga.

Er spoelt een toilet door, wat ik als mijn teken neem om het toilet te verlaten en op zoek te gaan naar de ijsbaan.

Waar dat ook is.

Misschien had ik het aan de HR-vrouw moeten vragen? Of aan de coach?

Deze arena is enorm, veel groter dan wat ik me had voorgesteld dat een hockeyteam uit Florida zou hebben. Ik dwaal door de ene gang na de andere voordat ik een gespierde kerel tegenkom die me aan een kangoeroe doet denken.

"Pardon," zeg ik. "Welke kant moet ik op voor de ijsbaan?"

Hij vertelt het me, maar als ik zijn aanwijzingen opvolg, beland ik in een ruimte die naar chloor ruikt en waar het water nog in vloeibare vorm is.

"Denk je dat ijsbanen zwembaden zijn als ze niet koud genoeg zijn?" vraag ik aan Wolfgang.

Ik kan me zoals gewoonlijk zijn antwoord voorstellen. Het komt op een professorale toon met een zwaar Duits accent:

Meine Liebe, de energie die nodig is om zo'n grote hoeveelheid water te bevriezen, zou astronomisch zijn. Die elektriciteit zou veel beter besteed kunnen worden aan het laten draaien van pompen die aan een miljoen koeienuiers zijn bevestigd, zodat de resulterende melk in een miljard met gelukzaligheid gevulde blokjes cheddar kan worden omgezet.

Ik zucht. Het lijkt erop dat ik mijn telefoon tevoorschijn moet halen en moet bellen —

Hoor ik een groep hyena's achter me?

"Meneer Bloom!" schreeuwt iemand hard voordat ik me kan omdraaien. "Bent u er klaar voor om te gaan zwemmen?"

Meneer Bloom?

Wacht eens even. Dat is de naam van de mascotte, wat betekent —

Iemand duwt me van achteren.

Shit. Mijn harige armen zwaaien als die van een vogelverschrikker in een orkaan, en dan val ik zo in het zwembad.

Plons.

Ik trek het hoofd van de beer van me af om er zeker van te zijn dat Wolfgang vrijuit kan zwemmen. Dan spuug ik het vervelende zwembadwater uit dat in mijn mond terecht is gekomen.

"Wat de fuck?" zegt een dreigende, grommende stem vanaf het droge. "Dat is Ted niet."

Bedoelt hij de man die ik heb vervangen? Zou niet iedereen hier moeten weten dat hij vermist wordt? Maar aan de andere kant misschien ook niet. De coach heeft me tot geheimhouding gezworen.

Er is een enorme plons en dan slaat er onder het water een grote, sexy harige arm zich om mijn middel.

Oké. Dit is een redding. Goddank.

Ik pak Wolfgang vanwaar hij zijn best doet om te

blijven drijven en laat de eigenaar van de arm me uit het zwembad slepen en me op mijn voeten zetten.

"Ze is overal aan het druipen. Haal haar uit het pak," zegt de kangoeroe-achtige man die me met de aanwijzingen heeft misleid. Hij is een van de verschillende gespierde kerels die bij de ingang van het zwembad staan en duidelijk achter me aan zijn geslopen.

"Raak haar aan en ik breek je vingers," zegt de norse stem van mijn redder.

"Dat is behoorlijk gewelddadig," zeg ik, terwijl ik me omdraai om de spreker te bekijken.

En... wauw.

Hij heeft geen shirt aan en is zo gespierd als een god. Zijn gezicht is fel, hoekig en bijna perfect symmetrisch, op zijn aristocratische neus na, die ooit gebroken lijkt te zijn geweest en vervolgens enigszins onvolmaakt genezen is — wat alleen maar de perfectie van al het andere benadrukt.

Hij bekijkt me langzaam met een paar sombere ogen die donkerder zijn dan de binnenkant van een zwart gat.

O jeetje.

Er zitten stoppels op zijn wangen die ik wil aanraken.

Maar dat doe ik niet.

Als ik ongepast zou zijn, dan zou ik in plaats daarvan het dikke haar op zijn naakte borst aanraken. Lichaamshaar is als het om mannen gaat mijn seksuele kryptoniet en zelfs nu, koud en beschaamd, merk ik dat ik op meer dan één manier nat ben.

"Gaat het?" vraagt hij met die grommende stem van hem en stopt dan een natte pluk van mijn haar achter mijn oor.

O. Mijn. Fucking. God. Zijn aanraking is als de steek van een sidderaal... rechtstreeks op mijn clitoris. En tepels. En —

"Bel verdomme een ambulance," gromt mijn redder naar de kangoeroeman. "Doe het snel, en misschien vermoord ik je dan niet omdat je me erin hebt geluisd om haar te duwen."

Wacht...

"Heb je me geduwd?" Ik kijk boos naar zijn belachelijk knappe gezicht.

"Het was een misverstand," antwoordt de man. "Ik dacht dat je Ted was, en die daar" — hij gebaart naar de kangoeroeman of een van de andere gespierde kerels — "had me verteld dat Ted me een —"

"Luister,   Michael,"   zegt   Kangoeroe samenzweerderig. "Ted heeft je een —"

"Ik ben Ted niet." Ik grijp het hoofd van mijn beer van waar hij bij de rand van het zwembad drijft en kijk jaloers toe hoe Wolfgang over mijn arm naar mijn schouder klautert en vakkundig zijn natte vacht afschudt.

De klootzak — Michael — vernauwd zijn donkere ogen naar mijn kleine vriend. "Is dat een rat?"

"Nee, het is een giraffe." Ik draai me om en sjok met soppende geluiden weg.

"Fucking fuck," gromt Michael. "Wacht even."

"Laat me je met die natte kleren helpen!" schreeuwt de kangoeroe.

"Zeg niets meer over haar kleren." Michaels gegrom wordt bedreigend. "Niet als je de kleine knikkers wilt houden die voor je ballen doorgaan."

"Dus je hebt zijn ballen bekeken?" zeg ik over mijn schouder en ik wens meteen dat mijn oudste broer hier was.

Hij zou uit het niets een paar sponsballen laten verschijnen en mijn woorden 'geestig' noemen.

"Wil je verdomme rustiger aan doen?" moppert Michael en hij gaat naast me lopen. "Waar denk je heen te gaan?"

"De ijsbaan." Waar dat ook is.

"Het is daar koud. Je zult je dood tegemoet gaan. Ga je in ieder geval eerst omkleden."

"Ja, in wat?"

Blijkbaar is toen Ted verdween, het back-up mascottepak, samen met al zijn wereldse bezittingen, uit zijn appartement verdwenen.

Correctie, *mijn* nieuwe appartement.

Yep. Een van de belangrijkste voordelen van deze baan is een huurvrije plek om te slapen, dus ik hoef niet bij het letterlijke circus te wonen dat mijn familie is.

"Ik kan helpen," zegt Kangoeroe, terwijl hij achter ons aan draaft. "Dat wil zeggen, wat kleren vinden."

Michaels gegrom wordt ijzig. "Wat heb ik net gezegd, Jack? Dit is je laatste waarschuwing."

Kangoeroe Jack? Ik zou zweren dat mijn oma onlangs een film met die exacte titel aan het kijken was terwijl ze haar koorddansroutine aan het repeteren was.

"Ik moet naar het team," leg ik zonder te stoppen uit. "De coach heeft me verteld dat ze op het punt staan om de training op de ijsbaan af te ronden."

Hij zei ook dat deze eerste week een proeftijd is en dat ik de baan zal verliezen als ik het verpest. Of als Ted met een "wonderbaarlijk goed excuus voor zijn verdwijning" opduikt.

"Je hebt het team al ontmoet," vertelt Michael me. "Herinner je je die idioten bij het zwembad nog?"

O. Geweldig. Ik draai me om en kijk hem aan. "Is het huidige gezelschap inbegrepen?"

Hij fronst. "Ik zit in het team, maar weinig mensen noemen me een idioot en —"

"Je bent een idioot," zeg ik.

Kangoeroe Jacks ogen worden groter.

"Ik heb je geduwd, dus ik zal dat deze keer negeren," gromt Michael door zijn tanden die zo stevig op elkaar worden geklemd dat hun glazuur in grote problemen zit. "Kom morgen terug. Als onze coach ernaar vraagt, dan zullen we allemaal zeggen —"

"Goed dan." Wolfgang zou een sessie onder een föhn op prijs stellen. "Het was niet aangenaam om kennis met je te maken."

Tenzij we zijn aanraking tellen, en het feest waar mijn ogen van genoten totdat ik erachter kwam wat voor soort man hij is.

Michaels kaak verstrakt verder. "Het gebrek aan plezier was wederzijds, dat kan ik je verzekeren."

"Dat zijn geen echte uitspraken," klaagt Kangoeroe Jack.

"Ga naar de pik!" snauwt Michael naar hem.

Voor zover ik weet, is dat ook geen gezegde, maar ik vind het leuk en ik kan het op mijn jongste zus gebruiken als ze me de volgende keer een van haar vreselijke kronkelige pretzelhoudingen probeert te laten zien.

Ik blijf lopen, negeer de mannen die achter me aanzitten en bereik al snel de kleine kast die als kleedkamer aan me was toegewezen. Voordat ik naar binnen kan, merk ik dat iemand behulpzaam een lange, smalle spiegel voor de deur heeft achtergelaten, waardoor ik de volgende keer dat ik me aankleed niet naar de badkamer hoef te rennen.

Mijn reflectie laat me huiveren. Ik zie eruit als een trieste, doorweekte beer die net een vergelijkbare natte clown heeft gegeten... en die nu buikpijn heeft.

Niet in staat om mezelf tegen te houden, kruip ik in mijn rol. "Grom. Berenman is zo boos. Berenman nat, als een poesje."

Er is zo'n luide snak naar adem van Kangoeroe Jack dat ik half verwacht dat hij staat te zwijmelen als ik me omdraai om te kijken wat er aan de hand is.

Wauw. Om de een of andere onbekende reden staart Michael me met zo'n dreiging op zijn gezicht aan dat je zou denken dat ik zijn pup heb verdronken, zijn kitten heb opgegeten en zijn gelukspuck in mijn kont heb gestopt.

"Weet je wat er met de laatste persoon is gebeurd die hem zo bespotte?" roept Kangoeroe Jack verschrikt uit. Hij werpt een nerveuze blik op Michael en vertelt me beverig: "Hij heeft vier tanden verloren."

"Hou verdomme je kop," gromt Michael.

"O, natuurlijk. Het waren er geen vier," zegt Kangoeroe Jack, terwijl hij zich van Michael terugtrekt alsof hij radioactief is. "Het waren er zeven."

HOOFDSTUK 2

MICHAEL

"Waar heb je het over?" Het mascottemeisje houdt de rat beschermend tegen haar borst, alsof ik ooit een vrouw of een klein dier pijn zou doen.

Een steek van pijn in mijn kaak laat me beseffen dat ik mijn tanden te hard op elkaar heb geklemd... alweer. Ik kan niet anders dan boos naar haar staren. "Doe je nu of je dom bent?"

Iedereen weet dat ik het haat om een beer genoemd te worden. Het is iets waar ik dankzij de lompe ouders die ik nooit meer heb ontmoet sinds mijn kindertijd mee te maken heb gehad. Voordat ze me in de steek lieten, hebben ze me twee dubieuze geschenken gegeven: de achternaam 'Medvedev' en als voornaam 'Mikhail' of kortweg 'Misha'. Medvedev vertaalt zich rechtstreeks naar "van beer" uit het Russisch, en Misha wordt — dankzij een andere verdomde mascotte, die van de Olympische Spelen in Moskou — ook met verdomde beren geassocieerd. O, en toen ik naar de VS verhuisde, werd het alleen maar erger, omdat Russen in het algemeen met beren worden geassocieerd. Om nog maar te zwijgen van het feit dat ik in dit verdomde team zit, dat —

"Noemde je me net dom?" De mooie groene ogen van het meisje vernauwen zich tot kleine spleetjes.

"Dat heb ik niet gedaan, maar dat zou ik kunnen doen," zeg ik tegen haar. "Het is tenslotte stom om de beer te porren."

Fucking fuck. Ik noemde mezelf net een beer, nietwaar?

"Ja, hij haat het als iemand hem een beer noemt," legt Jack behoedzaam uit, en de enige reden dat ik hem niet knock-out sla, is omdat ik het meisje niet bang wil maken... meer dan dat ik al heb gedaan.

"Ik zou het zelfs niet over beren hebben bij hem in de buurt," vervolgt Jack. "We bieden hem niet eens bier aan, voor het geval —"

"Wacht." Ze knippert met lange en afleidende vrouwelijke wimpers naar ieder van ons. "Jullie team wordt de Florida *Bears* genoemd."

De enige reden waarom ik mijn tanden niet naar haar — of naar wie dan ook — laat zien, is dat dit alleen maar verdere vergelijkingen met verdomde beren zal opleveren. "Het team heette de Orlando Blooms toen ik werd opgeroepen." En nu zit ik met hen opgescheept.

"Wauw. Dat was een vreselijke naam." Ze onderzoekt het clownberenhoofd van de mascotte waar ik zo'n hekel aan heb. "Dat verklaart in ieder geval waarom deze meneer Bloom wordt genoemd."

"Alles is beter dan de huidige naam," snauw ik. Zelfs Kloothommel zou een verbetering zijn. Of Klootzak. Of Bloomin' Onions.

Iedereen schudt zijn hoofd, misschien zelfs de rat.

"We zijn niet eens in Orlando," zegt de mascotte.

"We zouden dan gewoon de Florida Blooms kunnen zijn," antwoord ik.

"Er is ook die acteur," zegt ze.

Ik bal mijn vuisten en laat ze weer los. "Fuck hem."

"Ik denk niet dat hij me zou willen neuken," zegt ze weemoedig.

De golf van jaloezie die door mijn aderen stroomt, is net zo verrassend als ongewenst. Ik heb geen idee wat me overkomt. Extra commentaar: de acteur zou een eunuch moeten zijn om dit meisje niet te willen neuken. Toegegeven, haar lichaam is door het afschuwelijke pak verborgen, maar ze is lang en ze heeft een opvallend mooi gezicht. Met haar roze haar, roze wangen en delicate nek doet ze me aan een flamingo denken. En flamingo's zijn een van de weinige dingen die ik leuk vind aan deze verdomde staat. Misschien wel het enige.

Ze is zelfs zo mooi dat ik het haar bijna kan vergeven dat ze me een verdomde Berenman noemt. Vooral omdat ik haar in het zwembad heb geduwd.

"Weet je wat?" zeg ik grootmoedig. "We staan nu quitte."

"Gewoon zomaar?" Jack staart me aan alsof ik veren heb gekregen.

"Excuseer me." Het meisje recht haar rug; dat is wanneer ik me realiseer hoe lang ze is — de bovenkant van haar hoofd komt bijna tot aan mijn kin. "Toen ik je delicate gevoelens kwetste, begon ik in karakter te komen; ik was niemand aan het treiteren. Hoe verhoudt dat zich tot het feit dat je me *expres* in het zwembad hebt geduwd?"

"Om in karakter te komen?" vragen Jack en ik in koor.

"Ja." Ze tilt het hoofd van de beer voor haar op en zegt met een overdreven grommende stem: "Berenman boos. Berenman heeft een vrouw in zich, in plaats van andersom."

Mijn tanden klemmen zich onwillekeurig op elkaar. "Zoals ik al zei, ik heb je niet geduwd. Het was een misverstand." Ik kijk boos naar Jack, die wijselijk buiten mijn stoot- en schopbereik stapt. Ik richt mijn aandacht weer op het meisje. "Jij hebt me aan de andere kant expres bespot. Nu nog een keer."

"Nee. Berenman is meneer Bloom." Ze zwaait met de mascotte voor m'n neus. "Jij bent niet meneer Bloom... toch?"

"Noem dan je onzichtbare vriend meneer Bloom als je in je rol komt," snauw ik. "Of beter nog, kom niet in je rol als ik binnen gehoorsafstand ben."

Ze ontbloot haar tanden — waardoor *zij* er helemaal niet als een beer uitziet. Waarschijnlijk omdat de tanden klein, wit en heel mooi zijn. "Ik heb een nog beter idee," sist ze. "Zullen we helemaal niet met elkaar praten? Nooit."

Ik vecht tegen de drang om naar haar te grommen. "Ik vind het prima." Ik draai me op mijn hielen om. "Laten we gaan, Jack."

Terwijl Jack meegaat, ziet hij er terughoudend uit — wat hem bijna wat tanden kost.

Ik wacht tot we buiten de gehoorsafstand van de mascotte zijn voordat ik tegen Jack verklaar: "Ze is verboden terrein."

Hij ziet er verbaasd uit. "Om te daten, of om grappen mee uit te halen?"

"Verboden terrein." Ik doordrenk de woorden met een belofte van castratie. "Verspreid het woord."

Jack schraapt zijn keel. "Je weet dat het team een ontgroeningsritueel heeft. Of ze nu wel of niet een mascotte is, ze zit in het team en is een nieuweling..."

"Fucking fuck." Die klootzakken kunnen ook snel zijn. Op mijn eerste dag hadden die klootzakken mijn kleren gestolen en hadden ze het mascottekostuum in hun plaats achtergelaten. Ik weet niet wat de fuck ze hadden verwacht dat er zou gebeuren, maar ik ben naakt de kleedkamer uit gegaan en drie van hen zijn op de eerste hulp beland.

Wat de fuck gaan ze met *haar* doen?

"Waar zijn die klootzakken?" vraag ik woedend en als hij zegt dat hij het niet weet, ga ik op zoek naar de rest van het team.

Ik vind ze buiten de hoofdingang van de arena, dus ik vertel ze om verdomme heel goed naar de woorden te luisteren die ik op het punt sta te zeggen, alsof hun gezondheid ervan afhangt. Ik leg dan uit dat als het om de nieuwe mascotte gaat er geen grappen zijn toegestaan.

"Maar iedereen wordt op hun eerste dag voor de gek gehouden," zegt Isaac, onze zogenaamde kapitein.

Ik pak hem bij de kraag van zijn shirt en til hem van zijn voeten. "Behalve zij. Is dat duidelijk?"

"Eerlijk gezegd hebben deze idioten hun grap al in gang gezet," zegt Dante, onze keeper, die de meest competente speler is en het dichtst bij een vriend staat die ik in dit verdomde team heb.

O, en als onze competitie de keeper toestond om teamaanvoerder te zijn, dan zou hij die van ons zijn, en niet de strontvlek die ik momenteel vasthoud. Deze man kan het woord 'leider' niet eens spellen.

Ik laat Isaac los en draai me naar Dante. "Nu al?"

Dante haalt zijn vampierbleke hand door zijn gitzwarte haar. "Iedereen in het gebouw staat op het punt om een mobiele telefoonwaarschuwing te krijgen die hen instrueert om te evacueren."

Alsof het een teken is, gaat mijn telefoon en het bericht is precies wat Dante zei dat het zou zijn: wat onzin over een gaslek.

Mijn kiezen klemmen zich weer vast. "Ik neem aan dat het meisje dit bericht niet krijgt?"

Een aantal van hen schudden hun hoofd.

Mijn blik gaat naar Isaac. "En wat gebeurt er vervolgens?"

"Niets ergs," zegt Isaac ineenkrimpend. "Als onderdeel van het noodprotocol worden alle deuren automatisch vergrendeld. Maar ze gaan morgen weer open."

Ik weet niet hoe, maar Isaac bungelt weer in mijn vuist. "Ze is doorweekt van het zwembadfiasco en je staat op het punt om haar in een gebouw met airconditioning op te sluiten?"

"Het was niet mijn idee," zegt Isaac.

Wat een klootzak. Ik walg van hem en laat hem los en scan de schuldig uitziende gezichten om me heen. "Wiens verdomde idee was het dan?"

"Jacks," zeggen ze in koor.

"Wat?" Mijn vuisten klemmen zich samen terwijl ik me naar Jack draai. "Je bent de hele tijd bij me geweest."

Jack gaat achteruit, en wordt bleek. "Ik had het bedacht voordat je zei dat ze verboden terrein was. De conciërge heeft geholpen. Ik kan hem bellen om het systeem eerder te resetten, of —"

"Hoelang duurt het voordat de deuren op slot gaan?" snauw ik.

"Vijf minuten."

Ik draai me net op het moment naar de arena dat de eerste leden van het personeel weggaan. "Jullie kunnen maar beter bidden dat ik op tijd kom."

HOOFDSTUK 3

CALLIOPE

"Het lef van die man." Ik zet Wolfgang op het tafeltje in mijn geïmproviseerde kleedkamer.

Zijn kraalogen glinsteren, alsof ze met wijsheid gevuld zijn.

Meine Liebe, zulke mannen moeten in dennenbossen ontspannen, warme baden nemen en grote hoeveelheden kaas eten.

"Geweldig. Nu heb ik een mentaal beeld van Michael die op zoek naar honing naakt door het bos zwerft... en dan in een warme stroom ontspant."

Wolfgang wrijft met zijn voorpoten over zijn gezicht, alsof mijn vuile gedachten hem zich onrein hebben laten voelen.

"Whatever." Ik zoek in het kamertje naar iets droogs dat ik kan dragen.

Stoffige tijdschriften. Nee.

Gatorade die over datum is. Nee.

Een stapel hockeyshirts. Bingo.

Ik kleed me uit en gebruik er een paar als de slechtste handdoeken ooit en trek dan de grootste aan, wat toevallig nummer acht is.

Oké. Het shirt kriebelt en is veel te ruim, maar het bedekt al mijn meisjesonderdelen, dus het zou kunnen werken.

Ik zet een paar stappen en krimp ineen. Op deze manier zonder ondergoed lopen zal verschrikkelijk zijn. Misschien kan ik beter nat ondergoed dragen dan geen?

Er klopt iemand zo hard op de deur dat Wolfgang piept en van de tafel op mijn arm springt voordat hij zich naar mijn schouder haast.

"Wie is daar?" roep ik.

"Michael," gromt een bekende stem op een zeer beerachtige manier. "Kom eruit. Snel."

Ik ga naar de deur, maar doe hem niet open. "Ik zal naar buiten komen als ik klaar ben." En als ik ondergoed aan heb.

"Moet ik deze verdomde deur openbreken?"

"Hebben we net niet besloten om niet met elkaar te praten?" Ondanks mijn strijdlustige woorden gebruik ik een rustgevende toon die mijn opa me heeft geleerd. Hij heeft leeuwen getraind, maar zijn technieken werken ook bij ratten, dus ik denk dat een beer niet zo anders zou moeten zijn.

"Fucking fuck," gromt hij. "Kunnen we beginnen met niet te praten nadat ik je uit dit verdomde gebouw heb gehaald?"

Nieuwsgierigheid zit in mijn familie, dus ik kan niet anders dan de deur op een kier openen. "Waarom wil je me uit het gebouw halen?"

"Mijn stomme teamgenoten halen op dit moment een grap met je uit," snauwt hij. "Over vijf minuten zullen alle deuren in deze verdomde plek op slot gaan."

Shit. "Waarom heb je dat niet meteen gezegd?"

"Ik dacht dat het genoeg zou zijn om je te vertellen dat je snel naar buiten moest komen."

De enige reden dat ik niet in discussie ga, is het gebrek aan tijd.

Ik doe de deur volledig open. "Leid de weg."

Hij bekijkt me met een vreemde uitdrukking van top tot teen aan en gaat dan met enorme passen de gang door. Ondanks mijn langer dan gemiddelde benen, moet ik joggen om hem bij te houden, terwijl ik Wolfgang vastklamp om ervoor te zorgen dat hij niet van mijn schouder valt. Ik jog blijkbaar niet snel genoeg, want hij stopt bij de eerste bocht en kijkt me boos aan. "Begrijp je het concept van haast niet?"

"Ik sprint praktisch," gnuif ik. Ik was zelfs zo gehaast de kleedkamer uit gerend dat ik op blote voeten loop. Ik ben ook helemaal vergeten om het probleem met mijn ondergoed op te lossen, en nu voel ik een tocht langs mijn onderste regio's gaan, des te meer door de vochtigheid die wordt veroorzaakt doordat Michaels T-shirt zich aan zijn krachtig gespierde rug vastklampt.

Wolfgang zit op mijn schouder te piepen.

Meine Liebe, ik geef meestal de voorkeur aan vrouwtjes

en ratten, maar zelfs ik moet toegeven dat deze man er als goudse uitziet.

"Wat de fuck is 'praktisch' sprinten?" eist Michael. "Ren alsof je niet de hele nacht in dit gebouw wilt vastzitten."

Ik ben niet bereid om hardop toe te geven dat hij een goed punt heeft, ik begin echt te rennen en Michael voert zijn eigen tempo op, totdat we door de gangen sprinten en twee treden tegelijk van de trap springen.

Ondanks de haast, tingelt er iets als we net bij de deuren komen die onze bestemming zijn, en sluiten de stomme dingen zich recht voor onze neus.

"Fucking klootzakken." Michael slaat een vuist tegen de deur — het heeft geen effect. Hij begint dan in tongen te praten, of liever gezegd een specifieke taal die klinkt als wat er in films uit de Koude Oorlog wordt gesproken.

"Ben je in het Russisch aan het vloeken?" raad ik.

Hij stopt met zijn monoloog. "In welke andere taal zou een man met de achternaam Medvedev vloeken?"

Ik rol met mijn ogen. "Ik wist je achternaam niet eens."

"O." Hij haalt diep adem, ademt langzaam uit, en steekt dan zijn hand uit. "Ik ben Michael Medvedev."

Ik weet dat het slim zou zijn — zij het onbeleefd — om de aangeboden hand te negeren. Er is echter iets wat me ertoe aanzet om hem te schudden.

Wauw. Zijn greep is stevig en zijn handpalm is heerlijk eeltig. En warm. En sterk.

De zing naar mijn clitoris is deze keer nog sterker — waarvoor ik mijn gebrek aan slipje de schuld geef.

Ik laat met moeite zijn hand los en raap mezelf bij elkaar. "Ik ben Calliope Klaunbut," zeg ik, terwijl ik mijn achternaam als "claw-un-boot" uitspreek. "En, zoals ik al eerder zei, is het *niet* aangenaam om kennis met je te maken."

"Het gebrek aan plezier is nog steeds wederzijds." Hij draait zich terug naar de deur en slaat er weer met zijn vuist tegenaan.

"Probeer je hoofd," stel ik voor.

Hij draait zich naar me toe. "Waarom ben je zo verdomde rustig? Weet je niet dat we hier vastzitten?"

"Wat verwacht je dat ik doe?"

Hij bekijkt me van top tot teen. "Dat je je zorgen maakt over een verkoudheid of onderkoeling?"

Eerlijk gezegd heb ik het ondanks mijn gebrek aan kleding heet... en ben ik opgewonden, maar dat ga ik hem niet vertellen. "Is er een voorraadkast of iets dergelijks waar ik meer kleding kan halen?" vraag ik in plaats daarvan.

"Een momentje." Hij draait zich naar de deur en slaat er zo hard op dat ik half verwacht dat hij open zal barsten.

Maar nee. De zware deur is tegen de mishandeling bestand.

Michael draait zich naar me terug en ziet eruit als een beer die geen heerlijke zalm heeft gevangen.

"Als het je een beter gevoel geeft," zeg ik, niet zeker waarom ik de klootzak gerust probeer te stellen, "dan lijkt het erop dat het gebouwd is om een orkaan te weerstaan."

Hij gromt als reactie iets onverstaanbaars voordat hij zich op zijn hielen omdraait en in de richting stormt waar we vandaan waren gekomen.

Wolfgang en ik kijken elkaar aan.

Meine Liebe, denk je dat hij terug zal komen?

Ik volg de beer met een ophaal van mijn schouder — en ik moet weer mijn toevlucht tot rennen nemen om hem bij te houden. Dat is de reden dat als Michael plotseling op de eerste verdieping stopt, ik tegen hem aan loop.

Het is alsof je tegen een muur van pure, sexy spieren botst.

"Hier naar binnen." Hij gebaart naar de deur voor ons.

Ik bekijk het bord erboven. "De kleedkamer van het team?"

"Ze zijn er niet." Hij opent de deur en houdt hem verwachtingsvol vast.

Ach ja.

Ik stap naar binnen en het eerste wat me opvalt, is de muskusachtige — maar niet helemaal onaangename — geur van zweterige mannen. Het tweede wat me opvalt, is de enorme puinhoop.

"Wat nu?" vraag ik. "Verwacht je dat ik iets van je teamgenoten ga stelen?"

Als hij voorstelt dat ik wat van het vuile ondergoed pak wat er ligt, dan ga ik hem slaan.

"Niet stelen." Hij loopt naar een soort apparaat toe.

"Deze machine is bedoeld om vocht uit zwemkleding te persen. Je kunt het gebruiken om je eigen kleren droog te krijgen."

Huh. "Wacht hier."

Ik haast me terug naar mijn kleedkamer en kom met mijn spullen terug.

"Kijk weg," beveel ik hem.

"Waarom?" gromt hij.

"Omdat ik op het punt sta om een aantal onnoembare voorwerpen te drogen."

Had hij zich net te snel afgewend? Wat had hij verwacht te zien, afschuwelijk oma-ondergoed?

Whatever. Ik leg mijn ondergoed in de machine en druk op de knop.

Het ding klinkt als een uitgehongerd nijlpaard, terwijl het doet wat het doet. Daarna controleer ik mijn slipje.

Nee. Nog steeds te vochtig om comfortabel te dragen.

Fuck.

Ik laat hem nog een keer zijn ding doen en krijg hetzelfde resultaat.

Ik pak mijn telefoon uit de zak van mijn spijkerbroek en dank God dat hij waterdicht is. Ik test dan de machine op de spijkerbroek, en het werkt een klein beetje beter, in die zin dat hij van drijfnat naar onaangenaam vochtig gaat.

Hmm. "Geen succes," zeg ik tegen Michael. Ik bijt in mijn lip, debatteer even met mezelf en besluit er dan voor te gaan. "Heb je toevallig nieuw ondergoed?"

Zijn schouders spannen zich aan en even denk ik dat hij misschien naar me gaat snauwen. In plaats daarvan loopt hij naar het kluisje met een groot getal acht erop geschreven en rommelt erin. Hij kijkt me aan, geeft me een herenslip en een trui en draait zich dan om.

Ik trek de slip aan. Interessant. "Ze passen me perfect," zeg ik tegen hem. En mag ik hopen dat ik minder opgewonden ben nu ik mijn privédelen heb verborgen?

"Is dat zo?" vraagt hij zonder zich om te draaien. "Ik denk dat we dezelfde maat derrière hebben."

Dus... met hem die langer en groter is dan ik, impliceerde hij dan net gewoon dat ik een grote kont heb? Ik bedoel, ik weet dat ik die heb, maar het is niet beleefd voor een man om gewoon —

"Kan ik me nu omdraaien?" De woorden druipen van de irritatie.

"Whatever." Ik loop naar een deel van de kleedkamer dat met witte tegels is bedekt, maar ik vind alleen douches, toiletten en urinoirs.

"Wat zoek je?" eist hij.

"Een droger." Zelfs een handdroger kan nuttig zijn, het is alleen dat ze hier papierverspillende handdoekdispensers hebben.

"Als er een droger was, dan had ik je erheen gebracht," moppert hij. "Ik bedoel, het personeel moet er een hebben om onze handdoeken en dergelijke te drogen, maar ik heb geen idee waar die zich bevindt."

"O." Ik kijk hem opgewonden aan. "Kunnen we ernaar zoeken?"

"Er is geen 'wij'. Nu je niet doodvriest, kun je doen wat je maar wilt."

"Klootzak," mompel ik binnensmonds.

Hij doet alsof hij het niet heeft gehoord en loopt naar de uitgang.

Nieuwsgierigheid heeft me weer in zijn greep, en ik ren achter hem aan en haal hem net op tijd in om hem een bijl uit de kast voor in het geval van brand te zien trekken.

Shit. Heb ik hem tot het punt van moord geïrriteerd?

Maar nee. Hij doet alsof ik niet besta, loopt snel terug naar de hoofdingang en slaat de bijl tegen de deur.

Wat niets doet. Ik bedoel, er zit een kras op de deur, maar hij geeft niet mee.

Hij slaat er weer tegen.

Er zijn sexy houthakkersvibes in overvloed, maar nog steeds niets.

Nog een keer.

En nog een keer.

"Hé," zeg ik ineenkrimpend nadat hij extra hard heeft geslagen. "Het enige wat je doet, is me hoofdpijn bezorgen." En me weer veel te nat maken.

Hij laat de bijl met een luid gekletter vallen en draait zich naar me toe, zijn neusvleugels trillen. "Je hoeft hier niet te zijn."

"O, echt?" Ik zet een stap naar hem toe en strek mijn

kin naar voren. "De enige reden dat ik hier ben, is vanwege de stomme grap die jij en je team van klootzakken hebben uitgehaald."

Hij vernauwt zijn gitzwarte ogen. "Ik had niets met die verdomde grap te maken."

"Is dat zo?" Ik doordrenk de vraag met voldoende sarcasme om een extreem stevig paard te doden. "Heb ik *mezelf* in dat zwembad geduwd?"

"Ik heb toch gezegd dat dat een verdomd misverstand was."

"Ja, natuurlijk. Whatever." En dan kan ik het niet laten om eraan toe te voegen: "*Berenman*."

Het geluid dat uit zijn keel ontsnapt, komt het dichtst bij een grom dat ik een mens ooit heb horen maken. Ik ben om de een of andere reden echter niet bang. Ik ben zelfs nog woedender dat hij niet geneigd lijkt te zijn om te bewegen of daadwerkelijk iets als reactie te zeggen. Alsof ik niet belangrijk ben, zelfs als ik hem belachelijk maak.

Ik zet roekeloos nog een stap naar hem toe en geef zijn belachelijk harde borst een duw — waardoor hij geen moment beweegt, een feit dat me alleen maar nog woedender maakt. Ik ga op mijn tenen staan en leun voorover om recht in zijn gezicht te zeggen, "Heb je me gehoord? Of ben je in een winterslaap gegaan?"

Zijn ogen worden nog donkerder en er ontsnapt een andere lage, woedende grom aan zijn keel. En ik heb geen idee waarom dit me zo verdomd nat maakt, maar dat doet het wel, en plotseling, in plaats van hem weer te duwen, zie ik dat mijn handen zijn gezicht hard vastgrijpen, terwijl ik mijn lippen op de zijne druk.

Omdat ik zo fucking boos ben. Niet om een andere reden, ik zweer het.

Hij moet net zo boos zijn, want hij kust me terug. Vurig. Bestraffend. Zijn armen omringen me in een berenknuffel en dan vechten we het met onze tong uit.

En, o, mijn God! Misschien ga ik zelfs wel komen.

HOOFDSTUK 4
MICHAEL

Fuuuuuuck.

Ze kust me.

En ik kus haar terug.

Alles vervaagt. Ik vergeet de hachelijke situatie waarin we ons bevinden. Ik vergeet hoe ik hier ben gekomen of waar ik moet zijn. Deze kus wordt alles, hoewel ik me in een afgelegen hoekje van mijn geest bewust ben van geluiden en dan van lichtflitsen.

Fucking fuck. Is het mogelijk om zo hard te worden dat je een aanval opwekt? Komen de lichten in mijn zicht daar vandaan?

Het enige wat ik weet is dat dit niet zou moeten gebeuren, maar het is geweldig. Ze is perfect zacht en ze smaakt naar suikerspin. Haar delicate vrouwelijke geur is gekmakend en moeilijk te lokaliseren, maar er zitten zeker tonen van iets lekkers in, zoals geroosterde cashewnoten die in honing gedoopt zijn.

Na een bijzonder felle lichtflits trekt ze zich terug en staart ze naar de deuren achter me.

Wat haar ook van streek maakt, de rat op haar schouder sist ernaar.

Ik draai me om.

De verdomde deuren staan wijd open. Er zijn talloze mensen die naar ons staren, waaronder mijn team en een stel brandweerlieden, maar mijn woede is op de paparazzi gericht die daar staan te fotograferen.

Natuurlijk. Camera's. Dat waren de flitsen.

Ik spring in actie, bereik de dichtstbijzijnde man met een camera, pak het apparaat uit zijn handen en verbrijzel het op de grond.

Als ze dit zien, verspreiden de rest van de klootzakken zich als kakkerlakken, en als ik er een probeer te achtervolgen, blokkeren Dante en de coach me de weg.

"Het doden van een journalist is geen goede PR," waarschuwt de coach.

"Maar ik krijg de therapeutische voordelen," voegt Dante er sympathieker aan toe.

Ik kijk naar de telefoons in de handen van enkele brandweerlieden. "Iedereen heeft foto's gemaakt," grom ik.

"Waarschijnlijk ook video's," zegt Dante. "Wat had je dan verwacht?"

Ik verwacht meer camera's en wat botten te breken. "Laat me er dan door." Ik ging puur uit respect voor de coach niet als een bulldozer door ze heen.

"Alles staat in de cloud," zegt de coach. "Door shit te breken, maak je de situatie alleen maar erger."

Hij heeft een punt. "Verdomde cloud."

Ik haat clouds, zowel de nerdsoort in kwestie als de wolken vol vocht in de lucht.

"Trouwens." Dante gebaart naar de deuren. "Vergeet je niet iets? Of iemand?"

Ik draai me net op tijd om om Calliope zich een weg door de menigte van toeschouwers te zien banen.

"Ga achter haar aan," zegt Dante.

Ik frons. "Wat? Waarom?"

"Ik weet dat je niet veel ervaring met vrouwen hebt," zegt Dante, "dus je weet dit misschien niet, maar vrouwen houden er niet van om door hun vriendjes in de steek gelaten te worden... vooral niet na coïtus. Toch, coach?"

De coach kijkt me ononderbroken aan. "Mijn vrouw zou dat niet leuk vinden. En dat is een feit."

Ik staar ze aan. "Wat de fuck? Zo zit het niet."

Vrouw? Vriendin? Wat zit er in het water in deze stad? Ze weten dat ik me nooit aan een vrouw zal binden. Het is genoeg dat mijn ouders me in de steek hebben gelaten. Ik ga een willekeurig meisje niet zo'n macht over me geven. Tenzij deze twee het over een informeel seksafspraakje hebben? Ik heb die bij een zeldzame gelegenheid gehad, maar zelfs dan zou ik niet iemand als haar kiezen.

Iemand die daarna zou willen knuffelen.

Iemand met wie ik misschien in de verleiding kom om te knuffelen... en ik haat knuffelen.

"Zoals wat?" Dante grijnst en onthult verblindend witte tanden met hoektanden die niet zo puntig zijn als je van iemand met zo'n bleke huidskleur zou verwachten.

Ik knars met mijn tanden. "Het was maar een kus. En dan ook nog eens een toevalstreffer."

"Weet *zij* dat?" vraagt de coach.

Shit. Hij heeft gelijk. Ik heb haar misschien het verkeerde idee gegeven. Ik moet het meteen rechtzetten.

Ik laat de coach en Dante achter om als een paar katholieke schoolmeisjes te roddelen en ga achter Calliope aan — maar tegen de tijd dat ik op de parkeerplaats ben, rijdt haar kleine Kever al weg.

Ik ren om ervoor te gaan staan en sla met mijn handen op de motorkap. "Wacht verdomme!"

Shit. Ze ziet eruit alsof ze overweegt om me omver te rijden, maar dan rolt ze haar raam naar beneden en steekt ze haar hoofd naar buiten. "Wat?"

Ik ga naar de zijkant van de auto. Nu ik oog in oog met haar sta, ben ik vreemd genoeg sprakeloos. "Ik..." Fuck, wat is er mis met mij? Ik dwing mezelf om iets te zeggen, wat dan ook. Wat eruit komt, is: "Wat de fuck was dat?"

"Een grote vergissing." Ze benadrukt haar woorden door op het gas te trappen, en met piepende banden suist haar kleine Kever van de parkeerplaats af, terwijl ze bijna mijn tenen platrijdt.

Fucking fuck.

Ik sta daar achter haar aan te staren, totdat er een

31

bleke hand op mijn schouder landt. "Ik neem aan dat het gesprek niet zo goed is verlopen?" vraagt Dante als ik me omdraai.

Ik schud mijn hoofd.

"Wil je iets gaan drinken en erover praten?" Hij gebaart naar de andere kant van de parkeerplaats, waar de rest van het team op onze privé-charterbus stapt. "Iedereen gaat naar de kroeg."

"Fuck, nee." Ik haat teambuildingsoefeningen — bijna net zo erg als dat ik de overvloedige zon haat die iedereen verblindt, hen huidkanker geeft en toch op de een of andere manier faalt om Dante zelfs maar een vleugje kleur te geven.

"Wat jij wil." Dante rent naar de bus en ze vertrekken.

Opgeruimd staat fucking netjes.

Ik ben helaas nog steeds niet uit de problemen, want de coach komt mijn kant op, ongetwijfeld met woorden van bemoediging en wijsheid.

"Ik moet gaan!" schreeuw ik naar hem en ik ga naar mijn eigen auto.

HOOFDSTUK 5
CALLIOPE

k herhaal helemaal tot de parkeerplaats van het circus wat er allemaal is gebeurd. Het is duidelijk dat de kus in de voorhoede van mijn geest zit, vooral hoe gepassioneerd, fel en volledig en volkomen krankzinnig het was.

Met Wolfgang veilig op sleeptouw, sla ik de autodeur hard dicht en ga het kleurrijke, ronde gebouw in. Wat bezielde me om zoiets te doen? Het ene moment wilde ik de beer met mijn handpalm slaan, en toen boem, deed ik dat... maar dan met mijn lippen.

Hé. Het was tenminste niet met mijn poesje. Maar toch... Waarom uit alle mensen die man?

Misschien had mijn ex gelijk. Misschien zijn mijn familie en ik een beetje koekoek in het hoofd.

Als om mijn punt te illustreren, zie ik als ik langs de keuken loop mijn vader met onze broodrooster, een brood en een avocado jongleren.

"Hé, Papi," zegt hij terwijl hij naar het mes reikt —

terwijl hij de rest van de voorwerpen in de lucht houdt. "Hoe was je eerste dag?"

Moet ik deze nieuwe poging tot een bijnaam ontmoedigen? Als we Spaans spraken, dan zou het logischer voor mij zijn om *hem* zo te noemen. Aan de andere kant worden deze namen erger, dus misschien moet ik het maar accepteren. Voor zover ik weet, is de volgende misschien wel Mini-Me.

"Zo erg, hè?" vraagt hij, terwijl hij nu ook met het mes jongleert.

Hij houdt vakkundig alle objecten die in de lucht cirkelen in de gaten, kijkt naar mijn kleding of het gebrek daaraan, maar zegt niets. Niet dat ik dat van hem had verwacht. Hij denkt waarschijnlijk dat een trui en niets anders is wat alle mascottes tijdens hun vrije tijd dragen. Ik wed dat de rest van de familie hetzelfde zal aannemen.

Weinig kleding en het circus gaan hand in hand.

"De eerste dagen zijn altijd moeilijk," zegt mama's stem van ergens ver beneden.

Wat voor de duivel? Waar verbergt ze zich?

Ik loop om het aanrecht heen om naar haar te zoeken en zie haar in een split zitten en op avocadotoast kauwen. Zoals verwacht lijkt ze niet het minste beetje gefascineerd te zijn door mijn kleding.

"Het ging prima," lieg ik. "Ik kom mijn spullen halen."

Pap laat bijna de broodrooster vallen. "Ga je nog steeds verhuizen?"

Ik knik. "De plek die ze me hebben aangeboden, is

dichter bij het werk." En hij is twee keer zo groot als mijn huidige kamer, en ik hoef hem met niemand te delen.

"Kom je nog steeds thuis om met de familie te eten?" vraagt mam bezorgd.

"Natuurlijk." Ik weet dat ik iedereen vreselijk zal missen; bovendien kan ik niet eens koken om mijn leven te redden, dus een thuis bereide maaltijd is altijd welkom.

"Oké," zegt mam grootmoedig. "Ga je klaarmaken."

Ik ga naar de kamer die ik met mijn oudste zus deel, en natuurlijk zie ik haar als een vleermuis ondersteboven hangen. Haar hele lichaam hangt aan één voet die aan een trapeze vastgehaakt zit, die boven het bovenste bed van ons gezamenlijke stapelbed hangt.

"Hé," zegt ze, haar ademhaling onnatuurlijk, zelfs gezien haar positie. "Hoe was het?"

"Goed."

Ze vernauwt haar ogen naar me. "Gewoon goed?"

"Luister, Seraphina," zeg ik. "Als je een meer diepgaande discussie wilt, kom dan naar mijn ooghoogte. Anders gaat mijn nek pijndoen."

Zoals ik al dacht, is ze duidelijk niet heel erg geïnteresseerd, want ze blijft hangen.

Ik trek normale kleding aan en loop naar mijn rattenverblijf, een object dat alle vierkante meters van deze kamer in beslag neemt die officieel van mij zijn.

"Hoi allemaal," zeg ik, terwijl ik Beethovens "Für

Elise" op pauze zet, een compositie waar mijn kleine vrienden enorm van genieten.

Iedereen begroet me met vrolijke piepjes en sprongen. Als Wolfgang weer bij de groep komt, gaat hun gejubel door het dak, tenminste totdat Marco Wolfgang probeert te bespringen, maar vervolgens door Polo wordt weggejaagd.

"Heb je ze de laatste tijd nog iets nieuws geleerd?" vraagt Seraphina vanaf haar hoge stok.

Ik weet dat ze het alleen vraagt om beleefd te zijn, maar ik kan het niet laten om een kleine eenwieler tevoorschijn te halen en Lenin erop te zetten.

"Wauw," zegt Seraphina terwijl Lenin in rondjes op de tafel rijdt. "Daar kan hij zeker op rijden."

Yep. Lenin is de slimste, het meest door voedsel gemotiveerd en hij leert het snelst. Wanneer ik hem van de eenwieler haal en hem zijn traktatie geef, kijkt hij me bedachtzaam aan:

Tovarisch, daar zou ik een grotere traktatie voor moeten krijgen. Het is niet meer dan eerlijk, aangezien ik, het rattenproletariaat, al het werk deed.

"Weet je, je zou je oude act kunnen doen herleven," zegt Seraphina.

Ze heeft het over de donkere dagen toen ik op een eenwieler reed, een activiteit die ik ongeveer net zo leuk vond als een wortelkanaalbehandeling, en die laatste wordt in ieder geval onder narcose gedaan.

"Je zou een cirkelvormig platform in je handen kunnen houden," vervolgt mijn zus, "en de ratten op hun eenwielers kunnen laten rijden, terwijl jij op de jouwe rijdt."

Ik schud mijn hoofd. "Te gevaarlijk."

Ze gnuift. "O, alsjeblieft. Een eenwieleract is te gevaarlijk voor ratten, maar op een koord lopen is niet te gevaarlijk voor oma?"

Ik rol met mijn ogen. "Je weet dat niemand haar kan tegenhouden." Is er trouwens een manier om te voorkomen dat Seraphina zelf op twaalf meter hoog in de lucht heen en weer springt?

"Touché," zegt Seraphina.

"Maak jullie allemaal alsjeblieft geen zorgen," zeg ik tegen de ratten. "Ik ga jullie speelgoed niet wegnemen. We gaan alleen verhuizen." Daarmee pak ik de verschillende tunnels, loopwielen, sociale en individuele huizen in, en last but not least, het verschillende speelgoed dat bedoeld is om te klimmen, kauwen, versnipperen, duwen, dragen en foerageren.

Zodra alles in mijn auto is ingepakt, rijd ik ons naar de nieuwe plek, waar ik mijn baby's helemaal opnieuw opzet.

"Zullen we de rest van mijn spullen gaan halen?" vraag ik aan Wolfgang.

Hij haast zich op mijn schouder en ik ga terug naar het circus om de rest van mijn bezittingen te verzamelen — die in vergelijking met die van mijn schattige vriendjes magertjes lijken.

Als ik eenmaal volledig in mijn nieuwe appartement ben gesetteld, dan neem ik het in me op alsof het voor de eerste keer is.

De ruimte is ruim en het heeft een geweldig uitzicht op het meer, waar, om me eraan te herinneren dat we nog steeds in Florida zijn, een gigantische alligator zich aan de oever opwarmt.

"Zie je?" Ik wijs naar de alligator. "Dat is een van de miljoen redenen waarom jullie beter binnen kunnen wonen."

Wolfgang piept.

Meine Liebe, de belangrijkste reden om binnen te leven, is niet veiligheid. Het is omdat daar het manna uit de hemel, ook bekend als kaas, woont.

Lenin knarst bijzonder hard met zijn tanden.

Als religie de opium van de mens is, dan is kaas dat voor de proletari-rat.

"We hebben eindelijk ruimte voor een tv," zeg ik tegen iedereen. Tot nu toe hebben we films en shows op het kleine scherm van mijn laptop bekeken.

De ratten lijken niet zo enthousiast te zijn over het vooruitzicht van een tv, maar ik ben dat zeker.

Waar zal ik hem laten?

Ik kijk om me heen en realiseer me dat er vandaag iets anders aan de woonkamer is dan toen ik hem voor het eerst had bekeken. Er zitten vlekken op de muren en een paar vloerplanken zien eruit alsof ze omhoog zijn getrokken en vervolgens zijn teruggeplaatst.

Wat raar. Ik moet het eerder niet hebben opgemerkt.

Whatever. Ik zet wat leuke muziek op en ga op mijn laptop op zoek naar de baan van mijn dromen — wat duidelijk niet is om me als een hybride tussen een clown en een beer te kleden. Nee, wat ik echt wil, is een liveshow met ratten produceren, en ik zou het de Rattenvanger noemen.

Voorlopig is het beste wat ik kan doen mijn show naar elke plek pitchen die op afstand zou kunnen overwegen om mijn droom waar te maken.

O, en ik ben realistisch genoeg om te weten dat een show met ratten geen traditionele vorm van entertainment is. De Rattenvanger is waarschijnlijk een droom, vooral nu circussen in de VS op dierenacts in het algemeen hebben bezuinigd. Voorbeeld: het circus waar de meeste van mijn familieleden werken, had opa een paar jaar geleden gevraagd om zijn leeuwenshow met pensioen te laten gaan.

Ik glimlach. Opa was samen met zijn show met pensioen gegaan en hij had toen zijn vrije tijd gebruikt om mij zijn vak te leren — al die tijd denkend dat ik met leeuwen zou gaan werken zoals hij, of met beren zoals zijn overgrootvader. Toen opa over de ratten had gehoord, had hij gezegd, en ik citeer: "De enige slechtere ideeën zouden het werken met kakkerlakken, teken of je grootmoeder zijn."

Ik stuur hoe dan ook e-mailpitches totdat mijn ogen moe worden van het staren naar het scherm, en ga dan naar mijn favoriete deel van dit appartement: mijn eigen slaapkamer.

Jeetje. Er is geen stapelbed en er ligt ook geen snurkende trapezeartiest boven me. Ik kijk ernaar uit om als een baby te slapen die een Ambien heeft genomen... het is alleen dat dat niet is wat er gebeurt als ik echt naar bed ga.

Ik word door beelden van donkere ogen, vreemd sexy fronsjes en haar op krachtige armen uit mijn slaap gehouden.

Ugh. Knoeit de beer nu met mijn slaap?

Nee. Ik ben gewoon zonder een specifieke reden geil — en nu ik privacy heb, kan ik er in ieder geval iets aan doen.

Ik lik aan mijn vingers en schuif ze naar beneden.

"Zorg ervoor dat je niet aan hem denkt," herinner ik mezelf terwijl ik mijn clitoris omcirkel. "Wat je ook doet, denk niet aan hem."

Ja, nee. De mantra werkt niet, en Michael is precies waar ik aan denk als ik kom.

Maar hé. Het had erger kunnen zijn.

Ik had zijn naam kunnen schreeuwen en mijn ratten bang kunnen maken.

HOOFDSTUK 6
MICHAEL

Nadat ik thuiskom en heb gegeten, werk ik aan het lastigste deel van mijn geheime project: het aantrekken van investeerders. Het probleem is, zoals gewoonlijk, dat je hartelijk moet zijn als je met de rijke rotzooit, maar hartelijkheid is niet mijn sterkste kant. Beleefd zijn is echter gemakkelijker in schriftelijke communicatie. Ik gooi er gewoon een overvloedige hoeveelheid 'alstublieft' en 'dank u wel' in. Helaas zijn voor de echt grote investeerders persoonlijke ontmoetingen onvermijdelijk... en ik vrees ze.

Maar ik zal alles doen wat er verdomme voor nodig is.

Zodra ik klaar ben met e-mailen, loop ik naar mijn telescoop en richt hem op de hoogste boom in het bosreservaat buiten mijn raam.

Oef. De familie van haviken is er nog steeds, inclusief Eye, de kleine baby die zeer recentelijk is uitgekomen. Gezien de lokale adelaars, slangen, uilen en wasberen, maak ik me altijd zorgen om het kuiken — wat ik niet van een hobby als vogelspotter had verwacht.

Het had verdomme ontspannend moeten zijn.

Nou, het is in vergelijking met het zoeken naar financiering nog steeds ontspannend, maar het was het vroeger meer toen het alleen de twee ouders van haviken waren, Ethan en Mo, die hun nest met twijgen en bladeren aan het versterken waren. Maar toen had Mo slechts één ei gelegd, en ze hadden bijna een maand lang om de beurt op het ei gezeten en ze hadden het nest bewaakt en dat soort dingen, en ik voelde me er een beetje mee verbonden. Toen ik ze elk uur had zien jagen en voedsel voor de jonge Eye had zien uitbraken, had ik bijna een sluipschuttersgeweer gekocht om ze te helpen om roofdieren op afstand te houden.

Mo en Ethan verdienen het om Eye volwassen te zien worden. Ondanks hun zogenaamde 'vogelhersenen' zijn ze veel betere ouders dan mijn menselijke ouders.

Mijn telefoon gaat.

Hmm.

Wie zou dat kunnen zijn?

Het blijkt de coach te zijn — en hij is aan het videobellen, wat hij zelden doet.

"Hoi, coach," zeg ik als ik het gesprek aanneem.

"Hé," zegt hij. "Ik wilde even kijken hoe het met je gaat."

"Waarom?" Heeft hij het verdomme op de parkeerplaats niet begrepen?

"Je hebt in de arena opgesloten gezeten," zegt hij. "En dan was er nog die kus met —"

"Het gaat prima." Of dat zal zo zijn zodra mensen me verdomme niet meer aan Calliope herinneren. "Hoe gaat het met je? Hoe gaat het met de kinderen?"

Tot mijn verbazing werkt de poging om af te leiden, en de coach vertelt me over de nieuwste capriolen van zijn zoon op de universiteit, en dat zijn dochter net tot assistent-manager is gepromoveerd. Terwijl hij praat, kan ik niet anders dan jaloers op die kinderen zijn. Ondanks dat ze fatsoenlijke mensen zijn, lijken ze ondankbaar — of zich in ieder geval onbewust te zijn van — hoe geweldig hun vader is. Hij komt waarschijnlijk het dichtst in de buurt dat een menselijke man bij het soort vader kan komen dat Ethan is.

"Weet je zeker dat je in orde bent?" vraagt de coach, en ik realiseer me dat ik misschien een paar details over zijn dochter heb gemist.

"Het gaat fucking goed, maar ik moet gaan." Ik wil niet onbeleefd tegen de coach zijn, maar dat is wat er zal gebeuren, tenzij hij me met rust laat.

"Tuurlijk. Tot morgen bij de training," zegt hij en hij hangt op.

Natuurlijk. De verdomde training. Ik kan er maar beter voor rusten.

Ik pak mijn camera en bevestig hem aan de telescoop om een foto van de haviken te maken, en ga dan de douche in om me klaar te maken om naar bed te gaan.

Terwijl ik onder de douche sta, kan ik niet anders dan me de kus herinneren, en mijn pik wordt pijnlijk hard — dus ik pak hem vast en fantaseer over elke pornoactrice die ik ooit heb gezien. Ik denk absoluut niet aan Calliope, met haar groene ogen, roze haar en de smaak van suikerspin. Nee, ik denk helemaal niet aan haar sierlijke nek en de manier waarop haar gladde benen er in dat shirt uitzagen. O, en laten we niet vergeten — ik bedoel, ik ben het wel vergeten — dat ze naast me stond en alleen een trui droeg en geen slipje. Of dat —

Ik grom als ik kom en mijn geest wordt aangenaam leeg, wat geweldig is, want nu ben ik klaar om te gaan slapen.

———

Ik ga 's ochtends vroeg naar de ijsbaan en Dante is de enige die er al is, zijn bleke huidskleur door zijn keeperspullen verborgen.

"Hé," zeg ik. "Wil je wat oefeningen doen?"

Hij doet zijn masker af, zijn ogen staan wijd open. "Je hebt het nog niet gehoord, ofwel?"

Ik frons. "Wat gehoord?"

"Jij en de nieuwe mascotte zijn viraal gegaan."

HOOFDSTUK 7
CALLIOPE

Ik word wakker omdat mijn telefoon overgaat. Opnieuw en opnieuw.

Raar. Het is amper dageraad. Wie zou er zo vroeg kunnen bellen, en waarom?

Als ik de telefoon opneem, wordt het eerste deel van mijn vraag beantwoord.

Het is Seraphina.

"Hé," zeg ik. "Je begint je al als een vleermuis te gedragen. Neem je nu hun schema over?"

"Waarom heb je me niet verteld dat je een hete hockeyspeler hebt gekust?" eist ze. "Ik heb je gisteravond gezien — als in, *nadat* het was gebeurd."

Ik staar naar de telefoon. "Hoe kun jij dat in vredesnaam weten?" Heb ik weer hardop tegen mezelf gesproken? En waar zij bij was? Ik herinner me niet dat ik dat heb gedaan, maar —

"Hoe kan iemand dat *niet* weten?" vraagt ze. "Het staat overal op social media."

O. Shit. De camera's van gisteren. Maar... "Wie kan een kus nou iets schelen?"

"Het internet. Ze hebben jullie twee Honey en Boo Boo genoemd."

"Wat? Waarom?"

"Iets over dat jullie allebei beren zijn," zegt ze. "Jij omdat jij de mascotte bent, en hij vanwege zijn persoonlijkheid en zijn voor- en achternaam."

Huh? Wat heeft zijn naam ermee te maken?

"In het begin ging het in Russisch sprekende landen viraal," vervolgt ze. "Daar zitten de meeste van zijn fans. Maar toen begon het bij hockeyfans in het algemeen trending te worden en uiteindelijk is het op iedereen overgesprongen. Als dit zo doorgaat, kunnen jullie twee net zo beroemd worden als Baby Shark."

"Shit." Ik loop naar mijn computer om te kijken waar ze het over heeft.

"Ben je gek?" vraagt ze. "Dit is geweldig."

"Nee. Ik heb deze baan nodig, en dit is een trefzekere manier om hem te verliezen." En ik wil niet voor altijd met die mascotte-outfit geassocieerd worden — ik wil bekend staan om mijn rattenshow.

"Je zou dit voor je show kunnen gebruiken," zegt Seraphina, alsof ze mijn gedachten leest. "Ik bedoel... op de een of andere manier."

"Meer als, echt niet."

"Hé, sorry," zegt ze. "Ik pro*beer*de niet de brenger van slecht nieuws te zijn."

"Was dat een woordspeling met beer?" zeg ik.

"Dit is nog niets. Wacht maar tot je de opmerkingen

online zult zien," zegt ze. "Nadat je ze hebt gelezen, heb je een minuut nodig om ze te absor*beren*."

Ik kreun.

"Misschien moet je ook een aantal internettrollen wurgen," zegt ze. "Met je *beren*klauwen."

"Serieus?"

"De man met wie je hebt gekust heeft een reputatie als bar*beer*," zegt ze. "Ze zeggen ook dat jullie twee het aan het uitpro*beren* waren."

"Stop. Nu."

"Waarom? Heb je er een af*beer* van?"

"Ik kan hier niet om lachen." Ik zoek naar "Honey en Boo Boo" en staar naar het aantal views dat de video heeft.

"Het is echt een *beer*put," zegt Seraphina. "Ik zou na deze uitgepro*beer*d te hebben nog grappiger kunnen worden."

Ik hang op terwijl ze iets zegt over een *beren*knuffel.

De video die ik heb opgehaald, is ingesteld op het nummer "Bi-Polar Bear" van Stone Temple Pilots. Het laat onze kus zien, maar het wordt ook met een heleboel andere video's afgewisseld. De meesten van hen zijn van Michael die iemands gezicht op het ijs slaat of een doelpunt maakt, maar er is ook de video van mij van een paar weken geleden, die de tijd vastlegt dat ik betrapt werd toen Wolfgang zich onder mijn pretparkoutfit had verstopt.

Fuck mij. Tot vandaag hadden alleen pretparken me vanwege het 'rattenincident' op de zwarte lijst gezet, maar nu weet de hele wereld ervan. Als ik mijn huidige baan verlies — wat waarschijnlijk lijkt te zijn — dan zal ik in geen enkele industrie waar ze niet van ratten houden een baan kunnen vinden, wat de meesten van hen zijn.

O, en ik kan niet anders dan de fout maken om de opmerkingen te lezen.

Bovenaan staan alle berengrappen, waarvan de meeste Seraphina's woordspelingen in vergelijking als eerstgeboren welpen laten lijken. Maar daaronder staan gemene persoonlijke aanvallen. De ergste insinueren dat ik een slet ben en ze maken mijn uiterlijk belachelijk, terwijl de mildste onze namen belachelijk maken. Ze noemen *mij* vanwege mijn achternaam en mijn mascotte-outfit 'Clown Butt Bear'. Michael wordt 'Chagrijnige Beer' genoemd omdat zijn achternaam in het Russisch 'van Beer' betekent en de afkorting van zijn voornaam 'Misha' is, wat ook aan beren gerelateerd is.

Is hij daarom zo gevoelig voor vergelijkingen met beren?

Dat moet wel. Het kan ook verklaren waarom hij de mascotte zo haat, samen met de naam van zijn — ik bedoel ons — team. Als ik in een team zou belanden dat de Clown Butts heet, en het had een mascotte die op de kont van een gigantische clown leek, dan zou ik ook niet blij zijn. Als ik een cent had gekregen voor elke keer dat ik in de loop der jaren met grappen over een 'clownskont' werd geplaagd, dan zou ik me nu een leger clowns kunnen veroorloven, een leger dat ik zou bevelen om de klootzakken te lokaliseren die me hadden geplaagd en ballondieren in hun kont proppen.

O, en meer dan een paar mensen theoretiseren waarom Wolfgang op mijn schouder zit, met zelfs voor het internet te veel bestialiteitstheorieën.

Maar hé, niet alle opmerkingen zijn smerig. Een heleboel mensen sporen Honey en Boo Boo aan om te trouwen en veel harige welpen te hebben.

Ja, nee. Na mijn laatste breuk heb ik geen interesse om te daten, laat staan om te trouwen. Wat heeft het voor zin om iemand te ontmoeten en op dates te gaan als ze het met je uitmaken zodra ze je familie ontmoeten? En trouwen? Vergeet het maar. Geen weldenkend mens zou gewillig deel gaan uitmaken van de Klaunbut-clan. Mijn enige optie is misschien om met een verre Klaunbut-neef te trouwen, waarvan ik er talloze heb. Het is onnodig om te zeggen dat als ik niet voor de neefroute ga, de laatste niet-Klaunbut die ik zou overwegen meneer de Chagrijnige Beer zou zijn.

Vooral als ik door een wonder mijn huidige baan behoud. Mijn ex was een collega en ik moest van park wisselen nadat we uit elkaar waren gegaan, dus ik ga *die* fout niet nog een keer herhalen.

Dat gezegd hebbende, als ik naar ons kijk terwijl we zoenen, dan voelt mijn binnenste klef aan.

Domme binnenste.

Het is waarschijnlijk gewoon honger. Of dorst. Echte dorst, bedoel ik, geen eufemisme.

Ik bekijk mezelf in de spiegel. "Misschien moet ik

een grote fruitsalade maken om voor beide behoeften te zorgen?"

Dan antwoord ik: "Natuurlijk, maar gebruik voor het geval dat geen banaan."

Nadat de maaltijd is klaargemaakt, deel ik wat fruit met mijn ratten en dan eet ik de rest.

Hmm. Zelfs zo emotioneel versterkt, word ik niet immuun om die kus keer op keer te zien.

Ugh. Ik moet dit stoppen.

Het is toch tijd om naar het werk te gaan.

Ik neem Wolfgang mee en stap in mijn auto voor de korte rit naar mijn werkplek. Ik weet niet zeker wat ik verwacht als ik daar aankom, maar zodra ik geparkeerd sta, word ik door de coach, de HR-vrouw met wie ik heb gesproken, en twee van de spelers van gisteren aangesproken.

"Hallo," zeg ik terwijl mijn hart in m'n schoenen zakt. "Waar heb ik dit welkomstcomité aan te danken?"

Maar ik weet natuurlijk al wat ze zullen zeggen. Ze zijn hier om me te informeren dat ik ontslagen ben, en de twee spelers zullen als beveiliging dienen voor het geval ik me een weg naar binnen probeer te vechten.

Gezien het feit dat iedereen toch van Wolfgang weet, maak ik zijn dag goed door hem op mijn schouder te laten zitten in plaats van hem in mijn zak of tas te verstoppen zoals ik gewoonlijk zou doen, totdat ik mezelf in mijn outfit heb gestoken.

"We dachten dat je wel wat hulp zou willen om het gebouw binnen te komen," zegt de coach, schijnbaar onverstoord door de rat op mijn schouder.

Ik knipper naar hem. "Wil je me *in* het gebouw hebben?" Is dat waar het ontslaggesprek zal plaatsvinden?

"Nou, ja," zegt hij. "Je begint officieel vandaag, nietwaar?"

"Natuurlijk." Ik sta op het punt om een soort record te vestigen als het om ontslagen worden gaat.

"Kom op dan. Het spijt me van het circus."

Circus? Is mijn familie hier?

Nee. Het is zelfs nog erger. Er staat een menigte journalisten bij de ingang van het gebouw, en te oordelen naar alle camera's die op me zijn gericht, kan dit iets met die virale video te maken hebben.

"Ga verdomme aan de kant," zegt een van de spelers, terwijl hij een dozijn nieuwsmensen tegelijk opzij duwt.

Aha. De spelers hebben de rol van uitsmijter op zich genomen, maar *voor* mij, niet tegen mij.

Interessant.

Zodra we eindelijk binnen zijn, vraagt de HR-vrouw — die me eraan herinnert dat haar naam Linda is — aan mij en de coach om haar naar de vergaderruimte bij haar kantoor te volgen.

Dus ik word wel ontslagen?

"Is Michael er al?" vraagt de coach.

Waarom zou hij bij mijn ontslag moeten zijn?

"Hij is daarbinnen," zegt Linda. "Adam van PR en Eva van Financiën zijn er ook."

PR? Financiën? Vreemder en vreemder. Misschien gaan ze me vragen om niet slecht over ze te praten nadat ik ontslagen ben, en dat ze daarom van plan zijn om me een royale ontslagvergoeding te betalen?

Dat zou ik helemaal niet erg vinden.

Als we de vergaderzaal binnenkomen, staan Adam en Eva al in zakelijke pakken te wachten, niet in vijgenbladeren. Michael wacht ook en hem weer zien is als een schop in de eierstokken. Hij heeft een strak shirt aan, met verrukkelijk borsthaar dat eruit gluurt en een stoppelbaard — waarvan iedereen weet dat het de meest sexy soort baard is. O, en om de een of andere reden kijkt hij boos naar de spelers die ons naar binnen hebben begeleid.

"Jullie kunnen gaan," zegt de coach tegen de spelers.

De twee zien eruit alsof ze maar al te graag willen vertrekken, ongetwijfeld omdat ze ook Michaels zwart-als-ziel-ogen hebben opgemerkt die doodsstralen hun kant op stralen.

Het lijkt niemand iets te kunnen schelen dat Wolfgang op mijn schouder zit, waardoor ik ze allemaal mag, met uitzondering van de beer natuurlijk, die me waarschijnlijk gewoon niet genoeg aankijkt om überhaupt iets op te merken.

"Wil je daar zitten?" de coach wijst naar de stoel naast Michael.

Ik vernauw mijn ogen tot spleetjes. "Waarom zou ik naast *hem* willen zitten?"

De coach haalt zijn schouders op. "Wat we te zeggen hebben, gaat jullie twee aan, dus het zal het leven iets gemakkelijker maken." Hij gebaart naar een stoel tegenover Michael. "Je kunt daar gaan zitten als je dat liever hebt."

"Nee. Het geeft niet." Ik plof in de stoel naast Michael en vervloek onmiddellijk mijn keuze. Net als gisteren ruikt hij overheerlijk goed: naar kruiden, paddenstoelen en honing.

"Waar de fuck gaat dit allemaal over?" gromt Michael zodra iedereen zit.

"Ik heb het misschien niet precies in die termen gezegd, maar ja," zeg ik. "Waarom zijn we hier?"

Eva schraapt haar keel. "Ik ben door mijn collega bij de Yeti's gebeld. De tickets voor de vriendschappelijke wedstrijd zijn uitverkocht."

Iedereen behalve ik staart haar met verschillende niveaus van geschokte uitdrukkingen aan.

Adam krabt zich achter op zijn hoofd. "Dezelfde wedstrijd die zou worden geannuleerd omdat de Yeti's geen tickets konden verkopen?"

Eva knikt triomfantelijk.

"Wie of wat zijn de Yeti's?" vraag ik aan niemand in het bijzonder.

Wolfgang maakt zijn snorharen op mijn schouder schoon.

Meine Liebe, een yeti is een ander woord voor bigfoot, en bigfoot klinkt als een wezen dat sterk naar voeten ruikt, wat — gezien die voeten naar kaas ruiken —me vertelt dat wat of wie de yeti's ook zijn, ze heerlijk zullen ruiken.

"De Yeti's zijn een hockeyteam uit New York," zegt de coach. "Michael heeft een tijdje bij hen gespeeld en hij heeft die connectie onlangs gebruikt om een wedstrijd buiten de competitie met hen op te zetten, een groot probleem omdat ze veel sterker zijn en —"

"Ze zijn niet zo veel sterker," gromt Michael. "We hebben gewoon —"

"Heren," zegt Eva nadrukkelijk. "Ik was nog niet klaar."

Iedereen stopt met praten en kijkt naar Eva, zelfs Wolfgang.

"Zoals ik al zei," vervolgt Eva. "Al onze andere wedstrijden zijn ook uitverkocht, zelfs die tegen de Pineapple Ice Surfers."

Opnieuw vallen alle monden open en opnieuw zijn Wolfgang en ik de uitzonderingen.

"Wie zijn de Pineapple Ice Surfers?" vraag ik.

"Het Hawaiiaanse team," zegt Michael. "Ze zijn de ergste in de DHL en niemand komt ze ooit live zien om te worden afgeslacht. Niet tenzij de wedstrijd *in* Hawaï wordt gespeeld."

"En dat is deze keer niet het geval," zegt de coach. "Ze komen hierheen voor die wedstrijd."

"Dat klopt," zegt Eva. "De financiële gevolgen zijn enorm." Ze kijkt betekenisvol naar Adam. "Ik neem aan dat de dingen aan jouw kant even goed zijn?"

Hij knikt. "Gelukkig heeft Michael die camera van het nieuws niet gebroken," zegt hij. "Het team heeft de bar gisteren ook niet afgebroken. Of —"

"Waarom zijn *wij* verdomme hier?" Michael gebaart naar mij. "Kan iemand dat uitleggen?"

De coach, Adam en Eva kijken allemaal betekenisvol naar Linda.

"Waarom moet ik het uitleggen?" eist Linda.

"Omdat het delicaat is?" zegt de coach, een beetje voorzichtig.

"En je bij HR zit," voegt Adam eraan toe.

"Goed dan." Linda kijkt ons aan. "Deze vergadering is om de impact van Honey en Boo Boo te bespreken."

O.

"Wat de fuck is Honey en Boo Boo?" eist Michael.

"Wij," zeg ik, ineenkrimpend. "Hoewel ik niet zeker weet wie van ons wie is."

Michael gromt van frustratie. "Die fucking virale video."

"Nee, het is een zoenvideo," zegt Adam. "Maar als je denkt dat er nog een video met een *andere* activiteit kan verschijnen, dan zou het mijn werk gemakkelijker maken als je het me nu vertelt."

"Welke andere video zou er kunnen zijn?" vraag ik, maar wat ik echt bedoel, is: "Hoe sletterig denkt Adam dat ik ben?"

"Ik dacht dat we hadden vastgesteld dat ik het gesprek zou afhandelen?" zegt Linda ijzig tegen Adam, en je kunt zien dat ze hem wil slaan, maar zich vanwege het HR-beleid in bedwang houdt.

"Alsjeblieft," zegt Adam schaapachtig. "Ga verder."

"Bedankt," zegt Linda. "Zoals ik begon te zeggen, heeft de video een zeer positieve impact op dit team en gezien de financiële problemen waarmee we te maken hebben gehad"— ze gebaart naar Eva — "had deze ontwikkeling niet op een beter moment kunnen komen."

Iedereen behalve ik, Michael en Wolfgang knikt.

"Graag gedaan," zeg ik aarzelend.

"Maak verdomme je punt," gromt Michael.

Linda zucht. "Natuurlijk. Het punt." Ze zet haar handen in een biddende positie en raakt haar neus aan. "We willen met jullie medewerking de publieke belangstelling gaande houden."

"En we zijn bereid om jullie te compenseren," zegt Eva. "Voor het ongemak dat de genoemde samenwerking zou kunnen veroorzaken."

"Huh?" Ik kijk naar Michael om te controleren of hij dit volgt.

Dat doet hij niet, althans dat denk ik, omdat hij de vraag veel welsprekender stelt dan ik zou doen als hij schreeuwt: "Wat de fuck willen jullie klootzakken dat we doen?"

"Niets ergs," zegt Linda een beetje te snel. "Gewoon een kleine PR-stunt, dat is alles." Ze draait zich naar Adam. "Wil jij erin springen?"

Adam kijkt bezorgd naar Michael. "Ik dacht dat jij wilde praten."

"Jezus," zegt Eva. "Het belangrijkste eerst: zijn jullie twee aan het daten?"

"Fuck nee," zegt Michael en hij schudt zijn hoofd zo hevig dat de resulterende windvlaag Wolfgang bijna van mijn schouder blaast.

Hé. Moet hij doen alsof het zo ondenkbaar is dat we zouden daten?

"Ik ben net bij het team gekomen," zeg ik. "Wanneer zouden we de tijd hebben gehad om te daten?"

Eva haalt haar schouders op. "Jullie konden elkaar eerder hebben ontmoet, maar ja, we dachten niet dat het waarschijnlijk was. Ik moest het alleen controleren." Ze kijkt nadrukkelijk naar Linda. "Wil je dat ik het zeg, of wil jij het doen?"

"Kun jij het doen?" Linda lijkt klaar te zijn om onder de tafel te kruipen.

Eva zucht. "We willen dat jullie de poppenkast volhouden."

"Wat?" vragen Michael en ik in koor.

"Iedereen denkt dat jullie een stel zijn," zegt Eva. "Of wil geloven dat jullie dat zijn. Dus met dat doel voor ogen zou het geweldig zijn als jullie met elkaar *zouden* daten. Dat wil zeggen, doen alsof jullie daten."

O, nee. Nee. Nee. Nee. Ik kan niet geloven dat ik niet heb gezien waar dit heen ging, maar nu —

Michael springt overeind. "Ik ga fucking doen alsof je dat niet fucking net gezegd hebt."

Serieus, waarom doet hij alsof ik een melaatse ben?

"Michael, alsjeblieft," zegt de coach kalmerend. "Het team heeft dit nodig."

Michael ziet er somber uit en gaat weer zitten. "Dit is fucking waanzin."

"Nou," zegt Eva. "We beseffen dat dit een onconventioneel verzoek is, vandaar de extra vergoeding." Ze schraapt haar keel en kijkt nadrukkelijk naar Linda.

"En HR geeft onze volledige zegen, natuurlijk." Linda speelt met een map die voor haar ligt. "We hebben geen regel die een mascotte verbiedt om met een speler te daten, dus —"

"Onconventioneel?" roep ik uit. "Onconventioneel zou zijn om me te vragen om op een eenwieler in mijn mascotte-outfit naar het werk te fietsen. Of Michael hier vragen om tien minuten achter elkaar beleefd te zijn. Wat je vraagt, is —"

"Een grote gunst," zegt Eva. "Waarvoor we bereid zijn om aan het einde van je salaris een extra nul te zetten."

Ik weet niet hoe ik dit voel, maar bij het noemen van zoveel geld, raakt Michael gespannen naast me. "Krijgen we allebei die verhoging?" eist hij.

"Dat klopt," zegt de coach betekenisvol. "En je krijgt vooraf een bonus, als een teken van onze goede wil."

"Hoeveel?" vraag ik, niet in staat om te geloven dat ik dit zelfs maar overweeg.

Eva schrijft iets op twee visitekaartjes en geeft er dan een aan mij en de andere aan Michael.

Als ik mijn bedrag zie, laat ik het papier bijna vallen. Voor zoveel geld zou ik doen alsof ik met een echte beer uitga, en misschien overwegen om hem naar het tweede honk te laten gaan.

"Jullie mogen de bonus houden als jullie tot de wedstrijd tegen de Yeti's de schijn ophouden," legt Linda uit. "En de salarisverhoging gaat door zolang de goede PR uit de 'relatie' dat doet."

"Fucking fuck," zegt Michael met zijn ogen op zijn papier gericht. "We zullen het doen."

"Ex-fucking-ceer me?" Ik draai me naar hem toe.

"We zullen niets doen totdat we het met elkaar eens zijn."

Zijn kaak trilt. "Mijn excuses, *ptichka*. Wil je wel of niet aan deze verdomde poppenkast meedoen?"

Ik vernauw mijn ogen tot spleetjes. "Wat is een *ptichka*?"

"Vertaald uit het Russisch betekent het 'klein vogeltje'," zegt hij. "Ik denk dat als we aan het daten zijn, we koosnaampjes voor elkaar nodig hebben — en de dag dat ik iemand Honey of Boo Boo noem, is de dag dat ik mezelf in het verdomde hoofd schiet."

Hmm. Klein vogeltje is beter dan Honey of Boo Boo, maar dat ga ik hem niet vertellen. "Goed, *Poeh*, ik zal aan de poppenkast meedoen."

Zijn ogen worden kleine kooltjes. "Poeh, als in *Winnie de?*"

"Ah, natuurlijk." Ik knipper met mijn wimpers naar hem. "Sorry, Shmoopy, ik was vergeten hoe gevoelig je bent als het om... teddy's gaat."

Michael balt zijn handen. "Dit zal verdomme nooit werken."

"Dat moet wel," zegt Eva. "Ze zal je vast wel iets anders dan Shmoopy kunnen noemen."

"En aangezien we het over dat onderwerp hebben," zegt Adam. "Weet je zeker dat Honey en Boo Boo geen optie kunnen zijn?"

Michael slaat met zijn vuist op tafel. "Noem die namen nog een keer en ik ben weg."

"Wat dacht je van *tsar*?" vraagt Linda. "Dat is Russisch, net als *ptichka*."

"Betekent het niet 'koning'?" eis ik.

"Keizer." Er komt een zelfvoldane glimlach op Michaels lippen, en het herinnert me eraan hoe het voelde toen ik ze aan het kussen was.

"Echt niet," zeg ik, zowel met betrekking tot mijn verraderlijke geheugen als de suggestie van de *tsar*. "En voordat iemand het vraagt, zijn ook woorden als meneer, meester en papa uit den boze."

"Wat dacht je van konijntje?" vraagt Linda. "Hoe klinkt dat in het Russisch?"

"Als in 'Honey Bunny?'" zegt Eva om het te verduidelijken.

"Niet fucking honey." Michael brult de zin praktisch, als een beer zonder honing.

"Kan ik het Russisch helemaal vermijden?" stel ik voor. "Ik spreek het niet, dus het zou verdacht zijn als —"

"Fucking fuck," gromt Michael. "Noem me maar boo."

"Boo Boo?" vraagt Adam met een luide fluistering.

"Nee," antwoordt Michael dreigend. "Een enkele verdomde boo."

"Kalmeer, boo," zeg ik. "Adam denkt alleen aan de PR van het hele gebeuren, en hij probeert niet je gevoelens te kwetsen."

Adam kijkt me dankbaar aan en ik kan zien dat hij het dubbele Boo/Honey-debat wil voortzetten, maar dat hij dat niet durft.

Michael haalt diep adem en blaast het er dan met een geïrriteerde blaas uit. Zijn stem is minder grommend als hij zegt: "Ik denk dat we met de bijnamen op een zijspoor zijn geraakt, en daar neem ik de verantwoordelijkheid voor. Wat we echt moeten bespreken is, hoe moeten we mensen laten geloven dat we een stel zijn?"

Ik draai me om om hem aan te kijken, mijn hand is er klaar voor om hem op zijn wang te slaan. "Wil je zeggen dat ik er niet uitzie als iemand met wie je zou daten?"

"Nee." Michael kijkt naar het plafond alsof hij hoopt dat een blikseminslag hem uit zijn lijden zal verlossen. "Wat ik bedoelde was... Ik heb al jaren niet meer gedatet. Dat weet iedereen."

Waarom hou ik van dat feitje? Is er iets mis met me?

Adam kijkt op. "Je gebrek aan daten is de reden waarom de video de aandacht van je fans heeft getrokken. Hoe je mensen het kunt laten geloven — maak je daar maar geen zorgen over. Jullie officiële verklaringen kunnen zelfs zijn dat jullie 'gewoon vrienden' zijn. Wat je moet doen is zoveel mogelijk samen gezien worden, 'per ongeluk' paparazzi meer foto's laten maken en strategisch een nieuwe kus geven."

Voordat ik heftig kan protesteren, schraapt Linda haar keel. "Je hoeft wat dat betreft niet te kussen of aan intimiteit deel te nemen."

"Juist, juist," zegt Adam, die er enorm teleurgesteld uitziet. "Breng gewoon tijd samen door, en als het gaat om aanraken en wat al niet, doe dan zoveel als je prettig vindt."

"Of helemaal niets," zegt Linda volhardend.

Bij de gedachte dat Michael me "en wat al niet" aanraakt, verspreidt er zich een blos van mijn tenen naar de bovenkant van mijn hoofd. "Waar stel je voor dat we heen gaan om gezien te worden?"

Adam haalt zijn schouders op. "Zieke kinderen bezoeken? Er na zijn wedstrijden voor Michael zijn?"

"Ik ben een mascotte in het team," zeg ik. "Ik zal er hoe dan ook voor de wedstrijden zijn."

Adams ogen lichten op. "Natuurlijk. Sorry. Maar hier is nog een idee: als je als mascotte verkleed bent, rotzooi dan meer met Michael dan met de rest van het team."

Ik vind deze laatste suggestie leuk, vooral omdat het Michael een geluid laat produceren alsof hij in een berenval zit.

De coach verschuift in zijn stoel. "Ik heb zelf een idee."

We kijken allemaal naar de man terwijl hij naar Michael kijkt. "Je zou een aantal van je roddelachtige teamgenoten moeten vertellen dat je aan het daten bent en dat ze verboden terrein is."

"Dat heb ik al gedaan," snauwt Michael. "Ik bedoel, het verboden terreingedeelte. Ik heb het Jack verteld en gezegd dat hij het de anderen moest vertellen — niet dat het verdomme heeft geholpen."

Heeft hij gezegd dat ik verboden terrein was? Het lef van deze man.

Maar het voelt ook een beetje leuk om te weten.

"Goed," zegt de coach. "Voeg er nu nog iets aan toe

over dat jullie twee daten — en zeg dat het een geheim van HR is of iets dergelijks. Dat garandeert bijna dat ze erover zullen roddelen."

Je zou denken dat hij het over een breigroepje had en niet over een stel macho's.

Plotseling komt er een hijgende vrouw de vergaderzaal in gerend, haar lippenstift is besmeurd en haar haren zitten in de war, alsof ze een paar minuten geleden nog goed geneukt is. "Het spijt me dat ik laat ben," zegt ze. "Heb ik iets gemist?"

"Ze zijn net akkoord gegaan," zegt de coach. "En we staan op het punt om te verdagen. De training staat op het punt om —"

"Dat is zo geweldig." Ze kijkt mijn kant op. "Hoi, ik ben Amelia, de algemeen manager van het team. Nogmaals mijn excuses. Ik had een vergadering met meneer Ironside, de eigenaar." Haar ogen worden plotseling groot. "Is dat *de* rat?"

Ik verwacht half dat ze op de tafel springt en gaat gillen — een verrassend veel voorkomende reactie van de vrouwen van onze soort — maar ze rent naar Wolfgang toe en grijnst als een gek. "Ze is in het echt zoveel schattiger dan op de video."

"Hij is een mannetje," zeg ik, niet in staat om een grijns te onderdrukken.

"Ah," zegt ze. "Mijn excuses. Natuurlijk. Nu je het zegt, besef ik hoe erg knap *hij* is."

Wolfgang blaast zich op.

Meine Liebe, geef deze mens wat kaas — dergelijk goed gedrag moet worden beloond.

"Wat voor soort rat is hij?" Amelia raakt voorzichtig de bovenkant van Wolfgangs hoofd aan en hij laat haar genereus haar vinger houden.

"Hij is een dumbo-rat," zeg ik. "Vandaar de ronde oren, het grote hoofd, de kleine kaak en de grote ogen."

"Hoe heet hij?" vraagt Amelia. "Wacht, laat me raden: Remy?"

Ik grijns breder. "Dat *is* mijn favoriete fictieve personage aller tijden, maar als ik een van mijn *dumbo-ratten* zoiets zou noemen, dan zou ik om een staakt-het-vuren-brief van Disney vragen. Maar je komt in de buurt. Zijn naam is Wolfgang, naar Wolfgang Puck, een andere beroemde chef-kok."

"Puck, hè? Dat is een link naar hockey." Ze kijkt Linda en de coach goedkeurend aan. "Jullie hadden me moeten vertellen dat jullie twee mascottes voor de prijs van één voor ons hebben ingehuurd."

Interessant. "Weet je," zeg ik nonchalant. "Ik kan Wolfgang op mijn schouder zetten, terwijl ik in meneer Bloom zit." Wacht, klonk dat alsof ik van plan was om de mascotte te neuken?

"Ik ben dol op dat idee." Amelia kijkt gezaghebbend door de kamer. "Doe alsjeblieft wat nodig is om dat te laten gebeuren."

Linda kijkt naar Wolfgang alsof ze hem voor het eerst ziet. "Er kunnen wat zorgen zijn van —"

"We kunnen gewoon zeggen dat hij haar emotionele hulpdier is," onderbreekt Eva haar. "Dat heb ik voor Lucie gedaan, mijn varaan."

Wolfgang kijkt me bezorgd aan.

Meine Liebe... waarom geeft dat laatste woord me het gevoel dat ik plotseling een verrukkelijk plakje kaas ben geworden?

Adam verbleekt. "Je hebt Lucie toch niet toevallig bij je?"

"Wat? Nee," zegt Eva met samengeknepen ogen. "Lucie is een grote meid, dus in welke opening denk je dat ik haar verberg?"

"Geef daar alsjeblieft *geen* antwoord op," zegt Linda met een paniekerige stem. Ze voegt er rustiger aan toe: "Ik denk dat ik namens iedereen spreek als ik denk dat deze vergadering met succes is afgerond."

HOOFDSTUK 8
MICHAEL

fgerond? Wat de fuck? Hoe zit het met de logistiek? Als ik zogenaamd met Calliope uitga, dan is er —

Iedereen springt overeind en de kamer loopt sneller leeg dan dat je 'lafaards' kunt spellen. De enige die niet rent, is Calliope, maar ik vermoed dat dat meer met de rat op haar schouder te maken heeft dan met enige moed.

"We moeten praten," zeg ik met tegenzin tegen haar.

Ze draait zich met een perfect gevormde wenkbrauw opgetrokken mijn kant op. "O? Waarom?"

Ik zucht. "Hoe gaan we dit voor elkaar krijgen?"

"Ah. Dat." Ze gaat met haar hand door haar haar; haar nagels zijn net zo glinsterend als de rest van haar. "Wie boeit de vervelende details, toch?" Ze maakt luchtcitaten. "De vergadering is 'met succes afgerond'."

Ik haal mijn schouders op. "Linda wilde

waarschijnlijk dat we de details onder elkaar zouden bespreken, als volwassenen."

"Als volwassenen? Wat bedoel je daarmee?"

Fuck mij. "Zit je altijd zo gemakkelijk op de kast?"

Ze staart me aan. "Mensen die in glazen huizen wonen, moeten geen pucks gooien."

Ik knars op mijn tanden en zoek naar het beetje geduld dat ik heb. "Ik snap het. Je moet dit allemaal verwerken. Misschien kunnen we er na de training over praten?"

"En misschien moet je me bijten." Ze draait zich om en loopt de vergaderzaal uit.

"Dat is misschien geen slecht idee," zeg ik zonder na te denken — hoewel dit ter mijn verdediging de eerste keer is dat ik getuige ben van het wonder dat haar achterkant is. Ik bedoel, kontjes zijn altijd mijn zwakte geweest, vooral die veel te pakken hebben, tijdens het op zijn hondjes doen, maar *ptichka's* kont is van een ander niveau. Als er een wedstrijd was voor de sappigste derrière, dan zou ze die zonder zelfs maar te hoeven bukken winnen. En als ze zou bukken —

Ze slaat de deur van de vergaderruimte bijna in mijn gezicht dicht.

Ik verlaat de kamer en volg haar in stilte; mijn pik is dankzij het uitzicht pijnlijk hard. Als we bij de kleedkamer aankomen, frons ik en als ze naar binnen probeert te gaan, pak ik haar schouder vast — een stevige, welgevormde schouder om precies te zijn.

"Wat voor de duivel ben je aan het doen?" eist ze, en haar ogen kijken naar mijn hand alsof hij een cobra is.

"Hetzelfde geldt voor jou." Ik haal mijn hand weg. "De training staat op het punt te beginnen. Er zitten daarbinnen naakte klootzakken."

"O." Ze springt van voet tot voet. "Ik heb mijn kostuum daarbinnen laten liggen."

"Natuurlijk. Dat weet ik. Hij lag daar toen ik vanmorgen binnenkwam. Ik heb hem voor je in mijn kluisje verstopt." En natuurlijk heb ik misschien aan het hoofd van de beer geroken om te controleren of *ptichka* echt naar suikerspin ruikt, en dat doet ze, maar dat was slechts een kortstondige vlaag van verstandsverbijstering. "Je bent ook je andere kleren vergeten." Inclusief haar slipje, waar ik niet aan heb geroken, hoe verleidelijk het idee ook was. "Ik heb het allemaal weggestopt."

"Echt waar?" Ze kijkt me aan en kijkt dan naar haar rat, alsof ze wil dat hij bevestigt dat ze me goed heeft gehoord.

"Het was geen probleem," antwoord ik nors. "Als ik dat niet had gedaan, dan hadden die klootzakken daar met je spullen kunnen rotzooien." En dan had ik wat botten moeten breken, wat zou hebben betekend dat we een speler tekort zouden komen als we naar New York vliegen om tegen de Yeti's te spelen.

"Bedankt." Ze knippert mooi met haar wimpers. "Kun je ze naar mijn kleedkamer brengen?"

"Tuurlijk." Ik ga de kleedkamer in en word met geroep en gejuich ontvangen.

"Wat de fuck?" eis ik van alle joelende gezichten.

"De video," zegt Isaac voor iedereen in een zeldzame prestatie van leiderschap. "Je bent beroemd."

Fuck. Ik denk dat dit een overgang is. "Het is maar goed dat jullie dat allemaal hebben gezien. Het bespaart me de tijd om uit te leggen wat er met de ballen zal gebeuren van iedereen die zelfs maar op de verkeerde manier naar Calliope kijkt."

Jack verbleekt zo erg dat zijn huid bijna net zo wit is als die van Dante. "Ik heb ze al verteld dat ze verboden terrein is."

"Dat was gisteren," grom ik. "Vanaf nu is ze meer dan verboden terrein. Ze is van mij." Ik ontmoet de blik van elke speler één voor één, er kan dus geen vergissing over bestaan dat ik word gehoord. "Iedereen die bij haar in de buurt komt, zal een eunuch worden."

Zo. Niet zo subtiel als de coach zou hebben gesuggereerd, maar ze weten alles wat ze moeten weten en zijn vrij om te roddelen... tenzij ik hen heb afgeschrikt om zelfs dat niet te doen. Of tenzij ze de ongeschreven regel respecteren die zegt: "wat in de kleedkamer gebeurt, blijft in de kleedkamer". Het enige dat ik weet is dat er geen teken van gejuich of gegrinnik is als ik het mascottekostuum uit mijn kluisje pak, en de stilte blijft bestaan, zelfs als ik de kleren van Calliope eruit trek... inclusief haar slipje.

Goed. De klootzakken moeten slimmer zijn dan waar ik ze de eer voor heb gegeven.

Als ik de kleedkamer verlaat, loop ik naar de kast die de kleedkamer van Calliope is geworden en zie dat de deur wijd open staat. Ze is binnen en ze scant ontzet haar omgeving.

"Wat is er aan de hand?" grom ik.

"Alsof jij dat niet weet?" Ze kijkt me boos aan. "Vinden jij en de rest van de bruten het grappig om mijn kamer zo te doorzoeken?"

Fuck. Ze heeft gelijk. Het lijkt erop dat iemand door alle shit in deze kamer is gegaan en het daarna niet meer heeft teruggelegd zoals het zou moeten zijn.

"Degene die dit heeft gedaan, was niemand van het team," zeg ik koud.

Ze zijn niet suïcidaal.

"Maar wie dan?" eist ze.

Goeie fucking vraag. "Ik weet het niet, maar we kunnen beginnen om met de beveiliging te praten."

"O." Ze licht op. "Denk je dat er een camera is die de deur bewaakt?"

"Dat kan ik maar beter het geval zijn."

We gaan samen naar het beveiligingskantoor, waar we horen dat er geen camera's bij de deur van haar kleedkamer of in een van de gangen ernaast hangen.

"Vanaf vandaag zal dat wel zo zijn," zeg ik tegen de man.

"Wat bedoel je?" vraagt hij. "Het budget —"

Ik gooi een paar honderd dollar naar hem. "Het kan me niet schelen of je zelf naar de RadioShack moet gaan. Regel het. Ik kom terug om het te controleren."

"RadioShack?" zegt Calliope terwijl we teruggaan. "Moet hij in een tijdmachine springen en teruggaan naar 2014?"

Ik frons. "Dit is geen grap. Iemand heeft in je kleedkamer ingebroken." En als ik erachter kom wie, dan zal er een hel zijn om te betalen.

"Zou het met de dingen online te maken kunnen hebben?" vraagt ze. "Misschien heb ik een te enthousiaste fan gekregen?"

Ik stop waar ik sta. "Je bedoelt een stalker?"

"Ik geloof het wel, ja. Mijn jongste zus is een... artiest, en ze heeft er ooit een gehad. Hij was vrij onschuldig en nadat een van mijn broers met hem had gesproken, liet hij haar met rust."

Tuurlijk, haar broer had alleen met de stalker 'gesproken'. Er waren vast geen hamers of tangen bij betrokken. "Stalkers zijn niet onschuldig," zeg ik resoluut. "Als er een is, dan zal ik hem vinden en ervoor zorgen dat dit niet weer gebeurt."

Als opgroeien in een weeshuis in Rusland me iets heeft geleerd, dan is het hoe ik goed met mensen moet omgaan die me dwarszitten.

"Het is waarschijnlijk geen stalker," zegt ze. "Ik denk nog steeds dat het waarschijnlijk een grap is van je teamgenoten."

Hmm. "Ik zal het ze nu gaan vragen," zeg ik tegen haar. "Ik zie je op de ijsbaan." Ik draai me om om te vertrekken, maar deze keer is zij degene die een hand op mijn schouder legt en het gevoel van haar delicate vingers maakt me meteen hard.

"Wat?" eis ik zonder me om te draaien.

"Hoe kom ik bij de ijsbaan?"

O. Ik vertel het haar en ga dan net op tijd terug naar

de kleedkamer om mijn teamgenoten te zien die zich klaarmaken.

"Is er iemand haar kleedkamer binnengegaan?" zeg ik. "Geef het nu toe en dan zal ik misschien genadig zijn." Waarmee ik bedoel dat ik maar de helft van de botten zal breken die ik anders zou hebben gebroken.

Ze herinneren me er om de beurt aan dat Jack hen had verteld dat ze verboden terrein was, en daarom wilden ze duidelijk niet in de buurt van haar kleedkamer komen.

"Dan heeft ze misschien een stalker," zeg ik grimmig. "Als je iets duisters ziet, laat het me dan onmiddellijk weten."

"Dat zullen we doen," zegt Isaac plechtig.

"Ja," zegt iedereen tegen me.

Daarmee maken ze zich klaar en gaan ze weg, en ik volg vlak achter hen.

Zodra we op het ijs zijn, kanaliseer ik mijn frustratie in de training, en het moet een succes zijn, want de coach roept me bij zich en vertelt me dat als ik dit volhoud, we de Yeti's in New York misschien wel kunnen verslaan.

Ik hoor wat gedempt gegiechel en realiseer me dat iedereen is gestopt om Calliope op een eenwieler op het ijs te zien rijden met haar rat op haar schouder en wat een taart in haar handen lijkt te zijn — of ik neem tenminste aan dat het Calliope is. Ze heeft het hoofd van de mascotte op.

Hoe blijft ze in evenwicht? En in dat pak? Opmerkelijk.

"Boo!" schreeuwt ze, terwijl ze haar stem dieper maakt. "Ben je klaar met trainen?"

Nu verandert het gegiechel in gelach en kijkt iedereen naar mij.

"O, ja," antwoordt Dante. "Boo was vandaag een beest, maar hij is klaar en helemaal van jou."

Ze rijdt op de eenwieler naar me toe, parkeert hem dan bij ons in de buurt en loopt wiebelig de resterende afstand.

"Boo," zegt ze gretig.

"Ptichka," zeg ik met veel meer terughoudendheid. "Als je eraan denkt om —"

Bam.

De taart slaat in mijn gezicht, zoals ik al had vermoed.

Er valt een gedempte stilte op de ijsbaan en de coach legt een kalmerende hand op mijn schouder, wat ik allemaal extreem beledigend vind.

Zelfs als ze op het punt stond om me te vermoorden, zou ik een vrouw geen pijn doen. Vooral *deze* vrouw niet.

Ik pak een vinger, schraap wat crème van mijn gezicht en stop de vinger in mijn mond.

"Dank je," zeg ik hardop. "Maak er de volgende keer een met de smaak van suikerspin van."

Als een bubbel die barst, begint iedereen luidruchtig te lachen en naar mijn mening onevenredig in verhouding tot hoe grappig de situatie is.

Dante schaatst naar voren en doet zijn masker af.

"Boo, het lijkt erop dat je je dagelijkse gezichtsbehandeling kunt overslaan."

Calliope grinnikt.

"Ga naar de pik, Nosferatu." Ik veeg met mijn mouw alle overblijfselen van de crème van mijn gezicht.

Calliope salueert naar de coach. "Meneer Bloom meldt zich voor dienst, coach," zegt ze alsof ze me net niet met een taart heeft aangevallen. "Is er iets wat ik vandaag moet oefenen?"

De ooghoeken van de coach krijgen rimpeltjes. "Je baan is vrij in te vullen. Het enige wat je hoeft te doen is te leren hoe je een handtekening als meneer Bloom moet zetten, zodat deze overeenkomt met de manier waarop Ted en zijn voorgangers het deden. Verder kun je je eigen creativiteit gebruiken zoals je dat wilt. Dat wil zeggen, tenzij je mijn hulp wilt?"

"Het lukt wel," zegt ze. "Ik heb een aantal video's bekeken van de capriolen die Ted altijd uithaalde, en ik denk dat ik ze kan verbeteren." Ze gebaart met haar donzige poot naar de eenwieler. "Een vraag die ik had was: wil je dat ik schaats, of kan ik lopen als ik niet op mijn eenwieler zit? Ik weet hoe ik moet rolschaatsen, maar —"

"Dat kan zeker helpen," zegt de coach. "Je hebt voor beide evenwicht nodig, maar gezien je eenwielervaardigheden, weet ik zeker dat je dat in overvloed hebt. De voorwaartse beweging is vergelijkbaar. Draaien gaat op het ijs makkelijker. Stoppen is het ding dat heel anders zal zijn."

"Dus ik zal eraan werken om te leren stoppen," zegt ze. "Hoewel ik voor nu, gezien dit pak, gewoon tegen iets of iemand aan kan botsen als ik moet stoppen."

Als het *iemand* is, dan kunnen ze maar beter mij zijn.

"Heb je misschien schaatsen in mijn maat?" vraagt Calliope. "Ik wil ze opeens dolgraag proberen."

De coach kijkt me heimelijk aan en ik geef hem een onmerkbaar knikje — vooral omdat ik benieuwd ben hoe snel ze zal leren schaatsen.

"Welke maat schoen draag je?" vraagt de coach.

"Achtendertig," zegt ze.

"Dat is de zeven en een half van een kind, toch?" vraagt de coach.

Ze houdt haar gigantische clown-berenhoofd schuin. "Hoe zou ik dat moeten weten?"

"Sorry," zegt de coach. "Als je eenmaal kinderen hebt, dan doe je dat soort omrekeningen de hele tijd." Hij draait mijn kant op. "Michael, weet je toevallig waar we schaatsen in die maat kunnen vinden?"

Hij weet dat ik dat weet, dus in plaats van te antwoorden, loop ik weg om een paar schaatsen te vinden die ongeveer die maat zijn — hoewel een deel van me zou willen dat ik eerst Calliopes voet had gemeten, omdat dat de manier is waarop het passen van schaatsen zou moeten gebeuren.

Ja. Het is niet alsof ik haar voeten wil zien en aanraken. Of kijken of ze glinsterende nagellak op haar tenen heeft die bij haar vingers past. Of dat ze een teenring draagt. Of een enkelbandje. Nee. Je moet gewoon worden opgemeten om goed passende schaatsen te krijgen, dat is alles.

Als ik terugkom, heeft Calliope haar mascottehoofd afgezet en als ik haar de eerste schaatsen geef om te passen, vernauwt ze haar ogen tot spleetjes. "Waarom heb je deze bij de hand?" Ze scant mijn teamgenoten. "Ik betwijfel of een van je mede-Neanderthalers zulke sierlijke schaatsen draagt."

Ik zucht diep. "Een bedankje is misschien een passender antwoord." Ik ga echt niet over mijn geheime project praten.

Ze walst naar me toe en leunt voorover om in mijn oor te fluisteren. "Gebruik je deze om puck bunnies te verleiden?"

Haar lippen strelen langs mijn oor en ik bedank de hockeygoden voor mijn beschermende toque. Anders zou ze mijn enorme erectie kunnen zien, net als de rest van de mensen.

"Hoezo?" fluister ik terug. "Ben je jaloers?"

Ze gnuift verontwaardigd. "Als we doen alsof we uitgaan, dan moeten we op zijn minst ook doen alsof we met niemand anders zijn."

Mijn kaak tikt. "Dat is absoluut correct, *ptichka*. Ik zal zelfs naar niemand anders kijken, en niemand anders dan ik mag binnen een straal van twee meter van je komen."

Ze mompelt binnensmonds "bar-beer", knikt toch en probeert dan de verschillende schaatsen uit voordat ze zich op een roze paar met glitters vestigt — natuurlijk.

Zodra ze het ijs raakt, kan ze zich gracieus bewegen, of zo gracieus als voor een gigantische pluche beer mogelijk is. Als ik zie dat mijn teamgenoten haar met te veel nieuwsgierigheid bekijken, stel ik voor dat de coach de training afrondt en ik laat doorschemeren dat hij anders misschien een paar spelers tekortkomt.

De coach gebruikt zijn fluitje en stuurt de klootzakken naar de kleedkamer.

Ondertussen begint Calliope steeds beter te schaatsen, maar zodra ik op het ijs ben, botst ze tegen me aan — wat een grap zou kunnen zijn, maar waarschijnlijk de enige manier is waarop ze weet hoe ze moet stoppen.

"Ik moet nu gaan," zegt de coach. "Michael, kun je me een plezier doen en Calliope leren hoe ze moet stoppen?"

Calliope duwt zich van me weg. "Ik heb zijn hulp niet nodig."

De coach grijnst. "Jullie zijn een leuk stel."

Daarmee vertrekt hij, en als hij iemand anders dan de coach was geweest, dan zou ik hem van ganser harte vertellen om naar de verdomde pik te gaan.

HOOFDSTUK 9
CALLIOPE

Mijn beloftes negerend dat zijn hulp niet nodig of gewenst is, legt Michael me iets uit dat een ploegstop wordt genoemd.

Ik zet Wolfgang op een bankje in de buurt en probeer de manoeuvre uit te voeren. Hij blijkt vrij eenvoudig te zijn. Vervolgens leert Michael me een andere manier om te stoppen, waarbij ik de schaats naar achteren moet slepen en een hoek moet maken, wat iets lastiger is, maar het lukt me.

"Je bent een snelle leerling," zegt hij goedkeurend zodra ik de vierde techniek onder de knie heb die hij me laat zien.

"En jij bent een neerbuigende eikel," antwoord ik. "Leer me gewoon de beste manier om dit te doen, en laten we hier als de sodemieter weggaan."

Hij trekt een wenkbrauw op, schaatst weg, gaat sneller en stopt dan zo plotseling dat ik mijn ogen nauwelijks kan geloven. "Bedoel je dit?"

Shit. "Ja. Natuurlijk. Alles wat jij kunt, kan ik beter."

Geweldig. Ik klink als die musical waar iemand haar pistool krijgt — wat hier in Florida triviaal is.

"Oké," zegt hij sceptisch. "Draai je schaatsen in een loodrechte richting vanaf waar je naartoe gaat en gebruik de randen van de ijzers om wrijving te creëren. Het heet een hockeystop."

Zegt hij woorden als "wrijving" om me op te winden? Want het werkt niet. Ik ben niet in de verleiding om mijn arm uit de mouw van mijn kostuum te laten glijden om mezelf aan te raken — allemaal onder de dekking van lagen nepberenbont. Nee. Helemaal niet in de verleiding gebracht.

"— heb je dat allemaal?" eist hij.

Shit. Ik was misschien even aan het wegdromen. "Laat het me nog eens zien."

Dat doet hij, en ik realiseer me dat ik een soort schaatsfetisj of competentiefetisj moet hebben, omdat ik nooit had verwacht dat iemand plotseling op ijs tot stilstand zien komen, me zo heet en opgewonden zou maken.

"Zoals dit?" Ik versnel en probeer zijn methode — en val meteen. Het pak zorgt ervoor dat alleen mijn trots in het proces gekwetst is.

Hij schaatst naar me toe en tilt me op met een zachtaardigheid waartoe ik niet dacht dat hij in staat was. "Gaat het?"

"Ja. Prima." Ik probeer me terug te trekken. "Ik moet dat gewoon nog een paar keer oefenen."

"Nee," zegt hij heerszuchtig en hij laat me niet los.

"Laten we zeker weten dat je niet gewond bent." Hij tilt me als een zak teddyberen op en draagt me ergens heen terwijl ik luid protesteer.

Als een conciërge ons ziet, knipoogt hij wetend naar Michael, wat me bijna net zo kwaad maakt als hoe hij me vast heeft.

Uiteindelijk stopt hij naast een deur met het label 'ARTS'.

Binnen vertelt een vrouw me dat ze een orthopedisch chirurg is, en volgens Michaels eisen staat ze erop dat ik uit het pak stap, zodat ik kan worden nagekeken.

"Nee." Ik stamp met mijn harige voet om het woord te benadrukken. "Ik moet Wolfgang gaan halen."

"Ik zal hem pakken," zegt Michael en hij vertrekt voordat ik bezwaar kan maken.

"Dat is gewoon geweldig," zeg ik tegen de dokter. "Je staat op het punt om twee patiënten te krijgen." Omdat Wolfgang de klootzak zeker zal bijten. Ik ben de enige persoon die hij vertrouwt om hem op te pakken.

"Is Wolfgang een hond?" vraagt de dokter me.

"Nee." Ik leg niet uit dat hij een rat is voor het geval de goede dokter een van die spring-op-het-meubilair bange vrouwen is. Er zijn niet veel hoge plekken in deze kleine kamer.

"Kun je dat ding uitdoen?" Ze prikt met een grijns naar mijn gekostumeerde biceps.

Dat doe ik, dankbaar dat ik mijn korte broek en een

tanktop eronder draag in plaats van alleen mijn beha en slipje.

Ze onderzoekt me snel en vertelt me dat ik helemaal in orde ben.

"Ik weet het," zeg ik. "Het was Michael die —"

Als je het over de duivel hebt. Hij walst naar binnen en een verrassend tevreden uitziende Wolfgang zit op zijn schouder.

Verdomme, de kleine verrader piept zelfs opgewonden, alsof hij een stuk kaas heeft gescoord.

Nou, Wolfgang springt tenminste op mijn schouder zodra Michael binnen sprongafstand is. Anders weet ik niet wat ik had moeten doen.

"O," zegt de dokter. "Wolfgang is je rat. Ik had het kunnen weten."

"Wat bedoel je?" vraag ik. "Hoe vaak neem je aan dat mensen ratten hebben?"

"Honey, iedereen heeft de YouTubevideo gezien," zegt ze.

"Ik noem haar *ptichka*," gromt Michael. "*Niet* honey."

De dokter ziet er niet onder de indruk uit. "Dat is fijn voor je..."

"Is ze gewond?" eist Michael.

"Boo, het gaat prima," zeg ik met een zoete stem.

De dokter knikt en Michael kijkt zo opgelucht dat hij aan iets in mijn borst trekt.

Wacht. Wat? Ik doe gek. De bruut was gewoon bezorgd omdat ik voor zijn les nooit enige vorm van aansprakelijkheidsvrijstelling had ondertekend. Hij geeft niets om me, dat weet ik zeker.

"Is dat wat je elke dag onder die outfit wilt dragen?" vraagt Michael; zijn zwarte ogen glinsteren om een onbekende reden gevaarlijk naar me.

"Soms," zeg ik. "Soms zelfs nog minder."

"Minder?" Zijn neusvleugels trillen.

"Wat gaat jou dat aan?" eis ik, en herinner me dan dat we zouden moeten daten.

"Fucking fuck," gromt hij en rent het kleine kantoor uit, terwijl hij op weg naar buiten de deur dichtgooit.

"Alle hockeyspelers zijn heethoofden," zegt de dokter wijs. "Hij zal vast afkoelen en zich daar later voor verontschuldigen."

Betekent dat dat ze nog steeds denkt dat we samen zijn? "Bedankt, dokter," zeg ik terwijl ik mijn pak opraap.

"Doe je hem niet meer aan?" vraagt ze.

"Hoezo?"

Ze haalt haar schouders op. "Een man zou naar je kunnen fluiten en Michael kan het horen en —"

"Dat is bespottelijk." Maar ik trek het pak aan. "Ben je nu tevreden?"

"Ik had hier niets mee te maken," zegt de dokter. "Pas goed op jezelf."

Ik houd mijn hoofd hoog, verlaat het kantoor en keer terug naar het ijs.

Tot mijn opluchting zijn er geen overheersende klootzakken in de buurt, dus concentreer ik me op het stoppen op de manier waarop Michael het me liet zien. Net op het moment dat de Zamboni-machine verschijnt om het ijs op te knappen, maak ik een perfecte stop, maar mijn opwinding wordt afgebroken door het langzame geklap achter me.

Ik voer een kunstschaatsachtige draai uit om te zien wie er is.

Verrassing, verrassing, het is Michael. Ik bedoel, wie zou er anders zijn om mijn succes te verpesten?

"Ga je me nu ook nog eens bespioneren?" Ik schaats naar hem toe en stop weer perfect.

Hij haalt zijn schouders op. "Iemand moet erop letten dat je niets breekt."

"Het gaat prima zonder jou," zeg ik, en ik val natuurlijk bijna zonder reden op mijn kont.

"Dat zou een aanwijzing moeten zijn dat je te hard getraind hebt," gromt hij. "Kun je je eindelijk om gaan kleden?"

Ik klem mijn kaken op elkaar. "Wat kan jou dat schelen?"

Hij zucht. "Ik val om van de honger."

"Dus ga eten," snauw ik. "Wat heeft dat met mij te maken?"

Tenzij ik het ben die hij wil eten. Het is griezelig gemakkelijk om me die mannelijke lippen op mijn —

De genoemde lippen trillen terwijl hij een gefrustreerde adem uitblaast. "De coach heeft me gevraagd om je naar je auto te brengen. De aasgieren zijn nog buiten."

O. Ik was het vergeten.

"Wil de coach dat ze ons samen zien?" vraag ik. "Of maakt hij zich echt zorgen om mijn veiligheid?"

"In godsnaam, doet het ertoe?" Michael wijst naar de uitgang. "Kunnen we gaan?" Zijn maag gromt luid.

"Goed dan."

Ik herinner me mijn overgrootvader slechts vaag, maar ik ben er vrij zeker van dat een van de parels van wijsheid die hij me heeft doorgegeven, was: "Er is niets gevaarlijker dan een hongerige beer."

Terwijl Michael me naar mijn kleedkamer stalkt, maak ik er een punt van om niet te spreken, en hij verbreekt de stilte niet.

Eenmaal binnen, doe ik het mascottepak uit en vraag me af of ik in het beetje kleding moet blijven lopen, gewoon om hem kwaad te maken.

Maar nee. Ik wil mijn kleding hier niet achterlaten voor de hypothetische stalker om mee te rotzooien, en als ik ze bij me draag, dan zal mijn plan duidelijk zijn.

Dus ik kleed me om en als ik wegga, zie ik hem me weer van top tot teen scannen en goedkeurend knikken — wat me pissig maakt.

Ik loop naar hem toe en prik met mijn vinger in zijn borst — een vergissing omdat het aanraken van zijn haar daar dingen met me doet. Ongepaste dingen. "Laten we iets rechtzetten. Ik draag wat ik wil."

"Natuurlijk, *ptichka*. Wie heeft gezegd dat je dat niet kon?"

Is dit een grap? "Jij. Of je impliceerde het."

Zijn ogen worden boos. "Je kunt naakt rondlopen als je dat wilt. Ik zal met elke klootzak afrekenen die naar je durft te staren."

Is 'afrekenen met' een eufemisme voor 'de nek breken van'?

"Waarom doe ik de moeite om met een holbewoner te redeneren?" vraag ik aan niemand in het bijzonder.

Wolfgang maalt vrolijk met zijn snijtanden.

Meine Liebe, ik sta liever op je schouders als ze niet met kleding bedekt zijn. Het geeft mijn poten het gevoel dat ik in warme mozzarella sta.

Ik draai me van Michael weg en haast me door de gang, en hij laat me leiden tot we bij de deuren van de uitgang zijn, wat het moment is waarop hij vooruitgaat en naar de menigte met media brult — of althans, zo klinkt het.

Meestal een dapper stel, maken de journalisten nu een pad dat breed genoeg is voor een marcherende band om doorheen te paraderen.

Michael gromt iets onverstaanbaars, pakt mijn elleboog en leidt me er doorheen, terwijl ik mijn best doe om niet van zijn aanraking voor al deze camera's te zwijmelen.

Of misschien moet ik zwijmelen? Het is tenslotte de bedoeling dat we de wereld laten denken dat —

"Die is van jou, toch?" Hij trekt zijn neus op en gebaart naar mijn Kever.

Ik kijk hem boos aan. "Vind je nu mijn auto niet leuk?"

"Hij ziet er niet erg veilig uit," zegt hij. "Ik ben er ook vrij zeker van dat hij naar een van Hitlers ideeën is gemodelleerd."

Wat? Ik heb hem tweedehands van mijn neef

gekocht die een clown is — letterlijk — en ik heb dit soort auto's altijd met clowns geassocieerd. En natuurlijk lijken ze soms een beetje kwaadaardig, maar niet op Hitler-niveau.

"In wat voor auto rij *jij*?" vraag ik uitdagend.

Hij wijst naar een strakke muscle car die in de buurt staat. "Een Ford Mustang Shelby GT500."

Balen. Dat is de coolste auto die ik ooit heb gezien, en ik kan er niets negatiefs over zeggen. Aan de andere kant... "Het lijkt erop dat dit het soort auto is dat mannen nemen om iets te compenseren." Ik laat de pink aan mijn rechterhand slap worden.

"O, ik heb niets om te compenseren." Hij glimlacht gevaarlijk. "Wil je een bevestiging?"

Was dat een voorstel? Mijn blik schiet naar de uitstulping in zijn broek en ik slik moeizaam. "Dit gesprek is voorbij."

Hij houdt zijn hoofd schuin. "Moeten we niet iets voor de camera's doen?"

Ik slik weer. "Zoals wat?"

Hij sluit de afstand tussen ons. "Zoals dit." Hij neemt mijn gezicht in zijn handen en kust me meedogenloos, alsof ik van hem ben.

Mijn slipje gaat de kant op van de Boze Heks van het Westen wanneer die met een emmer water wordt overgoten — de heks smelt volledig, en ik ook.

Ik hoor in de verte camera's klikken en de geluiden herinneren me eraan dat dit alleen voor de show is.

Ik duw hem boos weg.

"Tot morgen," zegt hij.

"Ga een pik zuigen."

Hij glimlacht daar echt om en zijn glimlach is net zo slipjessmeltend als zijn kus. "De Russische uitdrukking is ga *'naar'* de pik. Niet 'zuig' aan een pik."

"En het verschil is?"

"'Ga naar de pik' betekent bijna letterlijk 'ga naar de hel'."

Ik trek een wenkbrauw op. "Dus je zegt dat je pik een hel is?"

"Nee, *ptichka*," mompelt hij. "Voor jou zal mijn pik de hemel zijn."

HOOFDSTUK 10

CALLIOPE

Als ik in mijn door Hitler geïnspireerde auto thuiskom, is het eerste wat ik doe Wolfgang met de rest van de rattenroedel herenigen. Dan maak ik voor ons allemaal wat eten klaar.

Zodra Lenin klaar is met het eten van een bevroren druif, begint hij door het hele appartement te racen.

Tovarisch, dit is het voedsel van de bourgeoisie en het heeft zijn corrumperende invloed op de proletari-rat.

Ik negeer zijn capriolen en staar lang en hard naar mezelf in de spiegel.

"De kus was alleen voor de foto's," zeg ik tegen mezelf.

"Maar waarom voelde het dan zo goed?" vraagt mijn spiegelbeeld heel redelijk.

"Omdat je een domkop bent. Omdat je niet voorzichtig bent met —"

Mijn telefoon gaat, wat maar goed is, want als ik

nog langer tegen mezelf praat, dan zullen mijn ratten me laten opnemen.

Het is een videogesprek van Seraphina.

Ik neem hem met een glimlach aan. Ze hangt voor de verandering eens niet aan het plafond.

"Hé, voormalige kamergenoot," zeg ik. "Mis je me al?"

"Ja, natuurlijk. Ik moet gewoon op de hoogte zijn, want al je andere broers en zussen overspoelen me met vragen over jou en je hockeyspeler."

"*Mijn* andere broers en zussen?" Ik laat het deel van 'mijn hockeyspeler' gaan. "Bedoel je niet de *onze*?"

Ze laat de supergezonde tanden zien die ze naar verluidt van onze over-overgrootvader heeft geërfd, degene die beroemd is om het kauwen op scheermesjes en het doorslikken van een zwaard. "Semantiek. Vertel op."

"Er valt niets te vertellen," zeg ik.

"Ja. Natuurlijk. Je bloost. Heb je nu al met hem gewipt?"

Ik rol met mijn ogen. "Zelfs *jij* bent niet zo sletterig."

"Vertel het me gewoon." Ze trekt puppyogen. "Ik kan de spanning niet meer aan."

Moet ik haar over de afspraak vertellen waartoe we zijn gedwongen? Niemand heeft gezegd dat we het voor onze families geheim moesten houden. Sterker nog, ik wil niet dat mijn familie denkt dat dit echt is, en Seraphina de waarheid vertellen is hetzelfde als ze allemaal een e-mail sturen waarin staat wat er is gebeurd.

Ik adem weer diep in. "Goed dan. We hebben weer gezoend, maar —"

Ze gilt zo hard dat de oren van al mijn ratten omhoogkomen. "Ik wist dat je lastigvallen om te pro*beren* informatie te krijgen vruchten zou afwerpen."

"Zoals ik op het punt stond om te zeggen, was het alleen voor de camera's." Marco en Polo rennen naar me toe, dus ik aai ze allebei.

Ze houdt haar hoofd schuin. "Waarom zou je hem voor de camera's kussen?"

Ik leg uit dat de virale video een financiële zegen is voor de Florida Bears en dat Michael en ik worden betaald om de belangstelling van het publiek gaande te houden. Ik weet niet zeker waarom, maar ik noem ook de kleine schaatsen die hij bij de hand had, duidelijk voor de sierlijk vrouwelijke voeten van zijn vele puck bunnies.

"Weet je zeker dat het de Florida Bears zijn die verantwoordelijk zijn voor die kus, en niet je beerachtige boo?"

Weet ik het zeker? "Dit gesprek is voorbij."

"Waarom?" vraagt ze. "Is het omdat je mijn woordspelingen met *beren* niet meer kunt verdragen?"

"Nee, maar ze helpen niet," mopper ik.

"Alsjeblieft, pro*beer* geduld met me te hebben," zegt ze. "Ik zal vroeg of laat zonder komen te zitten."

"Ik betwijfel of je zonder komt te zitten."

"Je hebt een punt. Ik zal pro*beren* m'n best te doen."

"Ik moet gaan." Ik zweef met mijn duim boven de knop "oproep beëindigen".

"Wacht," zegt ze dringend. "Gebruik een condoom als je met hem wipt. Je bent tenslotte in de vruchtbare leeftijd om een *berenwelp* te krijgen."

Ik beëindig het gesprek net op het moment dat ze een condoom voor me definieert dat van *berensterk* latex is gemaakt.

———

De volgende dag begin ik met de act te oefenen die ik van plan ben om voor mijn eerste wedstrijd als mascotte van de Bears te onthullen: de vriendschappelijke wedstrijd tegen de Yeti's in New York.

Geïnspireerd door de haat die ik voor de pers begin te ontwikkelen, zal mijn belangrijkste prioriteit fotobombardementen zijn. Dat betekent dat zodra er een camera zich op een speler of op een fan inzoomt, ik in het frame spring en een grappige pose aanneem, en als alles goed gaat, zal Wolfgang een vergelijkbare pose als de mijne aannemen. Het probleem met fotobombardementen is dat het moeilijk te oefenen is, dus ik concentreer me op iets eenvoudigs: de nieuwe ijsdans van meneer Bloom.

Tot nu toe houdt de dans— en ik gebruik deze term heel losjes — in dat je doet alsof je een T-Rex bent, mensen met een onzichtbare lasso naar binnenhaalt en je als een octopus gedraagt die op het punt staat door een sushichef te worden gedood. O, en af en toe gooi ik er de klassieke clownsbeweging in van het uitglijden op een bananenschil, en tegen het einde schuifel ik als een zombie rond.

Als ik klaar ben met de dans, is er een bekende langzame klap achter me te horen die ik had moeten verwachten, maar niet had verwacht.

Ik draai op een elegante draaimanier op het ijs en profiteer van het feit dat hij niet kan zien waar ik naar kijk als ik het masker op heb en mijn ogen vrij over zijn gezicht laat dwalen. Vervloek hem. Waarom is hij van alle mensen zo fucking lekker? Het zijn niet alleen de harde spieren of zijn doordringende ogen.

Het is zijn haar. Van het verdwaalde borsthaar dat boven zijn shirt uit gluurt tot de donkere, verwarde lokken op zijn hoofd. O, en last but not least — wat mijn libido betreft — is zijn gezichtshaar. Als om me te pesten, heeft hij zich niet geschoren sinds ik hem gisteren heb gezien, en wat een stoppelbaardje was, is een beginnende baard geworden.

Wacht. Hoezeer ik de lust voor het oog ook waardeer, waarom zou hij er een laten groeien? Een baard is immers maar een paar letters verwijderd van 'beer'.

"Ik maakte me zorgen om je geestelijke gezondheid," zegt Michael.

Ik doe het berenmasker af, zodat ik hem goed kan aankijken. "Mijn geestelijke gezondheid gaat je niets aan. Niets over mij gaat je iets aan."

Hij ademt uit. "Ik maakte maar een grapje."

"Dat was geen grapje. Maar dit wel: welke kleur sokken draag ik?"

Hij werpt een blik op mijn voeten. "Dat is moeilijk te zien."

"Fout," zeg ik. "Ik heb er geen aan. Ik heb blote *berenpoten*." Ja, Seraphina heeft zich op me afgewreven.

Hij grinnikt niet eens — waarschijnlijk omdat het verboden onderwerp van beren is aangesneden. "Ik vind het slim dat je je voorbereidt. Ted verzon gewoon shit terwijl hij bezig was, en het zag er nooit zo professioneel uit als die dans."

"Wacht even. Was dat een compliment?" Ik kijk naar Wolfgang. "Staat het universum op het punt om te imploderen?"

Wolfgang maakt een geluid door met zijn snijtanden te knarsen.

Meine Liebe, op dit moment haasten sterrenstelsels zich van elkaar weg, wat betekent dat het universum een tijdje niet zou moeten imploderen, of ooit. Ik theoretiseer dat de sterrenstelsels superzware zwarte gaten van de meest verrukkelijke kaas achtervolgen.

"Ben je er klaar voor dat ik je naar buiten begeleid?" vraagt Michael nors.

"Goed dan. Laten we gaan," zeg ik met een oogrol en ik loop voordat ik naar buiten ga langs mijn kleedkamer, terwijl ik zijn ogen op mijn rug voel.

Bij elke stap schiet mijn hartslag omhoog in afwachting van wat er op de parkeerplaats zou kunnen gebeuren.

We hebben gisteren tenslotte voor de camera's gekust, dus dat moeten we vandaag weer doen, toch?

Omwille van de consistentie, natuurlijk. Het heeft niets met die baard te maken.

En de media zijn er nog steeds als we weggaan, en ze schreeuwen vragen naar ons die door Michaels suggestie worden afgebroken dat iedereen naar de verdomde pik moet gaan.

Zodra de journalisten bang genoeg zijn om ons door te laten gaan, pakt Michael mijn elleboog en leidt hij me naar de parkeerplaats — waardoor ik het gevoel heb dat ik zweef.

Als we mijn Kever naderen, laat hij mijn elleboog los.

"Tot morgen," mompelt hij.

Ik knipper naar hem. "Vergeet je niet iets?"

Hij trekt een van zijn sexy dikke wenkbrauwen op. "Wat vergeet ik?"

Ik gebaar naar de journalisten. "Een kus?"

Hij ziet eruit alsof hij net alle bijenverdediging heeft omzeild en op het punt staat om van wat premium honing te genieten. "Denk je niet dat ze gisteren genoeg kusfoto's hebben gemaakt?"

Ik maak mijn lippen vochtig. "Het gaat deze keer niet om de foto's. Het gaat erom dat ze ons wel of niet intiem zien." Ja. Daarom zouden we het moeten doen. "We willen niet dat iemand een verhaal schrijft over hoe we al uit elkaar zijn gegaan."

Hij leunt naar voren, zijn lippen verleidelijk

dichtbij. "Weet je zeker dat het voor hen is? Misschien *wil* jij dat ik je kus."

Ik verander zelf bijna in een grommende beer. "Zelfs niet als je de laatste man op aarde was."

Hij haalt zijn schouders op. "Ik denk dat we een kus voor hen kunnen veinzen." Hij draait zijn rug naar de journalisten en geeft me een knuffel, maar zijn lippen zijn een hele centimeter van de mijne verwijderd — wat net zo goed een kilometer kan zijn. "Op deze manier zullen ze denken dat we kussen," fluistert hij. "Maar dat doen we niet."

Mijn hart bonst veel te snel en ik voel me ondanks de hitte in Florida vreemd rillerig. "Maar wat als iemand een lens met lange focus heeft en zich verbergt waar ze precies de juiste hoek hebben?" fluister ik en schop mezelf dan mentaal.

Hij zal me weer gaan plagen. Ik weet het gewoon.

"Als iemand hier een foto van maakt, dan hebben ze een foto van ons dat we knuffelen," mompelt hij. "In welke wereld leidt dat ertoe dat ze concluderen dat we uit elkaar zijn?"

Hoe durft hij gezond verstand en logica te gebruiken? Ik duw hem weg. "Ik ga naar huis."

Hij blaast spottend een luchtkus naar me toe. "Droom fijn, *ptichka*."

Ik word midden in de nacht nat wakker. Nee, dat is een

understatement. Ik heb een nieuw, beter woord nodig voor hoe wanhopig ik seksuele ontlading nodig heb.

Grr. Klootzak. Het is alsof hij me heeft vervloekt toen hij me fijne dromen toe had gewenst — en daar ging ik, over zijn naakte borst dromen en van mijn vingers die daar door zijn haar gaan. En dat was nog niet het ergste. Ik voelde zijn baard in die droom, zowel toen we kusten als toen hij naar beneden ging — een glorieuze ervaring, al was het maar in mijn verbeelding.

———

Mam belt terwijl ik naar mijn werk rijd en vertelt me dat journalisten het circus lastigvallen, in de hoop me te zien.

"Het is geweldig voor zaken," zegt ze. "We zullen dankzij jou waarschijnlijk allemaal loonsverhoging krijgen."

"Blij dat ik van dienst kan zijn. Ik hoop alleen dat ze er niet achter komen waar ik momenteel woon en me daar lastigvallen."

Als ze dat doen, dan wil Michael me misschien helemaal naar mijn deur brengen, en op die manier is er de mogelijkheid dat ik hem per ongeluk binnen zal vragen en dat zijn pik per ongeluk in me zal belanden.

"Dus," zegt mam samenzweerderig. "Heb je al kooklessen gevolgd?"

Wat? "Hoezo?"

"Je hebt een nieuw vriendje," zegt ze. "De weg naar het hart van een man gaat door zijn maag."

Dat klinkt als iets wat een seriemoordenaar zou zeggen. "Heeft Seraphina je niet alles verteld?" vraag ik. "Hij is niet mijn vriendje. Het is gewoon voor de show."

"Ja, natuurlijk," zegt ze. "Ik heb de video en de foto's gezien. Als je zo'n goede actrice was, dan zou je niet in het circus zitten. Dan zou je in plaats daarvan op Broadway zijn."

"Ik zit *niet* in het circus," herinner ik haar. "En ik verzeker je dat niets ervan echt is."

"Laten we het eens zijn om het oneens te zijn," zegt mam.

"Dit is geen situatie waarin je die zin kunt gebruiken."

"Laten we het dan eens zijn om het twee keer oneens te zijn."

Ik rijd bijna over een gopherschildpad die de straat oversteekt. Ik rem gelukkig op tijd. "Ik ben je vergeten te vertellen dat ik aan het rijden ben," zeg ik tegen mama terwijl ik wacht tot de schildpad voorbij is. "Het is niet veilig om op deze manier te multitasken."

"Daar zijn we het over eens," zegt ze en ze hangt op.

Daarover wel? Dus ze denkt nog steeds dat Michael en ik aan het daten zijn? Ik bedoel, ik weet dat zij en pap kleinkinderen willen, maar ik wist niet dat het verlangen zo wanhopig was geworden dat het ervoor zorgt dat ze de realiteit ontkent.

Whatever.

Als ik eindelijk op het werk ben, wacht ik met het

aantrekken van mijn berenpak. Ik heb een paar vrijwilligers van het team nodig om te helpen met een idee dat ik voor mijn act heb, en ik hoop dat ze me in straatkleding serieuzer zullen nemen.

Dus… maak ik de fout om te kijken hoe ze trainen. Of beter gezegd, ik maak de fout om naar Michael te kijken die zijn oefeningen doet. Zijn baard valt vandaag nog meer op, en het is maar al te gemakkelijk om me voor te stellen dat hij zich in me boort, zijn pik zo hard als een hockeystick en zijn baard aangenaam schurend op mijn —

"Hoi, Calliope," zegt de coach, terwijl ik me kapot schrik.

"Hallo, coach." Ik veeg mijn mond af als er wat van de overvloedige hoeveelheden kwijl die ik produceer is ontsnapt.

"Kan ik je ergens mee helpen?" vraagt hij.

"Ja. Laat Michael zich scheren," flap ik eruit.

Op die manier zal het gemakkelijker zijn om bij hem in de buurt mijn gezond verstand bij elkaar te houden en de productie van lichaamsvloeistoffen te verminderen.

De coach grijnst. "Sorry, maar dat kan ik niet doen. Ze scheren zich nooit voor een belangrijke wedstrijd, en dat zal ik niet in de weg staan. Vooral niet in het geval van Michael, want toen hij net bij ons was, bespotte hij dit specifieke bijgeloof op grond van 'te veel mensen doen het, dus hoe kan het je een voorsprong geven?' Het feit dat hij sindsdien met hen meedoet, vertelt me dat hij de komende wedstrijd *echt* wil winnen."

Zei hij net 'hen?' Ik kijk naar de rest van de spelers. Yep. Ze zijn inderdaad allemaal ongeschoren. Het is gewoon dat Michael zijn baard sneller en voller kan laten groeien.

Over Michael gesproken, ik zie hem zonder enige reden naar me staren, dus ik steek mijn middelvinger op en draai me terug naar de coach. "Ik maakte toch maar een grapje. Maar ik kan wel wat hulp gebruiken."

"Wat kan ik doen?" vraagt de coach.

"Ik weet niet zeker of ik je dit aan wil doen," zeg ik. "Het is beter als ik een paar vrijwilligers van het team kan krijgen."

"Tuurlijk. Ga je gang." Hij gebruikt zijn fluitje en iedereen kijkt onze kant op.

De coach gebaart naar me om te spreken.

"Ik heb een paar vrijwilligers nodig," kondig ik aan.

De bebaarde gezichten kijken me aan alsof ik zou kunnen bijten.

"Het is voor mijn act," leg ik uit. "Ik zou graag iets willen doen waarbij ik een denkbeeldig touw over het ijs strek, en dat dan een aantal van jullie erover struikelen, alsof het echt is."

Veel van de kerels knikken goedkeurend — dat wil zeggen, totdat ze een laag gegrom horen.

"Ik bied me aan," zegt Michael. "En niemand anders."

Ik staar hem vol ongeloof aan. "Snap je niet hoe iets vrijwillig doen werkt?"

Hij schaatst naar voren. "Wil je dat ik mijn aanbod intrek?"

"Nee. Ik zie je hier zo weer." Ik draai me met een oogrol om en ga naar mijn kleedkamer om me klaar te maken.

Zodra het kostuum aan is, zet ik Wolfgang op mijn schouder en bekijk ik mezelf in de spiegel om in karakter te komen.

"Berenman zo geil als een hert. Grom. Berenman wil voor de camera's op grote borsten van zijn Pookie-poo komen."

Wolfgang wast zijn gezicht met zijn poten.

Meine Liebe, deze Berenmanpersoon klinkt alsof hij gewoon regelmatige rantsoenen kaas nodig heeft.

Ik heb het gevoel dat ik op alles ben voorbereid en keer terug naar de ijsbaan, waar Michael samen met de coach op me wacht.

Terwijl ik uitleg wat ik wil doen, grijnst de coach, maar Michaels gezicht is volledig onbewogen, alsof ik het over mijn inkomstenbelasting heb en niet over een leuke grap.

Dan, nadat ik een groot punt heb gemaakt over het opzetten van het onzichtbare touw over het ijs, schaatst Michael erdoorheen en valt hij heel opzettelijk.

"Dat was verschrikkelijk," zeg ik. "Het moet er natuurlijk uitzien. Dat was gewoon jij die expres viel."

Zijn neusvleugels trillen. "Hoe de fuck kan ik natuurlijk vallen?"

"Alsof het een ongeluk is." Ik kijk naar de coach voor hulp.

"Hé, Michael," zegt de coach met lachrimpels bij zijn ogen. "Als dit te kinderachtig voor je is, dan weet ik zeker dat Dante Calliope graag wil helpen."

"Over mijn lijk," gromt Michael en draait zich naar me toe. "Laat me gewoon zien hoe je wilt dat ik val, en ik zal het op die manier doen."

Huh. "Zoals dit." Ik schaats naar het onzichtbare touw en doe dan alsof het een laser is die de onderkant van mijn voeten heeft afgehakt. Ik gil van de pijn, zwaai met mijn armen alsof ik door een zwerm bijen word aangevallen, grijp dan mijn borst vast en val op het ijs, terwijl ik tril en doe alsof ik dood ben.

"Dat was natuurlijk?" Michael kijkt van mij naar de coach.

"Het was inspirerend," zegt de coach. "De kinderen zullen het geweldig vinden."

"En sinds wanneer is hockey een sport voor kinderen?" moppert Michael.

"Ben je niet op de leeftijd van vier begonnen?" vraagt de coach.

Michaels gezicht wordt uitzonderlijk somber, zelfs voor hem. "Laat me die verdomde val eens proberen." Hij knarst vastberaden met zijn tanden, schaatst naar het 'touw' en herhaalt dan de belachelijke uitdaging die ik voor hem heb uitgezet — het is alleen dat hij erin slaagt om het met een roofzuchtige gratie te doen die meer typerend is voor een katachtige.

"Hoe?" vraag ik aan niemand in het bijzonder.

"Zijn kinesthetische intelligentie is buitengewoon," zegt de coach.

Ik wissel een verwarde blik uit met Wolfgang. "Betekent dit dat Michael gedachten kan lezen?"

Meine Liebe, mijn gedachten zijn gemakkelijk te lezen. 'Kaas.'

"Nee." De coach grinnikt. "Het betekent dat hij zijn lichaam met grote precisie kan gebruiken."

Was het de bedoeling van de coach om me een aanval van vieze plaatjes te geven, beelden waarbij Michael zijn lichaam op me gebruikt... met grote precisie? Wacht. Dat laat het klinken alsof mijn gaten moeilijk te raken zijn of zoiets, wat ze —

"Hoe vond je het?" gromt Michael.

"Heel... precies," zeg ik. "Maar helemaal niet grappig."

"Maar het potentieel is er," zegt de coach snel. "Kun je het nog een keer doen, maar dan doen alsof je erg dronken bent?"

Michael mompelt iets over iedereen die naar de pik moet gaan, probeert het opnieuw, en deze keer is zijn val zelf hilarisch.

"Zie je wel," zegt de coach. "Ik wist dat je het kon."

"En jij bent een goede coach, Coach," voeg ik eraan toe.

Michael strekt zijn armen uit — die waarschijnlijk pijn doen door al dat zwaaien. "Wie had gedacht dat er als een verdomde idioot uitzien zo'n uitdaging zou zijn."

"Maar je doet het zo natuurlijk," zeg ik, terwijl ik onschuldig met mijn wimpers naar hem knipper.

"Daar ben ik zo in gelopen, nietwaar?" gromt hij.

"Aan de andere kant," zegt de coach, "heb ik je verteld dat je meer assists moet doen, en dat was een uitstekende."

Een vrouw schraapt haar keel achter ons. Het blijkt Linda van HR te zijn. "Ik hoop dat ik niet stoor."

"Hoeveel heb je daarvan gezien?" vraag ik.

Ze huivert. "Vraag je of ik onze duurste speler net bijna zijn nek heb zien breken?"

Duurste? Worden hockeyspelers evenredig betaald aan hun humeurigheid?

"Wat wil je?" eist Michael.

Ze springt van voet tot voet. "Ik wilde iets met jullie bespreken. Een idee van PR." Ze huivert. "Het heeft met de accommodaties in New York te maken."

"Wat is daarmee?" vraag ik.

Linda veegt een zweetparel van haar voorhoofd. "Ze — we — wilden weten of jullie twee het goed zouden vinden om een hotelkamer te delen."

Ik heb het gevoel dat mijn hersenen net over het onzichtbare touw zijn gestruikeld en met hun hippocampus en hypothalamus zwaaien terwijl ze op hun amygdala landen. "Hij en ik?" Ik wijs naar Michael. "Of hij en de coach?"

De coach steekt zijn handen op alsof ik een pistool op zijn borst heb gericht. "Ik blijf bij mijn vrouw. Sorry."

"Waarom verdomme?" eist Michael.

"Om de geruchten verder aan te wakkeren," zegt Linda. "Anders kan de pers zich gaan afvragen of jullie wel echt samen zijn. Jullie zijn nog niet veel samen gezien, dus..."

Ik kijk haar boos aan. "Ik doe het niet."

"Ik ook niet," zegt Michael, zijn zwarte ogen glinsterend van woede.

"Het zal een kamer met twee bedden zijn," gilt Linda. "Met ook een scheidingswand tussen hen."

"Zijn die scheidingswanden niet van papier en hout?" Ik werp zonder enige reden een blik op Michaels kruis. "Ik ben niet echt gerustgesteld."

Michael antwoordt niet, maar zijn uitdrukking zorgt ervoor dat Linda een stap achteruit doet.

"Meneer Ironside — de eigenaar van het team — is bereid om jullie allebei een bonus voor het ongemak te geven," zegt ze met een luide fluistering. "Twintig procent van jullie jaarsalarissen." Ze kijkt Michael aan. "Hij zei ook dat hij honderd keer zoveel zou doneren aan je —"

"Deal," gromt Michael en draait zich naar me toe. "Ik zal natuurlijk een perfecte heer zijn."

"Prima," zeg ik, waarschijnlijk omdat mijn hersenen nog steeds in de war zijn. "Ik doe het." Dat geld zal heel erg meehelpen om mijn droom van een rattenshow te verwezenlijken.

Terwijl Linda wegloopt, vernauw ik mijn ogen naar Michael. "Waar doneert hij geld aan?"

"Ik moet me omkleden," zegt hij en negeert mijn

vraag. "Waar wil je afspreken zodat we samen kunnen vertrekken?"

"Bij de voordeuren?"

Hij loopt met een knikje weg.

Ik draai me naar de coach. "Weet je waar het geld voor is?"

"Ja," zegt de coach. "Maar het is Michaels geheime project, dus je zult het hem moeten laten vertellen. Sorry."

Geheim project? "Runt hij een vereniging voor het behoud van beren?" Dat is iets waar een rijke man misschien geld aan wil doneren.

De coach schudt zijn hoofd. "Zet me alsjeblieft niet in deze positie."

"Goed dan. Dan ga ik me maar omkleden."

De coach ziet er opgelucht uit, daarom geef ik hem niet mijn tweede gok: een hightech faciliteit waar speelgoed, porno en zebra's slim worden gebruikt om reuzenpanda's aan te moedigen om te paren.

HOOFDSTUK 11

MICHAEL

"Gaat het?" vraagt Dante me als ik de kleedkamer binnenstorm.

Ik sla hard op mijn kastdeur. "Die klootzakken willen dat ik en Calliope in New York in dezelfde hotelkamer verblijven."

Dante gnuift. "Jij en het meisje dat je leuk vindt moeten samen de nacht doorbrengen. Wat een verschrikking."

Ik draai me naar hem toe. "Stel me verdomme niet op de proef. Linda had Calliope bovendien bijna over mijn geheime project verteld."

Hij haalt zijn schouders op. "Zou het zo erg zijn als ze het wist? Misschien gaat ze je er leuker door vinden."

"Fuck." Ik trek mijn trui uit.

"Dat zou ze ook kunnen doen, als ze wist van —"

"Hou verdomme je kop," sis ik naar Dante omdat

Jack uit de douches komt — en hij is niet op de hoogte van mijn geheim, en zal dat ook nooit zijn.

"Ze zou zelfs kunnen helpen," zegt Dante vaag. "Als ik jou was, dan zou ik haar meenemen naar de inzamelingsactie wanneer —"

"Welk deel van 'hou je kop' heb je niet begrepen?" grom ik.

Aan de andere kant is zijn idee het overwegen waard. Niet dat ze ermee in zou stemmen om me naar welk evenement dan ook te vergezellen.

Ik kleed me snel om en haast me naar beneden, waar ik op wat uren lijkt wacht tot Calliope komt.

"Eindelijk," zeg ik als ze verschijnt.

"Ik kan zelf naar de auto lopen," antwoordt ze.

Ik verwaardig dat niet met een reactie; ik open de deur en kanaliseer mijn frustratie naar de klootzakken buiten.

Helaas voor mijn jeukende vuisten maken ze ruimte voor ons, dus neem ik *ptichka* bij haar elleboog en leid haar over de parkeerplaats — klaar om iedereen te slaan die ons een domme vraag stelt. Ook hier krijg ik de kans niet.

Over mensen gesproken die ik zou slaan... "Heb je nog iets van je stalker gezien?"

Ze schudt haar hoofd. "We weten niet of het een stalker was, maar nee." Toch ziet ze er een beetje onzeker uit.

"Er is nog iets anders, is het niet?"

Ze aarzelt. "Nu ik erover nadenk, toen ik op mijn eerste dag bij mijn huis aankwam, leek er iets mis te zijn. Er zaten wat vlekken op de muren en een paar vloerplanken zagen eruit alsof ze omhoog waren getrokken en vervolgens weer waren teruggeplaatst."

"Verdomde stalker," grom ik.

"Of het was mijn verbeelding," zegt ze. "Ik weet ook niet of de video op dat moment al viraal was."

Ik bal mijn vuist en laat hem weer los. "Heb je een beveiligingssysteem?"

"Nee."

"Ik ga wat telefoontjes plegen. Er wordt er vanavond eentje geïnstalleerd."

Ze rolt met haar ogen. "Dat klinkt als overkill."

"Het is beter om een beveiligingssysteem te hebben en het nooit nodig te hebben."

"Whatever." Ze trekt haar klassiek gevormde neus op. "En nu... kun je me vertellen wat je geheime project is?"

Ik leun naar voren. "Kun je een geheim bewaren?"

Ze knikt gretig en komt zo dichtbij dat ik haar lippen bijna kan proeven.

"Dat kan ik ook," zeg ik en ik kijk toe hoe de teleurstelling zich over haar gezicht verspreidt.

"Goed dan," zegt ze. "Ik ga." Toch beweegt ze zich geen centimeter. Een flapper van de vleugel van een vlinder is alles wat ervoor nodig is om onze lippen elkaar te laten ontmoeten.

Mijn hart bonst zwaar en mijn stem is een beetje te hees als ik zeg: "Hebben we niet wat alsof te doen?"

Haar schouders gaan elegant hangen. "Niet iedereen kust zijn vriendin elke dag gedag."

"Als je echt van mij was, dan zou ik dat doen."

Fuck, wat zeg ik? Waarom zeg ik dat? Het is alsof een demon mijn tong in zijn greep heeft. Of mijn pik.

Ze bevochtigt haar lippen. "Het lijkt erop dat we niet veel keus hebben."

De demon duwt me van achteren, waardoor ik mijn hoofd buig en mijn lippen op de hare druk.

Haar snak naar adem van verrassing vertelt me dat ze het niet had verwacht, maar ze duwt me niet weg. Nee, ze beantwoordt de kus met een passie die haar een Oscar zou kunnen opleveren.

Ik trek haar dichterbij en ze smelt tegen me aan, haar zachte delen maken mijn harde delen gek.

Het geluid van camera's die klikken brengt me terug naar de realiteit en ik trek me van haar terug.

Ze kijkt wild en raakt haar lippen aan. "Ik wed dat dat behoorlijk overtuigend was."

Ik knik. "Tot morgen, *ptichka*."

Daarmee sleep ik mezelf weg en rijd ik in een waas naar huis. Als ik daar aankom, staan er twee journalisten op me te wachten en een vraagt er naar Calliope.

Ik vernietig eerst zijn camera en doe dan hetzelfde met de andere klootzak. Dan beloof ik dat ik lichaamsdelen zal breken als ik ze weer zie en ga mijn huis in.

Eindelijk. Ik ben nog steeds pijnlijk hard na die kus, dus ik pak mijn pik om de spanning los te laten. Daarna eet ik en ga ik achter mijn computer zitten om aan mijn geheime project te werken.

Tegen de tijd dat mijn ogen moe worden van het staren naar de monitor, heb ik een nieuwe sponsor veiliggesteld en ben ik erin geslaagd om een uitnodiging te scoren voor een fondsenwerving waar ik er meer kan ontmoeten, terwijl ik in New York ben. Het is een black-tie-evenement, dus ik ga naar de koffer die ik al heb voorbereid en pak mijn smoking in.

Het probleem is dat me alleen aankleden voor de rol me niet zal helpen om meer sponsors te scoren. Ik moet sociaal en fucking beleefd zijn, wat niet mijn sterkste kant is.

Misschien moet ik Calliope vragen om mee te gaan. Ondanks dat ze tegendraads is en ongetwijfeld zelfs bij een black-tie-evenement een rat op haar schouder zou hebben, zou ze het veel beter doen dan ik ooit zou kunnen als het om het charmeren van mensen gaat. Iets aan haar trekt je gewoon naar binnen. Een soort schittering, bij gebrek aan een betere term, en ik bedoel niet alleen de kleur van haar nagels.

Maar nee. Dat kan ik niet. Het klinkt te veel als een echte date. En het zou er ook zo uitzien, wat het laatste is dat we nodig hebben.

Ik sluit mijn computer, loop naar mijn telescoop en kom tot rust door naar de haviksfamilie te kijken.

De volgende dag, aan het einde van de training, realiseer ik me dat ik bijna mijn stem kwijt ben door tegen mijn trieste teamgenoten te hebben geschreeuwd.

Terwijl ik peentjes zweet, benader ik de coach terwijl hij met Calliope praat en betrap haar erop dat ze vraagt: "Misschien moet je hem voor lessen in woedebeheersing inschrijven?"

"Fuck dat," grom ik. "Maar je zou deze luie klootzakken voor een aantal 'intro tot hockey'-lessen kunnen inschrijven."

De coach draait zich mijn kant op. "Ik weet dat je wilt winnen, maar misschien push je jezelf en de anderen een beetje te hard?"

Ik vernauw mijn ogen tot spleetjes naar hem. "Zou jij niet meer moeten willen dat we winnen dan ik, coach?"

"Het is een vriendschappelijke wedstrijd," zegt hij. "Een verheerlijkte training. Er is geen prijzengeld. Geen impact op rankings. Het telt nergens voor."

Ik schud hevig met mijn hoofd. "Nadat we ze hebben verslagen, zal mijn prijs de uitdrukking op hun gezichten zijn." Vooral op één specifiek gezicht.

"*Als* we ze verslaan," zegt de coach. "Onze kansen zijn niet zo goed. Ze zijn een veel sterker team en —"

"Daarom zullen ze overmoedig zijn," zeg ik. "En niet hun best doen — om alle redenen die je net hebt genoemd."

"Dus waarom wil *jij* ze zo graag verslaan?" vraagt Calliope net als Dante naar voren schaatst en zijn masker afdoet, ons bijna met zijn bleekheid verblindend.

"Omdat ze hem hebben ontslagen," zegt Dante zonder met zijn ogen te knipperen. "En hij wil niet alleen hen allemaal verslaan, maar vooral Mason Tugev. Degene die verantwoordelijk is voor het genoemde ontslag."

Ik bedwing al mijn gewelddadige driften. Dante is een vriend. Hij is bovendien een uitstekende keeper en we hebben hem voor de betreffende wedstrijd nodig. "Tugev beweerde eigenlijk dat het hun coach was die me heeft ontslagen," snauw ik. "De echte reden dat ik hem wil verslaan, is omdat hij denkt dat hij de beste in de competitie is."

"Hij en de rest van de wereld," zegt Dante. "Huidig gezelschap uitgesloten, natuurlijk."

"Mason Tugev," herhaalt Calliope met een frons. "Is die man geen miljardair?"

"Precies," zeg ik grimmig. "En al dat geld heeft hem soft gemaakt, dat weet ik zeker."

"Hij is nu de eigenaar van het team," voegt de coach eraan toe. "Dus hij denkt waarschijnlijk aan zijn pensioen in plaats van aan winnen."

"Zie je wel," zeg ik. "Dit is misschien mijn laatste kans om hem te verslaan."

"Bedoel je niet dat *jouw* team *zijn* team moet verslaan?" vraagt de coach met een grijns.

"Hij meende vast precies wat hij zei," zegt Calliope met een oogrol. "Het ego van de man is zo groot als de Mount Everest."

Dante geeft haar een high five en ik breek bijna zijn arm omdat hij het waagde om haar aan te raken — of hij nu wel of niet een vriend/keeper is. Wat me tegenhoudt, is de hand van de coach op mijn schouder.

De man begrijpt me veel beter dan wie dan ook.

"Dus, Calliope," zegt de coach. "Zijn er nieuwe capriolen waar je hulp bij nodig hebt?" De klootzak kijkt me nadrukkelijk aan.

"Eerlijk gezegd wel, ja," zegt ze. "Maar ik weet niet zeker of ik ze met iedereen moet doornemen, of gewoon moet doen."

"Bespreek het met *hem*," zeggen Dante en de coach in koor, terwijl ze naar mij kijken.

"Vooral als je ze voor de wedstrijd van de Yeti's plant," voegt de coach eraan toe.

Ze zucht. "Oké. Ik was van plan om je met een gigantische schuimvinger aan te vallen nadat je hebt gescoord."

"Je hebt harige poten," zegt Dante. "Hoe wil je een gigantische schuimvinger vasthouden?"

"Dat is aan mij om uit te pro*beren*," zegt ze.

Ik knars met mijn tanden. "Goed dan. Je kunt de vinger gebruiken." Maar alleen omdat het plan het als vanzelfsprekend beschouwt dat ik *zal* scoren.

Ze grinnikt. "Ik zal dit stukje 'Michael wordt gevingerd' noemen."

Coach en Dante lachen luidruchtig en mijn enige niet-gewelddadige optie is om me om te draaien en te vertrekken.

Als ik de kleedkamer uitloop, wacht Calliope me op en ze ziet er extra verrukkelijk uit nu het omvangrijke mascottepak haar rondingen niet verbergt.

"Hé," zegt ze. "Ben je boos?"

"Boos als in gestoord?"

Ik heb er tenslotte mee ingestemd om te doen alsof ik met deze vrouw uitging.

"Boos als in kwaad," zegt ze met een lichte oogrol. "Je was onnatuurlijk aangenaam toen je ja zei tegen — laten we het project schuimvinger noemen — en ik had ten koste van jou een grap gemaakt in plaats van bedankt te zeggen."

"Onnatuurlijk aangenaam?" Ik trek een wenkbrauw op. "Je bent misschien nog wel slechter in je verontschuldigen dan ik."

"Sorry. Kunnen we nu gaan?"

"Tuurlijk." Alsof ik bezeten ben, pak ik op dat moment haar elleboog — zonder dat er journalisten te zien zijn. Als ze het erg vindt, dan laat ze het niet zien, dus lopen we op deze manier helemaal naar haar auto.

"Dus..." Ze knikt naar de idioten met camera's en bijt in haar onderlip. "Zullen we?"

O, ja. Ik kus haar nog een keer, de smaak van suikerspin is net zo bedwelmend als opwindend. De wereld om ons heen lijkt te vervagen, tenminste totdat ze zachtjes een stap terug van me doet — op welk moment ik de klikken van camera's boven het gehamer van mijn hartslag uit hoor.

"Tot morgen," zegt ze verlegen.

Het beste wat ik kan doen wat antwoorden betreft, is een geluid met mijn keel. Maar hé, het had slechter kunnen zijn.

Ik had kunnen grommen.

De komende dagen vervagen samen. Ik train alsof mijn leven van winnen afhangt, en dan kus ik Calliope voor de camera's met een vergelijkbare ijver en zonder me zorgen te maken over hoe blauw mijn ballen worden. Daarna trek ik me af, werk ik aan fondsenwerving, kijk ik naar de haviken en slaap ik, spoel ik me af en herhaal ik de dag ervoor.

"Dus..." zegt Calliope nadat we op de dag van onze vlucht met tegenzin de verbinding met de kus hebben verbroken. "Ik zie je in het vliegtuig, toch?"

"Correct." Ik betwijfel of het nodig was, maar ik heb mijn teamgenoten al gewaarschuwd dat ik naast haar zit en dat ze beter weg kunnen blijven op koste van de pijn van... veel pijn. "Waarom vraag je dat? Wil je samen een film kijken?"

Haar ogen lichten op. "Kunnen we dat doen?"

"Natuurlijk. Wat voor soort films vind je leuk?"

Ze werpt een blik op Wolfgang. "*Ratatouille* is mijn favoriet, maar ik hou ook van *Encanto* — vanwege Bruno's vrienden."

Dankzij mijn geheime project ben ik bekend met de films in kwestie, dus vraag ik: "Mogen we over Bruno praten?"

Haar ogen worden groot. "Je hebt gelijk. We praten niet over Bruno. Nee. Nee. Nee."

Ik weersta de drang om haar weer te kussen. "Dus... zitten er in de films die je leuk vindt altijd ratten?"

Ze schudt haar hoofd. "Ik vind *Stuart Little* leuk en hij is een muis."

"Ah. Je houdt dus van knaagdieren."

Ze schudt weer haar hoofd. "Ik vind Pikachu leuk en hij is een Pokémon — een fictief wezen met superkrachten."

"Ja, maar hij ziet er nog steeds als een knaagdier uit."

Ze vernauwt haar ogen. "Hoe kan het dat je zo goed op de hoogte bent van dingen die kinderen leuk vinden? Heb je zelf kinderen?"

"Nee."

"Nichtjes of neefjes?"

"Nee." Het woord komt er meer grommend uit dan ik van plan ben. "Ik heb *geen* familie." Fucking fuck. Hoe zijn we op dit onderwerp gekomen?

Ze staart me aan. "Niks?"

"Nee. Ik ben in een Russisch weeshuis opgegroeid — en hoe minder daarover wordt gezegd, hoe beter." Anders word ik misschien gewoon gek richting de media-fucks die in de buurt zijn, en dat zou niet goed zijn voor de PR van het team.

"Het spijt me," fluistert ze en staart me aan. "Ik wist het niet."

Ik voel een spier in mijn kaak tikken. "Kunnen we van onderwerp veranderen?"

"Ja. Natuurlijk. Laten we het gewoon over films hebben. Welke soort vind jij leuk? Misschien kunnen we er een vinden waar we allebei van zouden genieten?"

"Ik hou van films met spionnen en superhelden," zeg ik. "Mijn favoriete personage is Black Widow."

Ze rolt met haar ogen. "Is het omdat je denkt dat Scarlett Johansson sexy is?"

"Nee. Ik kan me in het achtergrondverhaal van haar personage inleven."

Shit. Waarom heb ik dat net gezegd?

Als Calliope naar me staart alsof ik een tweede hoofd heb gekregen, dan ben ik gedwongen om het uit te leggen. "Geboren in Rusland, gerekruteerd in een slopend trainingsprogramma. Het enige verschil is het curriculum: spionage versus hockey."

Ze blijft me gewoon aanstaren, haar gezicht is een caleidoscoop van emoties. "Dus, toen de coach zei dat je op vierjarige leeftijd bent begonnen met hockey, was het niet vrijwillig?"

"Dat was het niet, maar ik begon al snel van hockey te houden en ik begreep dat mijn leven zonder hockey veel slechter zou zijn. Toch is getraind worden met behulp van methoden uit het Sovjettijdperk niet iets wat ik zou aanbevelen, zelfs niet aan mijn vijanden."

Ze neemt mijn hand in de hare, haar kleine handpalm zacht en warm om mijn vingers. "Het spijt me... alweer."

"Het geeft niet." Ik knik naar de journalisten. "Ze krijgen waarschijnlijk een aantal geweldige foto's van ons nu we een openhartig gesprek hebben, dus dat is er ook nog."

"Ja," zegt ze en laat mijn hand los.

Ik rouw om het verlies van haar aanraking, maar

dat kan ik haar niet vertellen. "Heb je filmsuggesties?" vraag ik in plaats daarvan.

Ze knikt. "Wat dacht je van *The Suicide Squad*?"

Ik houd mijn hoofd schuin. "De oude of de nieuwe?"

Ik heb gehoord dat de oudere versie waardeloos is.

"Alleen de nieuwere heeft de 'the' in de titel," zegt ze. "En het is de enige die Ratcatcher 2 heeft, een personage dat net zoveel van ratten houdt als ik."

"Geen spoilers," zeg ik nors. "Ik heb hem niet gezien."

"O." Ze lacht. "Er staat je een traktatie te wachten."

Fuck. Waarom voelt het ineens alsof we op een filmdate gaan? Wat nog erger is, is dat we onszelf niet eens kunnen vertellen dat dit deel uitmaakt van de gebruikelijke list, omdat we in de lucht zullen zijn, dus niemand behalve mijn team zal dit zien, en ze geloven al dat we een stel zijn.

"Zou het een goed idee zijn om weer te kussen?" vraagt Calliope verlegen. "Ik denk dat dat is wat een echt stel na een openhartig gesprek zou doen."

Goed idee? Echt niet. Maar ik trek haar toch naar me toe en kus haar met alles wat ik in me heb.

HOOFDSTUK 12
CALLIOPE

Tijdens het woon-werkverkeer en tijdens de rit naar het vliegveld denk ik na over wat ik vandaag over Michael heb geleerd en verrijk deze informatie met alle weetjes die ik online kan vinden. Blijkbaar was hij als pasgeborene op de drempel van een weeshuis in Novosibirsk achtergelaten, een stad in Siberië, een deel van Rusland dat beroemd is omdat het zo koud en donker is dat je mensen zou kunnen straffen door ze daar in ballingschap te sturen. Michael was vanwege zijn aanleg voor de sport op vierjarige leeftijd door een hockeycoach ontdekt. Hij heeft in Rusland als tiener een hele hockeycarrière gehad en toen hij volwassen werd, is hij naar de Verenigde Staten verhuisd.

Omdat ik deel uitmaak van een extreem grote en luidruchtige familie, kan ik me niet voorstellen dat ik zonder hen zou opgroeien. Ik kan me ook niet voorstellen dat ik op een plek woon die zo koud is als

Novosibirsk. Hun warmste dag ligt net onder de temperatuur die we op de koudste dag hier in Florida zouden krijgen, dus ik huiver als ik bedenk hoe hun winter eruitziet.

Een ding dat Michael en ik delen, is het feit dat iemand ons vroeg in ons leven heeft getraind, maar in mijn geval was het, alles bij elkaar genomen, een vrij zachte training.

Dus ja, Michael had duidelijk een moeilijke jeugd gehad, wat een deel van zijn humeurigheid kan verklaren.

Mijn hart doet pijn als ik me hem als een kleine jongen voorstel, met zwarte melancholische ogen en de vroegste snor in de geschiedenis. Als ik een tijdmachine had, dan zou ik —

De auto stopt en onderbreekt mijn gedachten. De deur gaat open en Michael komt in al zijn glorie binnen.

Mijn al overwerkte hart maakt een salto. De man draagt een mouwloos, strak shirt, evenals een korte broek die zijn krachtige en heerlijk harige benen laat zien. O, en hij heeft zelfs zijn baard getrimd.

"Nee," zegt hij streng tegen de chauffeur, die net de kofferbak heeft geopend. "Ik pak haar tassen."

Terwijl hij mijn koffer haalt, pak ik mijn rattendrager van de stoel naast me en stap uit.

"Hoeveel ratten heb je daarin zitten?" vraagt Michael, terwijl hij naar mijn drager staart.

"Zes," antwoord ik. "Degenen die je nog niet hebt ontmoet zijn Lenin, Marco, Polo, Damon en Catnip."

"Lenin?" Michael trekt een wenkbrauw op. "Is dat naar —"

"Een kameraad uit je moederland." Ik wijs naar Lenin, zodat hij de griezelige gelijkenis opmerkt.

"Waarom?" vraagt Michael.

Huh. Ik denk dat hij het niet kan zien. "Toen hij opgroeide, is hij op zijn naamgenoot gaan lijken, maar zelfs als kleintje leek hij een commie — altijd ongelukkig met hoeveel traktaties ik hem gaf en over de distributie van traktaties in het algemeen. Ik had eraan gedacht om hem Karl te noemen, naar Marx, maar dan had ik twee ratten met Duitse namen gehad."

"Je hebt Marco en Polo. Zijn dat niet twee Italiaanse namen?"

Ik zucht. "Marco en Polo zijn een identieke tweeling, dus... Ik denk dat dat een uitzondering mogelijk maakt." Ik bedoel, ik neem aan dat het een identieke tweeling is. Ze komen uit hetzelfde nest, ze zien er hetzelfde uit en ze gedragen zich precies hetzelfde.

Hij bestudeert gefascineerd de ratten in de drager. "Ze zien er voor mij alle zes identiek uit."

"Wauw. Dat is een behoorlijk ratistisch iets om te zeggen."

Hij rolt met zijn ogen. "Klaar om aan boord te gaan?"

Ik knik en we stappen in de privéjet, wat voor commerciële vliegtuigen is wat eerste klas ten opzichte van tweede klas is. De stoelen zijn groter dan mijn loungestoel thuis, en er is voor een man van Michaels grootte genoeg ruimte om elk van hen heen om comfortabel te zitten.

"Hier." Michael gebaart naar een aangrenzend paar stoelen in de buurt van de coach en Dante. "Ga daar zitten."

Dat doe ik, en voordat ik kan zeggen hoe comfortabel het kussen is, gaat hij zitten en drukt op een knop waardoor onze stoelen samenkomen, waardoor ze in een geïmproviseerde loveseat veranderen.

Zijn zijn teamgenoten aan het giechelen?

Michael werpt ze een blik toe en ze worden allemaal stil.

"We kijken naar *The Suicide Squad*," kondigt Michael aan. "Heeft iemand daar een probleem mee?"

Niemand geeft toe dat hij er een probleem mee heeft, hoewel Dante iets mompelt dat het niet de meest romantische film is.

"Wil je iets drinken?" vraagt een stewardess die duidelijk nachten als ninja werkt en weekenden als supermodel.

"Tomatensap," antwoordt Michael.

"Niet-alcoholisch," zegt ze goedkeurend en knippert dan met haar belachelijk lange wimpers naar hem. "Je hebt morgen die belangrijke wedstrijd."

Serieus? "Ik wil een Bloody Mary," zeg ik heel nadrukkelijk.

Gezien de uitdrukking op het perfecte gezicht van de vrouw, zou je denken dat ze me tot dat moment echt niet had opgemerkt. "Tuurlijk," zegt ze nonchalant. Ze wendt zich weer tot Michael en zegt: "Wil je zout in je sap?"

O, kom op. Wat dacht je ervan om me te vragen hoeveel wodka ik in mijn drankje wil hebben, of hoeveel hete saus enzovoort? Ik heb ook een raar gevoel dat ze van plan is om er speeksel in op te nemen, of zelfs een scheutje cyanide.

Het strekt hem tot eer dat Michael gewoon afwijzend gromt zonder haar met een blik te eren.

"Wil je nog iets anders?" vraagt ze op een toon die impliceert dat haar poesje op de lijst van offers staat.

Michael kijkt me aan en het moet mijn overactieve verbeelding zijn, maar zijn mondhoeken lijken omhoog te komen, als in een hint van een glimlach. "Willen je ratten iets drinken?"

"Ratten?" De ogen van de stewardess worden zo groot dat ze niet zou misstaan in een anime.

Ik laat haar de drager zien, zoals Rafiki dat met Simba heeft gedaan.

Wat er met de stewardess gebeurt, kan het best als hysterisch beschreven worden. Ze schreeuwt als een geile banshee, wordt bleker dan Dante en klimt dan als in een boom in de coach.

"Mijn ratten zijn onschadelijk," zeg ik nadat het geschreeuw is verdwenen. "En ze zitten in de drager."

Voorlopig tenminste. Ik overweeg om ze hun benen te laten strekken, maar tussen mogelijke turbulentie en zoveel gigantische hockeyspelers in de buurt, weet ik niet zeker of ik het zal riskeren.

Een van de piloten komt naar buiten, samen met

een andere stewardess — een vrouw die nog aantrekkelijker is dan de hysterische.

"Wat is het probleem?" vraagt de piloot.

Ik laat ze allebei mijn drager zien. "Ik denk dat ze bang is voor mijn hulpdieren die me emotioneel ondersteunen."

Zowel de piloot als de andere stewardess reageren zo kalm op de aanblik van mijn ratten dat je zou denken dat ze elke dag passagiers zoals ik ontmoeten.

"Hé, Precious," zegt de piloot, naar de stewardess kijkend die boven op de coach zit. "Lukt het je om jezelf weer bij elkaar te rapen?"

Precious? Heeft Gollem haar een naam gegeven?

Precious klimt met zichtbare moeite van de coach af en schudt haar hoofd.

Er ontstaat een kleine commotie waarbij Precious voor iemand wordt ingeruild die een minder grote afkeer van ratten heeft. Ondertussen plagen de hockeyspelers de coach omdat hij rood is geworden nadat hij door een vrouw is aangevallen die niet zijn vrouw is.

"Sorry allemaal," zeg ik als de grappen ten koste van de coach minder worden. "Ik wilde ons niet vertragen."

"Maak je maar niet druk," zegt Dante. "Ze probeerde met je man te flirten, dus je moest een plaag van ratten op haar loslaten. Het is alleen maar logisch."

Ik frons. "Het verzamelwoord voor ratten is een roedel."

"Is het geen zwerm?" valt Kangoeroe Jack bij.

"Roedel," zeg ik resoluut.

"Een plaag is een groep sprinkhanen," zegt de coach, duidelijk blij met de verandering van onderwerp.

"Precious heeft geluk dat ze is vertrokken voordat de film begon," zeg ik. "Er is —"

"Geen spoilers," gromt Michael. "Waarom beginnen we niet met de verdomde film voordat iemand het verpest."

Als antwoord scrolt er een groot scherm voor ons naar beneden en verschijnt het logo van de filmstudio.

Halverwege de eerste scène krijgen we de opdracht om onze gordels vast te maken voor vertrek. Zodra we ons mogen losmaken, schuift Michael naar me toe en neemt hij me in zijn grote arm, waardoor mijn hersenen kortsluiting krijgen.

Ik weiger alle drankjes en voedsel die me worden aangeboden en herinner niemand aan de Bloody Mary, omdat ik er niet zeker van kan zijn dat het niet het spuug van Precious zal bevatten — of erger. Ik voel me dankbaar dat ik deze film eerder heb gezien, omdat ik betwijfel of ik me er iets anders van zou herinneren dan de warmte van Michaels arm. Geen warmte, hitte. De genoemde arm blijft over mijn schouder hangen, totdat de aftiteling voorbij is, waarna mijn eierstokken een dozijn eieren hebben vrijgegeven die nu allemaal met de zonnige kant naar boven in mijn baarmoeder liggen.

"Is het niet verdacht dat we net als de film eindigt, landen?" vraagt Dante.

"Toeval," zegt de coach. "Deze film is twee uur en

nog een beetje, en dat geldt ook voor de vlucht van Florida naar New York."

Iedereen bespreekt dit terwijl Michael en ik naar buiten sluipen en in een van de wachtende limousines springen.

Eenmaal in de auto zitten we, ondanks de obscene hoeveelheid ruimte, naast elkaar, zo dichtbij dat ik weer een tintelend gevoel krijg.

"Ik heb echt van die film genoten," zegt hij als we gaan rijden. "Bedankt."

Film? Welke film? Het enige wat ik me herinner is zijn arm om mijn lichaam en golven op golven van gelukkige hormonen.

Ik schraap mijn enorme droge keel. "Ben je klaar voor de wedstrijd van morgen?"

Hij knikt. "Ik ga Tugev verpletteren."

Ik grinnik. "Geweldig. Dat klinkt helemaal niet als iets wat een kwaadaardige schurk zou zeggen. Totaal niet."

Hij haalt zijn schouders op. "Zoals je net in die film hebt gezien, kan de grens tussen schurk en held dun zijn."

Voordat ik kan antwoorden, produceert Wolfgang een kort gepiep vanuit de rattendrager.

"Ah, natuurlijk." Ik haal hem eruit en laat hem op mijn schouder zitten. "Goed gedaan om zolang geduldig te zijn."

Wolfgang knippert naar me.

Meine Liebe, de juiste manier om je waardering te tonen is met een royale portie kaas.

"Goed," zeg ik tegen hem. "Ik zal als we in het hotel zijn een kaasplankje bestellen."

De roedel piept opgewonden. Ze lijken het 'k'-woord te hebben geleerd.

"Praat je met ze?" vraagt Michael. Hij klinkt niet afkeurend, zoals mijn ex was, alleen maar nieuwsgierig.

Ik glimlach schaapachtig. "Het zijn mijn vrienden."

"Ik denk dat ik het snap," zegt hij.

Ik bekijk hem sceptisch. "Echt waar?"

"Waarom niet?" eist hij. "Denk je nog steeds dat ik een of ander monster ben?"

De oren van Wolfgang komen omhoog. Hij moet 'Munster' hebben gehoord.

"Je hebt het alleen nog nooit over huisdieren gehad," zeg ik.

"Wanneer had ik dat moeten zeggen?" eist hij. "Nadat je een taart in mijn gezicht had geslagen? Of nadat je me als een verdomde hond voor dood liet spelen?"

Ik rol met mijn ogen. "Je bent vergeten 'nadat je met een gigantische schuimvinger bent gemolesteerd'."

"Ik ben het niet vergeten," gromt hij. "De schuimvinger is iets wat in mijn mooie toekomst ligt, maar ik weet zeker dat je me daarna allerlei persoonlijke vragen zult stellen."

"Hé, jij bent begonnen," is het meest volwassen antwoord dat ik kan bedenken. "Je laat me bovendien niemand anders dan jou voor de gek houden."

"Whatever," zegt hij nors. Hij wacht even en geeft dan toe: "Ik heb geen huisdieren."

Ik vernauw mijn ogen. "Maar er is iets. Ik kan het voelen."

"Geen huisdieren," zegt hij opnieuw, maar hij klinkt vreemd aarzelend.

"Hoe zit het met een aquarium?" zeg ik. "Eentje met een stekelige stekelbaars erin?" Het is een vis die een van mijn neven bezit, en ik heb nog nooit een wezen gezien dat zoveel op zijn naam en eigenaar lijkt.

"Ik heb geen fucking huisdieren," zegt hij. "Ik kijk gewoon naar vogels."

Is hij een vogelspotter? Dat zou ik in geen miljoen jaar hebben geraden. "Wat voor soort vogels?"

"Alle soorten."

Ik glimlach. "Dus... pinguïns? Struisvogels?"

Zijn kaak tikt. "Ik kijk naar ze in het wild, niet in een verdomde dierentuin."

"Ah, dus Florida-vogels?"

Hij knikt. "Witte ibissen, aphelocoma's, kaalkopooievaars, purpergors —"

Ik grinnik. "Ben je in vogels met grappige namen gespecialiseerd?"

"Nee. Ik gaf ze aan je in volgorde van hoe vaak ze voorkomen."

Wauw. Hij houdt hier echt van. "Waarom neem je geen vogel als huisdier?"

"Omdat vogels bedoeld zijn om te vliegen. Hoe moet dat binnenshuis werken?"

Ik haal mijn schouders op. "Misschien kun je een vogel redden die een vleugel is kwijtgeraakt of zo?"

Hij kijkt bedachtzaam en schudt dan zijn hoofd. "Ik

bekijk ze liever in hun natuurlijke habitat." Hij aarzelt en voegt er dan aan toe: "Er is eerlijk gezegd een familie haviken die ik de laatste tijd in de gaten heb gehouden."

Ik trek een wenkbrauw op. "Hoe weet je dat ze een familie zijn?"

"Ik heb ze een nest zien bouwen en toen had ze slechts één ei gelegd," zegt hij, terwijl zijn uitdrukking donkerder wordt. "Het hadden er ergens tussen de drie en zes moeten zijn."

"Wauw," zeg ik. "Het klinkt alsof je gehecht bent geraakt."

"Nee," is zijn grommende — en niet overtuigende — antwoord.

"Heb je ze een naam gegeven?"

Zijn kaak tikt. "Wat de fuck bewijst dat?"

"Dus dat is een ja," zeg ik triomfantelijk. "Hoe *heten* ze?"

Hij fronst. "Ethan en Mo zijn de ouders, en Eye is het kuiken."

Het zijn echt wel zijn haviken. Ze wonen alleen buiten. Dan registreer ik de namen volledig en grijns ik als een gek. "Een havik genaamd Eye? Is dat naar Hawkeye, de beste vriend van Black Widow?"

De frons is vervangen door een hint van een glimlach die zijn ogen raakt, wat alles is wat ik nodig heb.

"En de ouders zijn Mo Hawk en Ethan Hawk?"

Nu raakt de glimlach zijn lekkere lippen — die je onder de baard nauwelijks kunt zien. "Laten we hopen dat de haviken nooit je beste vrienden ontmoeten, want ze zouden hen opeten."

Ik wuif dat weg. "Mijn ratten leven binnenshuis." En dat is voor hen niet zo'n onnatuurlijke habitat.

"Weet je het zeker?" Hij gebaart naar Wolfgang.

Ik frons. "Als een of andere stomme vogel achter hem aan zou gaan, dan zou ik zijn stomme snavel breken."

Michaels maag rommelt luid. "Ik had in het vliegtuig wat te eten moeten nemen."

"Ik heb eerlijk gezegd ook honger." In die verborgen lippen... maar eten zou ook nuttig zijn.

Hij klopt op de scheidingswand die ons van de chauffeur scheidt. Als de scheidingswand daalt, vraagt hij de chauffeur wat er te snacken valt in deze auto, en het menu blijkt dat van een chic restaurant te zijn — en het bevat een kaasbord.

Ik sluit de scheidingswand en laat de ratten eruit, zodat ze samen met ons van een feestmaal kunnen genieten.

Michael lijkt het helemaal niet erg te vinden.

"Weet je," zegt hij terwijl hij een cracker met kaviaar naar zijn mond brengt. "Ik heb je over mijn gezinssituatie verteld — of het ontbreken daarvan — maar je hebt me nooit over de jouwe verteld."

Ah. Dat. Ik ben bang dat als hij over mijn familie te weten komt, hij niet eens meer zal willen doen alsof hij met me uitgaat. Aan de andere kant, als hij zo is, dan kan hij oprotten. Dan wil ik ook niet met hem daten. Nepdaten, bedoel ik.

Dus, terwijl ik de chique hapjes verslind, vertel ik hem over het opgroeien in het circus en maak ik een lijst van enkele van de meer buitensporige 'banen' van mijn familieleden.

"Wacht," zegt hij nadat ik het over mijn grootouders heb gehad. "Maakte je een grapje, of was je pop-pop echt een menselijke kanonskogel?"

Dacht hij daar dat ik daar een grapje over maakte? Niet toen ik het over een neef had die een oprispingsact heeft?

"Nee, ik meen het. Pop-pop werd totdat hij met pensioen ging uit een kanon geschoten. O, en zijn act is ook met pensioen gegaan." Ik grijns. "Ze konden geen andere man van zijn kaliber vinden." Voor het geval het niet duidelijk was, voeg ik eraan toe: "Dat deel was een grap."

Michael kreunt. "Alle beste komieken vertellen mensen dat ze net een grap hebben gemaakt."

"Er zijn meer grappen waar die vandaan kwam," zeg ik tegen hem.

Hij trekt een sexy, bossige wenkbrauw op.

"Weet je hoe je het noemt om een lid van mijn familie op te eten?"

Hij schudt zijn hoofd.

"Ik zal je een hint geven. Waarom zou je een lid van mijn familie niet willen eten?"

Hij kijkt me aan alsof ik misschien psychiatrische hulp nodig heb. "Iets met... kannibalisme?"

"Fout. De respectievelijke antwoorden zijn: 'de salade gooien' en 'omdat we grappig smaken.'"

"Ik snap het niet," zegt hij. "Of is dat expres?"

"Kom op. Onze achternaam is Klaunbut," zeg ik, terwijl ik het deze keer uitspreek zoals iedereen dat doet.

"Clownskont?" Hij houdt zijn hoofd schuin. "Zei je niet dat het 'claw-un-boot' was?"

Ik zucht. "Het is clownskont. Ik wilde je alleen geen munitie meer geven."

Hij kreunt weer. "Ik snap het nu, hoewel ik wou dat ik dat niet had gedaan. Iemands salade gooien is jargon voor het eten van kont, en je zou geen clown willen eten omdat ze grappig smaken."

Ik klap langzaam en rol met mijn ogen. "Denk je dat jij beter bent in grappen dan ik?"

Zijn ogen worden spleetjes. "Een man verdwaalt in het bos en begint te schreeuwen. Er loopt een beer naar hem toe en die vraagt waarom hij al dat lawaai maakt. 'Ik ben verdwaald,' legt de man uit. 'Dus ik hoopte dat iemand me zou horen.' De beer ontbloot zijn tanden. 'Ik heb je gehoord. Voel je je nu beter?'"

Ik onderdruk een grinnik. "Is dit een test?"

Hij pauzeert halverwege een hap van zijn cracker. "Wat?"

"Je vertelt een grap met een beer, ik lach, en dan word je pissig."

Hij ademt uit. "Je kunt lachen als ik een berengrap vertel. Noem me alleen geen beer."

"Afgesproken," zeg ik, maar dan kan ik niet anders dan vragen waarom hij er zo gevoelig over is.

Dus hij vertelt het me, en op een rare manier is het logisch. Als Klaunbut kan ik het me zelfs voorstellen.

"Is dat waarom je de mascotte haat?" Ik tik op mijn koffer, waar meneer Bloom vacuüm zit afgesloten in een gespecialiseerde tas.

"Ik haat het feit dat sommige mensen me achter mijn rug om de mascotte noemen."

O. "Wie?" En zijn ze suïcidaal?

Hij balt en ontspant zijn vuist. "Russisch sprekende spelers van andere teams."

"Dat kunnen niet veel mensen zijn." Toch verklaart het waarom hij zoveel neuzen op het ijs heeft gebroken.

"Tien procent van de competitie is Russisch," antwoordt hij. "Er zijn er bovendien genoeg zoals Tugev die geen Russisch zijn, maar de taal genoeg spreken om me te bespotten."

Wauw. "Dat is meer dan ik zou verwachten."

"O, het is niets. Er zijn vier keer zoveel Canadezen." Hij veegt zijn handen aan zijn servet af.

Ik veeg de mijne ook af. "Dat klinkt logisch."

"Ja," zegt hij. "Dante is Canadees."

"Is dat zo? Ik zou Transsylvanisch hebben gedacht."

Deze keer lacht Michael voluit, met tanden die te zien zijn en alles, en het is een glorieuze gebeurtenis, als een zonsopgang boven een stormachtige oceaan.

Alsof het een eigen wil heeft ontwikkeld, landt mijn hand op zijn dij. "Ik zal nooit meer berengrappen maken."

Zijn ogen worden verhit. "En ik zal ze nooit over clownskontjes gaan maken."

Ik kruip dichter naar hem toe. "Het is een deal."

Hij leunt naar me toe. "Een deal moet goed worden verzegeld."

Het is onduidelijk wie het eerst beweegt, maar onze lippen ontmoeten elkaar.

De wereld begint te vervagen... en dan stopt onze stomme limousine.

HOOFDSTUK 13

MICHAEL

ucking fuck. Ik weet niet op wie ik bozer ben: op ons omdat we besloten hebben om zonder camera's te kussen, of op de chauffeur omdat hij het onderbreekt.

"We zijn er." Calliope raakt haar weelderige lippen aan en schraapt haar keel. "Dat is waarschijnlijk maar beter."

"Ja. Dat hadden we niet moeten doen." Het is alsof het eten van met chocolade bedekt spek op het moment goed smaakt, maar dat het schadelijke effecten op je hart heeft.

Calliopes neusvleugels trillen. "Dat hadden we zeker niet moeten doen. Wat bezielde ons?"

Ik adem uit. "Je zei net dat het misschien beter is dat —"

"En dat is ook zo. We moeten dat soort dingen alleen doen als er iemand kijkt. Wat is anders het nut ervan?"

"Ik ben het er fucking mee eens." Ik breek bijna de deur van de limousine open, stap uit en laat dan mijn frustratie los door naar de limousinechauffeur en de portier te snauwen die met Calliopes koffer proberen te helpen.

De verdomde mediamensen zijn er en ze nemen foto's terwijl ik de koffer naar binnen draag.

"Is dit waarom je erop staat om mijn spullen te dragen?" vraagt ze terwijl we het hotel binnenstappen. "Voor de foto's?"

"Ja," zeg ik hardop. "Ik kan alleen maar op een koelbloedige, berekende manier iets aardigs doen."

"Alsjeblieft. Je doet het niet als een aardig gebaar. Het is gewoon een machohouding."

Ik besluit om de volwassene te zijn en niet te antwoorden, wat misschien het moeilijkste is wat ik ooit heb gedaan. In plaats daarvan loop ik naar de dichtstbijzijnde receptioniste, zorg ervoor dat de rattendrager niet in haar zicht is en geef haar onze namen.

"Ah, natuurlijk." Ze grijnst samenzweerderig. "We weten wie jullie twee zijn, dus we hebben jullie kamer geüpgrade." Ze geeft mij en Calliope twee sleutels en legt uit hoe we bij de kamer in kwestie kunnen komen. "Ik weet zeker dat jullie ervan zullen genieten." Ze begeleidt de laatste twee woorden met een lichte beweging van haar opgetekende wenkbrauwen.

Fuck. Tot nu toe heb ik geprobeerd om het feit dat we een kamer delen uit mijn hoofd te zetten, maar de insinuatie van de receptioniste — of wat dat ook was — brengt me terug naar de realiteit van deze situatie.

We gaan dezelfde lucht inademen. Calliope zal in dezelfde douche staan als—

"Pardon?" snauwt Calliope. "Waarom zei je 'ervan genieten' op die manier?"

De receptioniste wordt knalrood. "Omdat jullie een geweldig uitzicht zullen hebben? En de —"

"Doe geen moeite." Calliope gaat zonder te wachten om te zien of ik zal volgen naar de lift, en ik moet sprinten om de lift te halen voordat de deuren sluiten.

"De stomme 'deur sluiten'-knop werkt niet," mompelt Calliope, schijnbaar tegen Wolfgang.

"Heel volwassen," antwoord ik.

Calliope gnuift en we gaan in stilte naar de bovenste verdieping. Een stilte die tot aan de sierlijke deur van onze kamer blijft hangen.

Pas als we naar binnen stappen, gaan we verder met praten — ervan uitgaande dat een hoop gevloek zich als zodanig kwalificeert.

"Ze hebben ons een bruidssuite gegeven," zegt Calliope nadat ze geen vloekwoorden meer heeft. Aangezien ze slechts één taal spreekt, is haar woordenschat in dit opzicht veel beperkter dan de mijne.

Ik kijk boos naar het gigantische hemelbed bedekt met rozenblaadjes. "Er kan maar beter een andere plek zijn waar een van ons kan slapen."

Haar ogen worden groot en ze rent naar een nabijgelegen deur.

"Dat is een badkamer," zegt ze en controleert de andere deur. "En dat is een kast."

"Dus... slechts één fucking bed?" Gezien de grootte van de suite had hier nog een bed kunnen staan, maar iemand heeft in plaats daarvan een nutteloze open eethoek neergezet. Er is ook een jacuzzi, maar erin slapen geeft het risico op verdrinking.

"Vergeet dat maar." Ze rent de kamer uit en terug de lift in, weer zo snel dat het moeite kost om haar bij te houden.

Ze loopt naar dezelfde receptioniste en eist dat we de originele kamer krijgen die voor ons was gereserveerd.

"Maar waarom?" De receptioniste staart ons verward aan. "Jullie nieuwe kamer is de beste die we hebben."

"Omdat ze dat heeft gezegd," grom ik.

De receptioniste verbleekt. "Het spijt me. Jullie oorspronkelijke kamer is niet meer beschikbaar."

"Goed dan. Geef ons een andere kamer — met twee aparte bedden," eist Calliope. "Of twee kamers."

De receptioniste doet een stap achteruit. "Het spijt me. We zijn het dichtstbijzijnde hotel bij het stadion en met de wedstrijd in aantocht zijn er geen kamers beschikbaar."

"Dan gaan we naar een ander hotel," dreigt Calliope.

"Het is negen uur 's avonds," zegt de receptioniste. "En de wedstrijd is morgen. Jullie kansen op het vinden van een kamer zijn niet groot."

"Er is ook geen *we*," zeg ik bot. "Ik ga niet naar een ander hotel."

Calliope draait zich om en kijkt me aan. "Niet?"

"Ik moet de avond voor een wedstrijd vroeg gaan slapen."

Sterker nog, ik ben van plan om over ongeveer een uur naar bed te gaan.

"Goed dan," zegt Calliope tussen opeengeklemde tanden en ze rent terug naar de verdomde suite.

Ik volg haar daarheen.

Ze sluipt van muur tot muur en onderzoekt onze accommodaties alsof er zich een ander bed in verbergt.

"Je realiseert je dat de receptioniste een journalist over dat incident kan vertellen," zeg ik tegen haar. "En dat het een gerucht zou kunnen beginnen dat we uit elkaar zijn?"

Ze vernauwt haar ogen. "Bedoel je dat je in hetzelfde bed *wilt* slapen?"

"Nee," grom ik. "Maar wie heeft gezegd dat we dat moeten doen? Ik slaap prima op de grond."

Ze kijkt naar beneden alsof ze nog nooit vloeren heeft gezien en schudt dan haar hoofd. "Zo kun je niet slapen."

"Het geeft niet. Ik heb in veel slechtere omstandigheden geslapen." Er ligt hier een kleed, iets wat als een luxe zou hebben geleken toen —

"Je hebt morgen een wedstrijd," herinnert ze me eraan.

Fuck.

Ik sla mijn armen over elkaar. "Het is onmogelijk dat je op de grond slaapt, terwijl ik op het bed lig."

"We kunnen hem delen," zegt ze. "Maar geen gekke dingen."

"Gekke dingen?"

Bloost ze, of zijn haar wangen rood van woede? "Geen seks," legt ze uit. "Geen aanrakingen. Niet zoenen."

Ik haal mijn schouders op. "Daar hoef je je geen zorgen over te maken. Ik onthoud mezelf de avond voor een wedstrijd altijd van dat soort dingen."

Om nog maar te zwijgen van het feit dat ik niet met collega's naar bed ga, of koppige vrouwen die net zo woedend makend zijn als —

"Wat toevallig." Haar woorden druipen van het sarcasme. "Ik neem mijn mascottetaken zeer serieus, dus ik vermijd ook seks voor een wedstrijd. Ik onthoud me er ook van om met klootzakken te praten."

Daarmee loopt ze naar de badkamer, met haar heupen zwaaiend alsof ze me probeert op te laten merken hoe geweldig haar kont is.

En hij is fucking geweldig. Magnifiek, eigenlijk. Ik ben niet het type om poëzie te schrijven, maar als ik dat wel deed, dan zou ik een sonnet aan deze kont opdragen.

Ze doet de deur op slot en ik hoor de douche aangaan.

Fuck mij. Het enige wat ik kan bedenken is dat ze daar naakt is, dat er heet water over haar lichaam loopt, die curvy kont vol schuim is en —

Geweldig. Nu ben ik pijnlijk hard en kan ik er niets aan doen. De onthouding vóór een wedstrijd gaat erover om niet te komen, dus aftrekken is net zo goed van de tafel als seks.

Na wat aanvoelt als uren, komt ze de badkamer uit en draagt ze een badjas van het hotel.

"Wolfgang," zegt ze tegen een van haar ratten. "Kun je Michael vertellen dat hij hier niet moet zijn als ik mijn pyjama aantrek?"

"Serieus?" Ik pak een schone boxershort, stamp naar de badkamer en sla de deur dicht.

Fucking hel. Het ruikt hier naar schoon vrouwelijk vlees, en het maakt me nog harder — wat ik niet voor mogelijk had gehouden.

Ik draai de kraan helemaal naar koud, kleed me uit en stap de douche in.

Verdomme. De laatste keer dat ik het zo koud had, was in Novosibirsk — en het ergste is dat de douche niet bij de erectie helpt. Absoluut niet.

Nou, ik blijf hier gewoon langer staan.

Ik wacht tot ik ril, dat is wanneer de erectie een beetje afneemt.

Dank je fucking wel.

Ik stap eruit, poets mijn tanden en trek mijn boxershort aan.

"Hé, Wolfgang," schreeuw ik voordat ik de deur opendoe. "Is Calliope aangekleed?"

Geen antwoord. Niet eens een rat die piept.

"Ik kom naar buiten."

Niemand maakt bezwaar.

Als ik de deur opendoe, is de suite slecht verlicht. De jaloezieën zijn gesloten en ze blokkeren alle lichten die door de stad die nooit slaapt worden gegenereerd, maar er is een klein lampje in de hoek ingeschakeld.

Bezorgd dat ik misschien op Wolfgang of een van de anderen stap, gebruik ik mijn telefoon als extra verlichting.

"Waarom die felle verlichting?" gromt Calliope slaperig.

Ik maak de fout om haar kant op te kijken en zie een delicate schouder uit de dekens steken. Al het harde werk in de koude douche is in een oogwenk ongedaan gemaakt: de monsterectie keert terug met wraak.

"Je ligt in het midden," zeg ik, mijn stem een beetje te hees. "Als we het bed delen, dan moet je een kant kiezen."

Zelfs haar ontevreden gejammer is sexy als ze naar de rechterkant van het bed gaat.

Ik stap van links in en blijf zo dicht mogelijk bij de rand.

Oké. Als ik Tugev op zijn nummer wil zetten, dan kan ik maar beter snel in slaap vallen.

Makkelijker gezegd dan gedaan. Wetende dat Calliope hier binnen mijn bereik is, maakt mijn libido gek.

Fuck. Volgens de klok op het nachtkastje heb ik een uur liggen woelen en draaien, maar dat is het wel.

Is mijn pik de hele tijd hard geweest, of wordt hij alleen maar stijver als ik erop let? Hij staat omhoog en is klaar om te gaan. Aan het einde van Viagra-commercials waarschuwen ze je om medische hulp te zoeken als je een stijve hebt die meer dan vier uur duurt, dus ik moet voorzichtig zijn.

Misschien zal tellen me helpen om te vergeten hoe blauw mijn ballen zijn?

Nee. Als ik bij het getal acht kom, stel ik me uiteindelijk het cijfer voor als hij op zijn kant ligt, en het beeld doet me aan Calliopes heerlijke kontje denken. Ik duw me er toch doorheen en geef het bij nummer negenenzestig officieel op.

De activiteit van tellen is gewoon te sexy.

Ik moet aan iets anders denken. Soms stel ik me in mijn hoofd voor hoe een wedstrijd zich zal afspelen als een hybride tussen geleide beelden en mentale training. Dus doe ik dit, en het gaat in het begin goed, maar dan stel ik me de reacties van Calliope voor en de verschillende capriolen die ze als mascotte bij me uit zou halen, en ik word alerter... en, vreemd genoeg, nog harder.

Fucking hel. Misschien moet ik die progressieve spierontspanningstechniek proberen die de sportpsycholoog het hele team heeft geleerd als een manier om met stress om te gaan. Op dat moment dacht ik dat het allemaal watjes waren om aandachtig naar de lezing te luisteren, maar hé, wanhopige tijden vragen om wanhopige maatregelen.

Ik probeer me te herinneren hoe ik het moet doen; ik span mijn biceps en triceps aan en laat ze dan ontspannen.

Hmm. Het voelt goed, dus ik doe hetzelfde met mijn andere spieren en word slaperiger en slaperiger totdat het moment dat ik mijn bilspieren ontspan — en dat is wanneer een sierlijke hand op mijn nu ontspannen kont landt.

Wat de fuck?

Ik ben weer klaarwakker, maar Calliope ademt langzaam en gelijkmatig.

Ze is me in haar slaap aan het betasten.

Fuck mij.

Deze keer helpt progressieve spierontspanning niet, dus beoefen ik een andere techniek die ons door diezelfde psychiater is geleerd: diepe ademhaling. Ik adem helemaal tot aan mijn kloppende pik lucht in en adem het dan langzaam uit. Mijn volgende ademhaling is langzamer en dieper, en die daarna nog meer.

Uiteindelijk begin ik in slaap te vallen — en dit is natuurlijk het moment waarop Calliope zich als de meest sexy sjaal ter wereld over me heen drapeert.

Ik verstijf en durf me niet te bewegen. Ze ruikt zo fucking goed. En ze is zo warm en zacht. En is dat een volle borst die tegen mijn zij drukt?

O, fuck. Ik ga ontploffen als ik niet meteen wegga.

Maar ik beweeg me niet.

Dat kan ik niet.

Dat zou ik moeten doen.

Fuck, ik moet dat echt doen.

Ik haal diep adem, verzamel al mijn wilskracht en haal mezelf voorzichtig onder haar slapende, zachte, vrouwelijke gestalte vandaan.

Hijgend alsof ik net vijftig keer over de ijsbaan heb geschaatst, ga ik op mijn rug liggen en probeer ik de diepe ademhalingsoefeningen opnieuw te doen. Ik doe ook aan spierontspanning en visualiseer dat ik de wedstrijd van morgen win.

Ik weet niet hoeveel tijd er voorbijgaat of welke techniek werkt, maar uiteindelijk ga ik onder zeil.

***

"Hé," zegt een sensuele stem in mijn droom. "Je ligt boven op me."

Ik doe mijn ogen open voor de vaag verlichte kamer.

Fuck.

Boven op haar is misschien een overdrijving, maar ik lepel haar, met mijn arm om haar lichaam gewikkeld. Mijn handpalm heeft haar zachte borst vast en mijn zeer harde pikt zit tegen de perfectie die haar kont is gedrukt.

Ik knars op mijn tanden en trek me terug. "Ik heb jou niet wakker gemaakt toen je je helemaal over me heen had gedrapeerd."

Ze rolt zich naar me toe, haar ogen glinsteren. "Dat heb ik niet gedaan."

"Je hebt ook mijn kont aangeraakt," grom ik. "En ik heb jou op dat moment ook niet wakker gemaakt."

"Je kont aangeraakt?" Ze gnuift. "In je dromen."

Natte dromen, dat is zeker. Fuck. Ik kan niet in die

richting denken. "Kan ik nu weer gaan slapen? Ik heb morgen een grote wedstrijd."

"Ik ben een mascotte bij diezelfde wedstrijd."

Het is nu mijn beurt om te gnuiven. "Tuurlijk. Dat zijn even veeleisende banen."

Ze schuift dichterbij en steekt een vinger in mijn gezicht. "Mijn werk is net zo belangrijk als het jouwe."

Ik pak haar pols voordat ze mijn ogen kan uitsteken. Dieptewaarneming is vrij belangrijk in hockey. "Kalmeer."

"Kalmeer?" schreeuwt ze. "Je bent zelf een brombeer."

Een verwijzing naar een beer nadat ik haar heb verteld waarom ze me zo storen?

Ik zie wit.

En rood.

En roze.

Met name roze, volle lippen die woorden uitspreken die ik niet meer hoor.

Aangetrokken door een kracht die krachtiger is dan de zwaartekracht, leun ik naar voren en leg haar met een kus het zwijgen op.

HOOFDSTUK 14
CALLIOPE

Waarom beantwoord ik zijn kus? Ik zou hem weg moeten duwen, maar mijn handen trekken hem zo dichtbij dat ik zijn borsthaar mijn naakte sleutelbeen voel kietelen, en het windt me zonder enige logica of reden op.

Alsof hij mijn vibes oppikt, wordt zijn kus dieper, ruwer en doordringt zijn tong mijn mond precies zoals ik wil dat zijn pik —

O, ja.

Hij rukt mijn pyjamatopje uit alsof het van tissuepapier is gemaakt en vangt dan mijn rechterborst met zijn eeltige hand terwijl iets groots en hard door zijn boxershort heen tegen mijn buik drukt.

Heel groot en hard.

Mijn mond loopt letterlijk vol water.

Ik wurm me hijgend uit mijn pyjamashort en ondergoed en steek dan mijn hand in zijn boxershort.

Omdat ik hem moet voelen. Ik kan doodgaan als ik dat niet doe.

Hij kreunt terwijl mijn vingers langs zijn pik strijken. En ik kreun ook bijna, want het voelt als zijde en staal, helemaal hard en klaar en zo, zo dik. Zo ontzettend prachtig.

"Ik wil hem in me hebben," zeg ik naar adem snakkend, terwijl ik mijn hand eromheen sla, net als hij weer kreunt en naar voren duikt voor nog een allesverslindende kus.

Met zijn lippen op de mijne, spreidt hij me op mijn rug en gaat boven op me liggen.

Ja! Ik voel zijn boxershort naar beneden glijden.

"Eindelijk," kreun ik in zijn mond voordat ik zijn pik in me leid, in de gelukzalige strekking zwijmelend, terwijl zijn eikel zich naar binnen duwt.

Hij laat mijn lippen los om van genot te grommen en stoot dan langzaam dieper, waardoor mijn lichaam zich aan de invasie kan aanpassen.

"Je bent zo zacht," gromt hij. "En zo nat voor me."

Ik houd nauwelijks nog een kreun in. "En jij bent hard. En —"

Hij verstijft plotseling, zijn ogen worden wild. "Condoom. Ik ben het helemaal vergeten."

Ik pak zijn kont vast, want ik ga dood als hij zich terugtrekt. "Ik ben schoon en aan de pil."

"O, goed. Ik ook. Zijn pik wordt nog harder. "Dat wil zeggen, schoon."

"Stop dan met afgeleid te worden," hijg ik en ik trek hem naar me toe, terwijl ik die pik zo diep krijg dat hij een bundel zenuwen raakt waarvan ik niet eens wist dat ik ze had.

Mijn ogen beginnen naar achteren te rollen.

Hij stoot sneller en sneller in me en raakt dezelfde plek.

O, mijn God. Ik kom met gekromde tenen met een schreeuw klaar.

"Goed, *ptichka*." Zijn stem is een laag gerommel in mijn oor. "Geef me er nog een."

Nog een?

Hij stoot harder in me terwijl hij zijn hand naar mijn van een orgasme gevoelige clitoris laat glijden en precies op de juiste plek drukt.

Ik schreeuw het uit terwijl er nieuwe spanning in me opbouwt. "Michael! O, fuck, Michael..."

Als het orgasme binnenkomt, is het zo krachtig dat ik wit achter mijn gesloten oogleden zie en door elk zenuwuiteinde extase voel stromen. Het voelt alsof het genot me uit elkaar scheurt en me dan weer in elkaar zet, maar ik ben op de een of andere onuitsprekelijke manier veranderd.

Michael kreunt als mijn spieren rond zijn pik verkrampen en ik de hete straal van zijn ontlading in me voel. Er gaat weer een mini-orgasme door me heen, waardoor ik even buiten mezelf raak. Gedurende een aantal minuten. Mijn besef van tijd is nu net zo wazig als meneer Bloom.

In de verte voel ik Michael zich terugtrekken en wegstappen. Hij komt even later terug en maakt me met een warm, nat washandje schoon. Tenminste, ik denk dat dat is wat hij doet. Ik ben te uitgeput om het zeker te weten. Ik ben gewoon blij dat ik al op mijn rug lig, omdat ik nu geen spier kan bewegen.

Ik gaap als een tevreden rat en laat mezelf in een zoete slaap vallen.

———

Ik word wakker met een boos gegrom dat ik niet met dat van een boze beer zal vergelijken, want een belofte is een belofte.

Ik open een oog en zie dat Michaels woede van alle dingen op de klok op het nachtkastje is gericht.

"Is er iets aan de hand?" Ik open met tegenzin mijn andere oog.

"Het is half twaalf." Zijn toon is grimmig.

O. "Maar de wedstrijd is om twaalf uur," zeg ik geruststellend. "We zijn er niet zo ver vandaan. Ik denk dat we het redden als we ons haasten."

Hij draait de boze plaat van de klok naar me toe. "Mijn routine is naar de klote."

"Routine?"

"Een gezond ontbijt en dan een snack voor de wedstrijd. Hydratatie. Warming-up. Het tapen van de sticks." Hij springt glorieus naakt van het bed. "Er is geen tijd om je de hele lijst te geven." Hij haast zich naar de badkamer.

Shit. Degene die met de uitdrukking "onaangenaam ontwaken" kwam, had Michael waarschijnlijk in gedachten. Alles wat hij zojuist heeft gezegd, impliceert dat het op de een of andere manier mijn schuld is dat hij zo laat is opgestaan, terwijl hij in werkelijkheid degene is die *mij* niet heeft laten slapen.

Zelfs toen ik sliep, had ik gekke natte dromen.

Tenzij… O. Ik ben gevoelig.

Die zeer levendige droom over de beste seks van mijn leven is ofwel echt gebeurd, of ik slaap nog steeds.

Michael en ik moeten praten. Pronto.

Ik spring overeind, doe een badjas aan en haast me naar de badkamerdeur.

Hij zit op slot.

Ik klop woedend aan.

"Geef me verdomme een momentje!" brult Michael van binnenuit.

Shit. Ik heb ook een baan te doen bij de wedstrijd.

Ik pak mijn koffer, haal het vacuümverzegelde mascottepak tevoorschijn en trek de legging en sportbeha aan die ik eronder ga dragen. Dan haal ik het eten voor mijn ratten tevoorschijn en laat ik ze eten.

Michael is er nog steeds niet uit.

Ik wissel een bezorgde blik uit met Wolfgang.

Meine Liebe, als je iemands medewerking wilt, dan moet je dat stukje cheddar bewapenen.

"Nee," zeg ik tegen Wolfgang. "De cheddar is voor later, een traktatie voor je optreden op het ijs."

Ik ben er vrij zeker van dat Wolfgang dat begreep, omdat zijn ogen glinsteren van verwachting.

Ik loop naar de badkamerdeur en sla er met al mijn kracht op.

"Een momentje," snauwt Michael.

"Ik heb ook bijna geen tijd meer!" roep ik. "Ik heb niet eens tijd om mijn outfit aan te trekken als je niet naar buiten komt."

"Dus trek hem nu aan," zegt een grom vanuit de badkamer.

"Ik zal er op weg naar het stadion belachelijk uitzien."

"Niet mijn probleem. Daar had je aan moeten denken voordat je je versliep."

Goed dan. Dit zal niet eens de eerste keer zijn dat ik in het openbaar harig ben. Hij is ook zogenaamd met me aan het daten en hij zal met me mee moeten lopen, dus we zullen er allebei belachelijk uitzien.

Ik haal zuchtend meneer Bloom tevoorschijn en trek hem aan — maar bewaar het hoofddeksel voor nadat ik mijn tanden heb gepoetst, omdat ik prioriteiten heb.

De deur gaat eindelijk open en Michael stapt naar buiten.

Terwijl ik hem in me opneem, sterven alle boze woorden op mijn lippen. Op de een of andere manier is hij van de ene op de andere dag knapper geworden, hoewel het mogelijk is dat mijn perceptie door die orgasmes die hij me heeft gegeven is veranderd. En zijn schouders zijn breder geworden. Zelfs zijn ogen zien er zwarter uit en het wit in hen is witter.

Wacht eens even. De huid rond zijn ogen heeft er nog nooit zo rokerig uitgezien, en ik kan niet geloven dat zelfs de beste orgasmes me *dat* zouden laten zien. Het is net alsof —

"Draag je zwarte oogmake-up?" En hoe komt het dat die make-up hem *mannelijker* maakt?

"Het is verdomme geen make-up," gromt hij. "Het is oorlogsverf."

Ik neem niet de moeite om hem te vragen wat het verschil is en vraag: "Is dat geen culturele toe-eigening?" Tenzij... de oude Russen oorlogsverf droegen?

Michael vernauwt zijn ogen en de oorlogsverf zorgt ervoor dat hij er wild uitziet. "Batman doet dit. Waarom kan ik het dan niet doen?"

Batman? O, natuurlijk. De Dark Knight moest soortgelijke oogmake-up dragen om de witte huid rond zijn ogen te bedekken terwijl hij zijn kap droeg. Maar... "Voor wat?"

Hij zet een dreigende stap naar me toe. "De beste wedstrijd die ik ooit heb gespeeld, was na een gevecht waarbij ik twee blauwe ogen had gekregen. Als het er echt toe doet, dan doe ik dit om mijn kansen te vergroten."

Overweldigd door zijn nabijheid — en grootsheid — ga ik uit de weg. "Dus je wilde me niet naar de badkamer laten gaan, omdat je het te druk had met een dwaas bijgeloof?"

Zijn antwoord klinkt precies als het gebrul van een bepaald wild dier met wie ik had beloofd hem niet te vergelijken. "Ik ben te laat." Daarmee loopt hij naar de deur van de suite.

"Wacht!" roep ik.

"Wat?" blaft hij over zijn schouder.

"We moeten praten." Ik werp een blik op het bed. "Over wat er is gebeurd."

"We hadden niet moeten doen wat we hebben gedaan," zegt hij bot en loopt de kamer uit.

Ik vecht tegen de drang om achter hem aan te rennen en te schreeuwen over hoe erg ik het ermee eens ben dat wat we hebben gedaan een vergissing was. Maar dat kan ik niet doen. Als ik naar het stadion wil, dan moet ik me haasten.

Ik poets woedend mijn tanden. Dan, om het nog erger te maken, moet ik naar het toilet, dus moet ik mijn pak uittrekken om het te regelen.

Zodra ik terug ben in meneer Bloom en Wolfgang op mijn schouder zit, geef ik mezelf in de spiegel een snelle peptalk, neem dan het hoofd van de beer en stamp de gang van het hotel in.

Als ik de lift nader, zie ik een cheesecake staan wachten om opgehaald te worden door de schoonmaakploeg, een die slechts één stukje mist.

"Het zou zonde zijn om voedsel op deze manier te verspillen," zeg ik tegen Wolfgang.

Meine Liebe, een cake gemaakt van kaas, klinkt als mana uit de hemel.

"Dit mag je niet hebben. Sorry." Ik druk op de liftknop, zet mijn hoofddeksel op en pak de taart. "Volgens onderzoek is suiker verslavender voor de hersenen van een rat dan cocaïne."

Wolfgang piept.

Meine Liebe, nu heb ik zin in een taart gemaakt van cocaïne en kaas.

De lift gaat open en het oudere stel dat erin staat bekijkt mijn outfit en rat met nauwelijks onderdrukte glimlachen. In de lobby van het hotel grinniken sommige mensen zelfs, maar als ik buiten kom, lijkt niemand met zijn ogen te knipperen. Iedereen die zich gedraagt als een clownbeer die een cheesecake draagt met een rat op zijn schouder is in New York net zo normaal als torenhoge huur.

Als ik eenmaal in het stadion ben, laat de beveiliging me zonder te knipperen door.

Interessant. Ik denk dat als ik een gekke fan was die zonder kaartje de wedstrijd in wilde, ik alleen maar een mascottepak hoefde te kopen.

Ik zie een grote klok, leg een vaste hand op Wolfgang en begin te rennen, terwijl ik tot ieders vermaak de hockeyfans opzij duw.

"Hé," zegt de coach als hij me ziet. "Je op maat gemaakte schaatsen zijn klaar." Hij gebaart naar de overkant van de hal. "Ze liggen daar op de bank."

Ik loop met steeds groter wordende ogen de betreffende kamer binnen. Het is een kleedkamer voor vrouwen. Wie had gedacht dat er in de hockeywereld zo'n beest bestond?

Omdat ik haast heb, zet ik de taart neer en schuif ik snel mijn voeten in de schaatsen. Ze passen precies en perfect, net als Michaels pik in mijn poesje.

Zelfs als ik naar buiten kom, branden mijn wangen nog steeds, dus ik ben blij dat het hoofd van de beer ze voor de coach verbergt.

"Laten we opschieten," zegt hij als ik met de taart naar buiten kom. "Je moet op."

Hij leidt me naar de ijsbaan en ik ben dankbaar voor al mijn eerdere oefeningen, omdat het op zijn zachtst gezegd zenuwslopend is om zoveel mensen op de tribune te zien.

"Houd dit vast." Ik geef de coach de taart. "Het is voor later." Meer specifiek, voor als ik Michael zie.

Ik glijd het ijs op en negeer mijn kloppende hart terwijl ik mijn act met de mascottedans begin.

HOOFDSTUK 15
MICHAEL

Tegen de tijd dat ik klaar ben met me klaar te maken, zijn al mijn teamgenoten allang klaar en staat de coach te wachten om een preek te geven.

"Vind je het goed als ik deze keer een paar woorden zeg?" vraag ik aan hem.

Hij kijkt verbaasd, maar schudt zijn hoofd.

"Luister, jongens." Ik maak met elk van hen oogcontact. "Ik weet dat deze wedstrijd technisch gezien nergens voor telt, maar ik ben hier om jullie te vertellen dat hij wel ergens voor telt. Het is eigenlijk de belangrijkste wedstrijd van je leven, omdat iedereen verwacht dat je faalt, en fuck dat."

Ik ga verder met een preek die sterk geïnspireerd is door een preek die het Amerikaanse hockeyteam tijdens de Olympische Spelen van 1980 ontving, voordat ze het veel sterkere Sovjet-hockeyteam versloegen in een overwinning die zo onwaarschijnlijk was dat het bekend staat als het "Wonder op het ijs".

Omdat we hier ons eigen wonder nodig hebben.

Als ik klaar ben, juicht iedereen en voor zover ik kan zien niet op een sarcastische manier.

"Ik denk niet dat ik vandaag een preek ga geven," zegt de coach met een grijns. "Michael is een zware act om op te volgen."

Isaac ziet eruit alsof ik in zijn bier heb gepist. Hij had waarschijnlijk een plan om de kapitein te spelen en een paar woorden te zeggen.

Iedereen juicht weer en we gaan naar de ijsbaan.

Ik probeer mezelf onderweg op te peppen zoals ik met mijn teamgenoten heb gedaan, maar dat is moeilijk om te doen. Alles is tot nu toe zo fout gegaan. Ik heb verdomme zelfs mijn eigen hoofdregel overtreden: geen seks voor een wedstrijd. En wat nog erger is, is dat een deel van me voelt dat zelfs als we verliezen, het misschien de moeite waard was om in Calliope te zijn geweest.

We hadden het hoe dan ook niet voor een wedstrijd moeten doen.

En dan heb ik het er niet eens over dat het gewoon te goed was. Angstaanjagend goed.

"Man, zie je dit?" vraagt Isaac, die naar het midden van de ijsbaan wijst en me terugbrengt naar de realiteit.

Ik volg zijn vinger en mijn handen ballen zich in strakke vuisten.

De teammascotte van de Yeti's — een aapachtig

wezen met rode ogen en een witte vacht — slaat in het gezicht van het berenpak waar Calliope in zit.

De wereld verandert in een rode tunnel van woede. Ik spring naar de ijsbaan en sluit in een paar schaatsbewegingen de afstand tussen mij en de klootzak van een yeti, en dan slaat mijn vuist hard genoeg in het aapachtige gezicht dat ik een kaak onder al dat pluche materiaal voel.

De yeti zwaait met zijn extra lange harige armen en glijdt naar achteren totdat hij tegen een muur valt en instort.

Mensen op de tribunes lachen, waarschijnlijk denkend dat dit deel uitmaakt van de mascotte-act.

"Wat voor de duivel?" eist Calliope, met haar berenpoten op de brede heupen van haar outfit. "Waarom heb je dat gedaan?"

"Ik zag dat hij je sloeg." Ik schaats naar de gevallen yeti en gebruik de voorkant van mijn schaats om daar te porren waar de kont van een mens zou zitten. "Sta op. Ik ben nog niet klaar met je."

Ik zou de klootzak bij zijn naam willen noemen, maar ik kan me niet herinneren hoe hij heet — dat wil zeggen, als het nog steeds dezelfde persoon is als toen ik in het team zat.

"Het was maar een geintje," sist Calliope. "Hij benaderde me toen ik aan het fotobombarderen was en hij stelde voor om met elkaar te vechten slash spelen."

"Fuck." Ik voel me meer een aap dan de man die ik net heb geslagen. Ik hurk op een knie naast de yeti. "Gaat het?"

"Alsjeblieft," zegt hij met een hese stem. "Sla me niet meer."

"Dat zal hij niet doen," zegt Calliope geruststellend.

"Het was een misverstand," zeg ik nors. "Sorry."

De yeti gaat rechtop zitten. "Het geeft niet. Denk ik. Kun je me omhoog helpen? De show must go on."

Ik help hem overeind en dan laat Calliope me als wraak over een onzichtbaar touw vallen. Als mijn kont het ijs raakt, lacht de menigte luidruchtig.

Nadat ik ben opgestaan, komen Calliope en de yeti aan weerszijden op me af, en omdat haar hand achter haar rug verborgen is, kan ik anticiperen op het moment dat ze een taart naar mijn gezicht gooit — dus ik ontwijk hem.

De taart slaat in het gezicht van de arme yeti en hij stort weer in.

"Waarom heb je dat gedaan?" eist Calliope boos.

"Ik heb er nooit mee ingestemd dat je wanneer je maar wilde taarten naar me kon gooien."

Ik wil de man weer overeind helpen, maar hij vertelt me dat het goed met hem gaat en dat hij gewoon voor de lol is gevallen.

"Dat was een cheesecake, geen taart," antwoordt Calliope. "En je verdiende het om ermee geraakt te worden."

"Dan zijn we het erover eens dat we het niet eens zijn." Ik wend me tot de andere mascotte. "Ik zal na de wedstrijd een biertje voor je halen."

"Nee, dank je," zegt de aap.

"Vertaling," zegt Calliope. "Hij wil je nooit meer zien."

Er landt een hand op mijn schouder. "De wedstrijd staat op het punt om te beginnen," zegt Isaac.

"Sorry," zeg ik opnieuw tegen de yeti en voeg me weer bij mijn teamgenoten.

"Goed gedaan om de eer van je dame te verdedigen," zegt Dante vanonder zijn keepersmasker.

"Ik had gewoon zin om iemand te slaan die bleek is," grom ik naar hem terug. "Dus ik zou stil zijn als ik jou was."

"Wat jij wil," zegt Dante. Zijn toon is serieuzer terwijl hij naar het andere team kijkt. "Waar is Tugev?"

Ik scan mijn voormalige teamgenoten, maar zie de man in kwestie niet. "Vreemd. Ik zie hem ook niet."

"Het geeft niet," zegt Dante. "Ik heb hem op video gezien. Hij zal bovendien bij de face-off zijn."

Natuurlijk. Wat dat betreft.

"Het is tijd." Ik schaats naar het midden van de ijsbaan, waar al een scheidsrechter staat te wachten.

Maar dan komt Noah Brown — een Canadese speler waarvan ik dacht dat hij in een heel ander team zat — naar de face-off.

"Waar is Tugev?" vraag ik en dan realiseer ik me dat dit de eerste keer in mijn leven is dat ik tijdens een face-off heb gesproken.

"Tugev is met pensioen," zegt Noah. "Heb je het niet gehoord?"

Ik ben zo verbijsterd dat ik de puck zou missen als de scheidsrechter hem nu zou loslaten. Dan word ik door een golf van rechtvaardige woede overvallen, een die al in de maak was toen ik dacht dat Calliope werd aangevallen.

Hoe durft Tugev niet bij deze wedstrijd te zijn? Het hele punt was dat —

De puck raakt het ijs.

Mijn instinct begint te werken. Ik pak hem van Noah af en geef hem aan Jack door, wat deel uitmaakte van het plan.

Ik kanaliseer al mijn frustratie met Tugev in het schaatsen en kom al snel oog in oog te staan met Jason, alias Friday, de keeper van de Yeti's, en volgens het plan wordt de puck aan mij doorgegeven.

Jason ziet eruit alsof hij er klaar voor is, maar het kan me geen moer schelen. Ik veins een schot, sla dan tegen de puck en scoor precies tussen Jasons benen door.

Mijn team wordt gek en op het grote scherm worden zowel Calliope als de rat op haar schouder getoond die in hun poten klappen.

HOOFDSTUK 16
CALLIOPE

Tot vandaag ben ik op het gebied van hockey behoorlijk koeltjes geweest, vooral voor een teammascotte. Ik weet bijvoorbeeld nog steeds niet het verschil tussen een polsschot en een snel schot, of waarom de spelers een time-out van vijf minuten krijgen voor het soort gevechten dat buiten de ijsbaan een aanklacht wegens mishandeling zou betekenen. En toch kijk ik vol ontzag gefascineerd toe hoe Michael en de rest van de Florida Bears fel tegen hun veel sterkere tegenstander strijden.

Vooral Michael is prachtig, vooral als hij een doelpunt maakt.

Ik vergeet bijna dat ik boos op hem ben omdat hij heeft gezegd dat met me naar bed gaan een vergissing was. Wat nog erger is, is dat als ik naar hem kijk, ik de fout opnieuw wil herhalen. Wat krankzinnig is. Het is al erg genoeg dat onze nepdating bij sommige gelegenheden echt aanvoelt.

Als ik nog meer orgasmes heb zoals die hij me gisteravond heeft gegeven, dan is de grens tussen —

Het geluid van een toeter kondigt het einde van de wedstrijd aan en de score is 3 voor de Yeti's en 4 voor de Florida Bears.

Als in, we hebben gewonnen!

Het hele team stapelt zich jubelend op Michael op. Als alle mannelijke emoties tot rust zijn gekomen, schaats ik naar hem toe en doe mijn berenmasker af.

"Het is gelukt!" schreeuwt hij en leunt dan voorover om me een gepassioneerde kus te geven.

O hemeltje. De geluiden om ons heen worden gedempt en ik verlies de tijd uit het oog. Pas als Michael zich terugtrekt, zie ik ons op de kuscamera en realiseer ik me dat dit alleen voor de schijn was.

Iets in me trekt zich samen, maar ik doe mijn best om de bizarre teleurstelling van me af te schudden. "Gefeliciteerd." Ik raak mijn lippen aan. "Ik weet dat je deze overwinning wilde."

Zijn opwinding neemt zichtbaar af. "Wat ik wilde was om Tugev te verslaan, maar die klootzak is met pensioen gegaan voordat ik de kans kreeg."

Huh. "Is hij niet de eigenaar van het team?"

Michael knikt.

"Je hebt zijn team verslagen. Daar is hij vast niet blij mee."

"Het is niet hetzelfde," zegt hij grimmig.

De coach schaatst met een extatische uitdrukking naar voren. "Dat was geweldig teamwerk. Uitstekend gedaan! Ik heb altijd geweten dat je het in je had." Hij klopt Michael op de schouder.

Hij heeft gelijk. Het *was* goed teamwerk, wat voor mijn boo net zo'n natuurlijk gedrag moet zijn geweest als yoga voor een beer.

Michael knikt nors. "Het was me zonder je coaching niet gelukt."

De coach wuift dat weg en knipoogt naar me. "Hoe zit het met onze nieuwe mascotte?" vraagt hij. "Weet je zeker dat ze geen inspiratiebron was?"

"Tuurlijk." Michael kijkt me aan. "Ze liet me beseffen dat het niet moeilijker moet zijn om mijn teamgenoten beter te laten hockeyen dan een rat te leren om op een eenwieler te rijden."

"Deze overwinning zal vanavond bij de inzamelingsactie helpen," zegt de coach.

Michaels uitdrukking wordt donkerder. "Ik heb dat in vertrouwen tegen je gezegd."

"Welke inzamelingsactie?" vraag ik.

De coach wendt zich met een uitdrukking van overdreven shock tot Michael. "Heb je Calliope niet uitgenodigd?"

"Nee," gromt Michael. "Ik heb erover nagedacht, maar —"

"Waarom moet je naar een inzamelingsactie?" vraag ik. "Is het voor je geheime project?"

Dat is de enige reden die ik kan bedenken dat hij me er niet bij wil betrekken. Of de enige reden die me niet kwetst. Tenzij hij van plan is om iemand anders mee te nemen? Iemand die kleine schaatsen draagt?

Nee. Hij zou het niet riskeren om onze list te verpesten en door de paparazzi te worden gezien. Toch maakt alleen al het idee ervan me ziek.

"Ja." Michael kijkt heimelijk naar de mensen die de tribune verlaten. "Ik moet wat geld inzamelen... en ik kan je hulp wel gebruiken."

"*Mijn* hulp?" Ik kijk naar Wolfgang alsof hij dit misschien beter begrijpt.

Meine Liebe, zeg "ja". Fondsenwervers betekenen hors d'oeuvres, en dat betekent heel veel heerlijke Parmezaanse kaas.

"Ik ben niet zo goed in socialiseren," zegt Michael, die de zaak met een kilometer onderschat. "Als je mee zou gaan, dan denk ik dat het soepeler zou gaan."

Huh. Dat is vreemd aardig van hem om te zeggen. "Is het een chic evenement?" vraag ik.

Hij knikt.

Ik bijt in mijn lip. "Ik heb niets om aan te trekken."

"Ik zal je alles geven wat je nodig hebt." Zijn ogen glinsteren met zulke hitte dat ik kan zien dat de kleding die hij zich net heeft ingebeeld niet veel van mijn huid zou bedekken.

De genoemde huid warmt bij de gedachte op, maar ik houd mijn gezicht neutraal. "Laten we in dat geval een deal sluiten," zeg ik lief. "Jij vertelt me wat het project is en dan ga ik met je mee."

Mijn laatste gok: hij wil DNA uit de buik van oude in barnsteen vastzittende muggen halen en dat gebruiken om een uitgestorven soort sabeltandpanda te laten herleven.

Michael en de coach wisselen een blik met elkaar uit.

"Ik dacht dat je het haar al had uitgelegd toen je haar die schaatsen gaf," zegt de coach.

De verdacht kleine en vrouwelijke schaatsen waar ik net aan dacht. Degenen waarvan ik dacht dat er een vrouw bij betrokken was. Maar ik zie geen verband met een of ander geheim project. Tenzij... geven panda's de voorkeur aan vrouwen boven mannen?

"Goed dan," gromt Michael. "Maar dit is een privéaangelegenheid tussen ons."

Zoals het feit dat we met elkaar naar bed zijn geweest? "Natuurlijk."

Hij scant de mensen die het stadion nog aan het verlaten zijn. "Laten we teruggaan naar onze hotelkamer en dan zal ik het je daar vertellen. Daarna gaan we winkelen."

"Oké," zeg ik, hoewel mijn nieuwsgierigheid nu op een dodelijk niveau is. "Ik zie je daar."

Zodra ik terugkom in onze bruidssuite, spring ik onder de douche om het onvrouwelijke berenpakzweet van onder mijn armen te wassen. Dan doe ik mijn haar en make-up totdat er op de badkamerdeur wordt geklopt.

"Een momentje." Ik trek een badjas aan en kom naar buiten, om tegen Michael aan te lopen.

Fuck mij. Zijn haar is verward en hij ruikt vers

gedoucht — wat betekent dat hij het in de kleedkamer moet hebben gedaan.

"Wanneer gaan we winkelen?" vraagt hij, zijn gezicht onleesbaar.

"Niet zo snel. Je hebt beloofd om het me te vertellen."

Hij loopt zuchtend naar de eethoek en neemt plaats. "Kunnen we in ieder geval praten terwijl we op roomservice wachten? Ik val om van de honger."

"Goed dan." Ik bel en bestel voor iedereen, inclusief mijn rattenploeg. Dan kijk ik naar Michael. "Nu... moeten we praten."

Zijn blik dwaalt naar het bed. "Over een aantal dingen."

Shit. Ik geloof dat ik bloos. "We hoeven niet te praten over wat *daar* is gebeurd. Je zei dat het een vergissing was, en ik ben het er niet mee oneens."

Dat zijn mijn hersenen tenminste niet. Mijn andere organen, vooral mijn vagina en hart, weten het niet zo zeker.

"Ik zei dat we wat we hebben gedaan niet *voor de wedstrijd* hadden moeten doen," zegt hij. "Maar hé, we hebben gewonnen, dus ik denk —"

"Leuk geprobeerd. Ik ben er vrij zeker van dat je 'vergissing' in de bredere zin bedoelde. En je had gelijk."

Hij knarst met zijn tanden. "En waarom was het zo'n vergissing?"

"Omdat we niet echt aan het daten zijn, en ik niet aan informele seksafspraakjes doe." En het zou voor ons zinloos zijn om echt te daten, want dat zou alleen standhouden totdat hij mijn familie zou ontmoeten.

"We werken ook samen," zegt hij. "En je haat me."

"Nee, je haat *mij*," antwoord ik.

"Nee, jij —"

Er wordt op de deur geklopt en het blijkt roomservice te zijn.

Ik voer eerst de ratten en zoals gewoonlijk vraagt Lenin om een tweede en dan om een derde portie.

Tovarisch, wij, de proletari-ratten, doen al het harde werk, wat natuurlijk de eetlust verhoogt.

"Goed dan." Ik geef hem een hele snackwortel, en dat lijkt hem te kalmeren, althans voor het moment.

Terugkomend bij de tafel waar mijn taco's op me wachten, glimlach ik om de snelheid waarmee Michael het grootste deel van de quinoa en zalm die hij heeft besteld naar binnen schrokt.

"Dus," zeg ik nadat hij ook een heel glas tomatensap in één slok heeft opgedronken. "Wat is het geheime project?"

"Juist." Hij ziet er nadenkend uit terwijl hij de rest van zijn maaltijd opeet. "Het project is bedoeld om anderen de gelukkige doorbraak te geven die ik heb gekregen."

Hij lijkt klaar te met zijn uitleg, maar ik heb geen idee wat hij bedoelt, en ik zeg het hem.

Hij zucht. "Ik wil kinderen in weeshuizen een kans geven om hockey te spelen — of andere sporten — en hen zo op een pad naar een beter leven zetten."

Mijn hoofd tolt. Van alle mogelijkheden had ik dit

niet verwacht — en niet alleen omdat dit niets met panda's te maken heeft. Dit is echt een goedhartig iets om te doen, en die woordcombinatie is niet iets wat in mijn hoofd opkomt als ik aan Michael denk.

Ik realiseer me dat hij verwachtingsvol naar me kijkt en zeg, "Wauw. Dat is geweldig. Hoe gaat het ermee?"

"Niet goed. Tot nu toe heb ik alleen lokale kinderen in Florida kunnen helpen, en zelfs dat is vooral dankzij de coach. Hij was degene die de hoge bazen zover heeft gekregen om mijn kinderen toegang te geven tot de ijsbaan en oude apparatuur. Wat ze verder nog nodig hadden, heb ik met mijn eigen geld gekocht — en dat van een paar sponsors die ik tot nu toe heb gevonden."

O. Dus die kleine schaatsen die hij me gaf waren voor kinderen bedoeld, niet voor vrouwen? De opluchting die ik voel, is behoorlijk belachelijk en het moet de schuld krijgen van hoe sexy Michael is als hij eet. En ademt.

"Hoe dan ook," vervolgt hij, "ik wil drastisch opschalen wat ik tot nu toe heb gedaan. Het moet een echte stichting zijn die kinderen van over de hele wereld kan helpen, maar daar is serieus geld voor nodig. Daarom heb ik contact opgenomen met mensen van wie ik dacht dat ze misschien zouden kunnen helpen."

"Ik zal op elke manier helpen die ik kan." Ik kijk naar mijn ratten terwijl er zich een idee in mijn gedachten vormt. "Als je wilt, kan ik mijn kleine gezelschap meenemen en een show op de inzamelingsactie opzetten om een menigte te trekken. Zodra mensen komen kijken, kunnen we ze over je stichting vertellen."

Zijn ogen lichten op. "Zou je dat doen?"

"Natuurlijk." Ik ben altijd blij met een excuus om een optreden op te zetten.

"Dat zou geweldig zijn," zegt hij. "Het lost mijn grootste probleem op: naar mensen lopen die ik niet ken. Op deze manier zullen ze naar mij toe komen."

Ik glimlach. "Kijk alsjeblieft niet zo dankbaar. Er kunnen daar mensen zijn die geen fan zijn van ratten."

"Geen fans van ratten?" Zijn uitdrukking is met geveinsde afschuw vervuld. "Ze moeten van binnen dood zijn. Zulke harteloze mensen zouden sowieso niet aan mijn doel hebben gedoneerd, dus als je ze eruit filtert, dan bespaar je tijd als het om pitchen gaat."

"Dat is dan geregeld." Ik stop de laatste hap taco in mijn mond. "Laten we gaan winkelen."

HOOFDSTUK 17

MICHAEL

"Deze?" Calliope houdt een strapless zwarte cocktailjurk voor haar lichaam. "Of deze?" Ze vervangt de zwarte door een rode, die nog korter lijkt te zijn en er mist nog meer stof aan de achterkant.

Mijn neusvleugels trillen. Door me haar in een van beide outfits voor te stellen, krijg ik een stijve, wat het op zijn beurt moeilijk maakt om beslissingen te nemen. "Waarom probeer je ze niet?"

Shit. Ik heb in wezen om een privéstriptease gevraagd, dus ik verwacht volledig dat ze me vertelt om naar de pik te gaan.

"Dat is een geweldig idee." Ze rent naar de kleedkamer en neemt onderweg nog een paar jurken mee.

Terwijl ik wacht, zet ik stiekem mijn benen zo neer dat mijn stijve niet zo opvalt — en ik ben blij dat ik dat heb gedaan, want als ze in die korte zwarte jurk naar buiten komt, dan heeft mijn pik alle extra ruimte nodig, en dan nog een beetje.

Verdomme, zelfs Wolfgang — die ze naast me heeft achtergelaten — lijkt te fluiten.

En dat is voordat ze ronddraait, waardoor ik een beeld krijg van haar sierlijke rug en de perfectie die haar kont is.

"Wat denk je ervan?" vraagt ze verlegen.

"Je ziet er geweldig uit, *ptichka*," zeg ik; de woorden komen er hees uit. "Je zult een menigte aantrekken zonder dat er een rattenshow voor nodig is." En ik zal ze allemaal op hun gezicht slaan.

Haar wangen worden rood. "Bedankt. Zal ik deze gewoon nemen?"

"Nee," zeg ik veel te gretig. "Laten we de anderen bekijken." Zelfs als dat betekent dat mijn ballen in blauw stof kunnen exploderen.

De rode jurk laat nog meer van haar melkachtige huid zien en ik merk dat ik het compliment mompel, omdat mijn pik geen bloedtoevoer heeft achtergelaten om mijn tong goed te laten werken.

Vanaf dat moment wordt het alleen maar erger. Of beter, afhankelijk van hoe ik ernaar kijk. De witte jurk is korter dan de anderen. De glanzende zilverachtige duwt haar borsten omhoog.

"Welke is je favoriet?" vraagt ze.

"Het is moeilijk om te kiezen." Ik wil ze allemaal nemen, maar niet voor de inzamelingsactie. Mijn nieuwe fantasie is om haar elk van die jurken voor me te laten dragen, heel privé, in mijn slaapkamer. "Ze staan je allemaal geweldig."

Het kiezen van slechts één is als het kiezen van welke van mijn ballen mijn favoriet is.

"Maar als je een favoriet zou moeten kiezen?" Ze laat verwachtingsvol twee jurken in haar handen bungelen.

"Rood?" Het lijdt geen twijfel dat dat de kleur is die haar commie rat Lenin zou kiezen als hij hier was.

Ze fronst. "Ik denk dat ik de zwarte mooier vindt."

Ik trek een wenkbrauw op. "Zwart staat je geweldig. Zoals ik al zei, ze staan je allemaal."

"Ja, maar je houdt meer van rood." Ze zwaait naar de verkoopster. "Ik denk dat ik nog een paar jurken moet passen."

En tjonge, ze probeert er inderdaad nog meer. Als mijn *spankbank* een echte bank was, dan zou hij op dit moment een paar nieuwe vestigingen moeten openen.

Zou ze me kunnen plagen? Is dit een poging tot verleiding?

Als het de laatste is, dan is ze bij de eerste jurk geslaagd. Op dit moment kan ik me niet eens herinneren waarom het een slecht idee zou zijn om haar gek te neuken, vooral aangezien ik morgen of binnenkort geen wedstrijd heb.

Nee. Ik denk dat het door het hoopvol denken van mijn pik is dat ik denk dat dit een verleiding is. Ze—

"En hoe zit het nu?" vraagt Calliope. "Heb je een favoriet?"

Dit begint als een strikvraag te klinken. "Mag ik de zwarte nog een keer zien?"

Ze knikt goedkeurend en verdwijnt in de kleedkamer en ik wacht met ingehouden adem en een harde pik.

Als ze naar buiten komt, kijk ik naar de jurk alsof ik hem voor het eerst zie. "Dit is hem," zeg ik plechtig. En daarmee bedoel ik dat als ik me haar vanaf nu in mijn hoofd voorstel, ze deze jurk zal dragen of, wat waarschijnlijker is, helemaal niets.

Ze kijkt me stralend aan. "Wie had gedacht dat je zo'n goede smaak had?"

———

Tegen de tijd dat we terugkeren naar de hotelkamer, heb ik alleen nog tijd voor een koude douche en om me snel om te kleden in mijn pak. Dan klop ik volgens de instructies van Calliope voordat ik de badkamer verlaat op de deur, 'voor het geval ze niet fatsoenlijk is'.

Fuck. Nadenken over wat dat zou kunnen betekenen, maakt alle voordelen van de koude douche ongedaan.

"Kom er maar uit," zegt ze.

Als ik de suite binnenstap, dan is ze weggedraaid van de gigantische spiegel, waardoor ik haar van voren en van achteren kan zien.

"Wauw," zeg ik in een understatement van de eeuw.

Haar wangen worden rood. "Je hebt me zo in de winkel gezien."

Moet ik haar vertellen dat ik haar nog een miljoen keer in die jurk zou kunnen zien en dat ik dan nog steeds dezelfde overdreven reactie zou hebben?

"Je hebt in de winkel je haar niet laten doen," zeg ik slapjes. "Het draagt bij aan de 'wauw'." En ze heeft haar haar in een opgestoken kapsel gedaan, wat haar lange, delicate en zeer kusbare nek toont.

Ze kijkt me stralend aan. "Je ziet er zelf ook niet slecht uit, Boo." Ze loopt naar me toe en pakt mijn das. "Laat me dat even aanpassen."

Terwijl ze de eigenzinnige das vastmaakt, vecht ik tegen de overweldigende drang om haar jurk uit te trekken en haar naar het gigantische bed te dragen.

"Dat is beter." Ze knippert mooi met haar wimpers naar me. "Nu kunnen we gaan."

Weggaan is het laatste wat ik wil, maar we zijn al te laat. Ze zou bovendien niet willen dat ik haar mee naar bed zou nemen. Ze houdt niet van informele seksafspraakjes en ik weet niet of we de tijd hebben om een echte relatie te beginnen. Niet dat dat laatste een goed idee is. Als we echt zouden daten, zou ze net als ik om haar zou gaan geven, weggaan, net zoals iedereen in mijn leven. Nee, het is beter om —

"Hier." Ze duwt de rattendrager in mijn hand. "Maak jezelf nuttig."

Ze rommelt vervolgens door haar koffer en pakt wat hoepels 'voor de ratten om doorheen te springen', ballen 'voor de ratten om op te balanceren', een eenwieler om voor de hand liggende redenen, een kleine voetbal en twee doelpalen.

"Zou dat geen puck moeten zijn?" Ik wijs naar de voetbal.

Ze haalt haar schouders op. "Ik heb ze leren voetballen voordat ik wist dat ik een hockeycarrière zou hebben." Ze stopt alle accessoires in een tas en verruilt hem met de drager in mijn handen. "Laten we gaan."

———

"Dus," zeg ik terwijl we naast elkaar in een Uber zitten. "Wist je niet dat je een hockeycarrière zou hebben?"

Ze schudt haar hoofd. "Ik heb als een personage in pretparken gewerkt, maar toen werd ik in dat vakgebied op de zwarte lijst gezet, dus had ik de baan als mascotte aangenomen. Wat ik echter echt wil, is voor de kost rattenshows geven."

"Echt waar?" Ik kijk naar de rattendrager. "Waarom?"

Ze denkt gedurende een blok na over mijn vraag. "Historisch gezien hebben ratten slechte PR gehad en hebben ze de schuld gekregen van zaken als het verspreiden van de pest."

"Is het slechte PR?" vraag ik. "Ik dacht dat ze de pest *echt* hadden verspreid."

Ze schudt haar hoofd. "Recente studies hebben die theorie ontkracht. Het waren mensen die het hadden verspreid, geen ratten."

Ik knik verontschuldigend naar Wolfgang. "Dat wist ik niet."

"Er zijn maar weinig mensen die dat weten. De realiteit is dat ratten schattige en intelligente wezens zijn. Als het om samenwonen met mensen gaat, dan zijn ze in alle opzichten superieur aan katten, maar de slechte PR zorgt ervoor dat ze lang niet zo gewoon zijn als katten. Wat nog erger is, is dat mensen dingen zoals rattenvallen en rattengif creëren — die verschrikkelijk zijn."

Ik knik. "Zijn je shows bedoeld om ratten in een positiever daglicht te stellen?"

"Precies. Mijn doel is om het geweldige werk te helpen dat Pixar met *Ratatouille* is begonnen. Werk dat werd voortgezet door knaagdierhelden zoals de Pizzarat."

Ik kijk naar de straten van New York, half verwachtend om op dit moment een rat met een stuk pizza te zien. "Ik denk dat ik het snap."

Verdomme, ik heb zelf aan de andere kant van slechte PR gestaan — hoewel, toegegeven, het in mijn geval eerlijk gezegd verdiend had kunnen zijn.

"Dus," zeg ik, "als je een show had, wat zouden de ratten dan doen?"

De rest van onze reis vertelt ze me dat tot in de kleinste details en ik realiseer me iets wat ik me nooit had kunnen voorstellen.

Ik zou deze rattenshow van haar graag zien.

De fondsenwerving is het soort luxe dat alleen in New York mogelijk is. Als het een thema had, dan zou het 'oud geld' en/of 'snobisme' zijn. De meeste vrouwen dragen parels die ze heel graag willen vasthouden, en de mannen hebben allemaal een zeldzame combinatie van zachte handen en nooit eerder gebroken neuzen.

Door er alleen al aan te denken om een gesprek met een van deze mensen aan te gaan, stijgt mijn bloeddruk veel meer dan wanneer ik met een zwaargewicht kampioen in een boksring zou moeten stappen.

"Laten we het hier opzetten." Calliope gebaart naar een van de lange tafels in het midden van de kamer.

"Tuurlijk."

Ik ben blij dat ik een excuus heb om het socialiseren uit te stellen, ik draag de tas met rattenparafernalia naar de tafel en kijk toe hoe Calliope het allemaal opzet.

"Nu zal ik mijn ding doen en zullen er hopelijk mensen komen," zegt ze.

Op haar aandringen spelen de ratten voetbal — een activiteit die gekozen is, omdat het een sport is en het me daarom zou moeten toestaan om mijn stichting te noemen.

Een paar mensen verzamelen zich en kijken gefascineerd toe totdat de voorstelling is afgelopen, waarbij Marco — of misschien Polo — het laatste doelpunt scoort.

"Dat was geweldig," zegt een van de mannen, die zich tot zijn vrouw wendt. "Nietwaar, Sugar?"

Ik doe mijn mond open om op de een of andere

manier over de inzamelingsactie te praten, maar Sugar komt naar voren en vraagt of Calliope een visitekaartje heeft.

"Nee," antwoordt Calliope. "Sorry. Dit gaat niet over mij." Ze knikt mijn kant op. "De voorstelling was een middel om de aandacht op Michaels stichting te vestigen."

Iedereen draait zich mijn kant op, dus ik begin aan de toespraak die ik zo vaak in mijn hoofd heb gerepeteerd. Tot mijn schrik zijn ze niet alleen geïnteresseerd, een paar halen zelfs hun chequeboekjes tevoorschijn, waaronder de man van Sugar.

"Nu dat is geregeld," zegt Sugar, terwijl ze zich tot Calliope wendt, "hoe kan ik je bereiken voor het geval ik je wil inhuren om zo'n show voor me op te zetten?"

Met behulp van servetten die in de buurt liggen, schrijft Calliope haar nummer op.

"Bedankt," zegt Sugar en ze vertrekt.

"Verdomme," zeg ik. "Misschien krijg je je show wel eerder dan je dacht."

Calliope schudt haar hoofd. "Ik wil in theaters of circussen optreden. Sugar heeft duidelijk een privé-evenement, zoals een verjaardag, in gedachten."

"Maar toch. Misschien heeft ze wel een gast op haar evenement die een theater of een circus bezit."

"Zullen we ons nu op jou concentreren?" Calliope zet de voetbalwedstrijd weer op, en het trekt een nog groter publiek.

"Zijn jullie Honey en Boo Boo?" vraagt een dame wanneer de voorstelling voorbij is.

"Ja," zegt Calliope. "Hoewel we die bijnamen niet gebruiken."

Wetende dat we beroemdheden zijn, opent de chequeboekjes van mensen nog sneller, en bovendien geeft Calliope nog twee servetten met haar nummer weg.

Rond de tijd dat we een derde menigte hebben verzameld, loopt er iemand naar me toe waardoor ik bijna in mijn ogen wil wrijven.

Hij is iemand die ik eerder vandaag had verwacht te zien.

"Tugev," snauw ik. "Wat doe je hier?"

Hij en zijn date kijken op van de ratten en hij doet alsof hij me voor het eerst ziet.

"Mi... Medvedev? O," zegt hij, zijn ogen worden groter.

Mijn kaak trilt. Ik weet dat hij aanvankelijk 'Misha' wilde zeggen, maar besloot geen belediging uit te spreken die ongetwijfeld een scène zou veroorzaken.

"Wat doe je hier?" vraagt hij.

"Ik vroeg het eerst." Ik sla mijn armen over elkaar. "En aangezien we vragen stellen, waarom was je dan niet bij de wedstrijd?"

"Ik heb hem meegenomen," zegt zijn date met een grijns. Ze steekt dan haar slanke hand naar me uit. "Hoi, ik ben Sophia. Je moet Mason van hockey kennen."

"Noem me Michael." Ik schud haar de hand. "Heb je hem ook verboden om eerder vandaag te spelen?"

"Ik heb niet gespeeld omdat ik met pensioen ben," gromt Tugev.

Dus dat is waar? "Wat handig. Net toen ik je op het ijs wilde verslaan, ging je met pensioen."

"O, alsjeblieft," zegt hij spottend. "Als ik daar was geweest, dan zouden jij en je team hebben verloren."

"Wat hij bedoelt, is 'gefeliciteerd met je overwinning'," zegt Sophia.

"Ik meende wat ik zei," zegt Tugev tegen haar. Met tegenzin voegt hij eraan toe: "Ik was onder de indruk van jullie teamwerk. Of specifieker, dat je het überhaupt voor elkaar hebt gekregen."

Is dat een compliment of een steek onder water?

Op dat moment scoort Lenin het laatste doelpunt en kijkt Calliope op van de rattenshow.

"Hé," zegt ze, naar Tugev kijkend. "Ben jij niet de man die Michael vandaag wilde verslaan?"

Tugev grijnst. "Ik wist niet dat hij zoveel om me gaf. Ik voel me gevleid."

Ik bal mijn handen tot vuisten. "Mocht je willen. Maar je zult *plat* worden als je blijft — "

Calliope legt een kalmerende hand op mijn schouder. "Heb je hem over je stichting verteld? Met jullie beiden die zoveel van hockey houden, is hij misschien wel de perfecte sponsor."

"Welke stichting?" vraagt Sophia, terwijl ze er oprecht geïntrigeerd uitziet.

Tugev zegt niets, maar hij trekt heel duidelijk een wenkbrauw op.

"Natuurlijk." Ik knars op mijn tanden, denk aan de

kinderen en vertel mijn verhaal. Ik pas me zelfs aan het publiek aan en benadruk dat ik geïnteresseerd ben om met hockey als de sport te beginnen en Rusland en voormalige Sovjetrepublieken als de wervingslocaties.

"Dat is geweldig," zegt Sophia en ze geeft Tugev een elleboog.

"Daar ben ik het mee eens," zegt hij. "Vertel me meer."

Geschokt door deze wending, praat ik een tijdje. Het strekt hem tot eer dat Tugev een aantal intelligente vragen stelt. Al snel bevelen hij en Sophia me hun advocaat aan, stellen ze een aantal mensen voor die in het stichtingsbestuur zouden kunnen dienen en nodigen ze me uit voor meer evenementen waar ik geld kan inzamelen.

"Heb je hier met Orehov over gesproken?" vraagt Tugev tegen het einde.

"Hoezo?"

Orehov is een vreemde hockeyspeler, omdat er aanhoudende geruchten zijn die hem aan de Russische maffia koppelen. Ik heb geen idee of de genoemde geruchten waar zijn, maar de enige keer dat hij met iemand op het ijs had gevochten, was de man daarna verdwenen.

"Ze zeggen dat hij veel connecties in Rusland heeft," zegt Tugev. "Ik dacht dat het van pas zou kunnen komen als je van plan bent om daar kinderen te helpen."

"Ik denk dat ik het wel zonder hem kan," zeg ik. "Ik krijg regelmatig brieven van Russische fans, dus dat zijn degenen wie ik om hulp zou vragen." Want het laatste wat ik wil is om het helpen van kinderen met zelfs maar een hint van de Russische maffia te mengen.

"Wat het beste voor je werkt." Tugev steekt zijn hand in de binnenzak van zijn jas om zijn chequeboekje te pakken. "Dit is nog maar het begin." Hij schrijft de cheque uit en geeft hem aan me.

Als ik het bedrag zie, worden mijn ogen groter. Dit is meer geld dan iemand ooit aan mijn goede doel heeft bijgedragen, zelfs als je het allemaal combineert en een paar nullen toevoegt. Ik denk dat dit te verwachten was. Tugev is tenslotte een miljardair, maar —

De luide snak naar adem uit de mond van Calliope is vreemd sexy. Ze heeft ook het obscene bedrag gezien.

"Dit zal veel kinderen helpen," zeg ik plechtig, naar Tugev kijkend. "Dank je, Mason."

Hij geeft me een visitekaartje. "Zoals ik al zei, dat is nog maar het begin. Laten we contact opnemen als je het fonds een beetje hebt laten groeien, dan kan ik een zinvollere bijdrage doen."

Verbaasd over het idee van een nog grotere cheque, knik ik en kijk toe hoe hij en Sophia vertrekken om zich tussen de andere mensen te mengen.

"Denk je dat hij dat heeft gedaan omdat hij zich rot voelde dat hij de wedstrijd had gemist?" vraagt Calliope.

Ik haal mijn schouders op. "Als dat het geval is, dan ben ik blij dat hij met pensioen is gegaan. Dit geld verandert alles."

Ze knijpt in mijn schouder. "Laten we doorgaan nu het nog heet is."

"Tuurlijk."

De rattenshow wordt hervat en we keren terug naar onze fondsenwervingsmodus — die op de een of andere manier veel soepeler verloopt nu ik die gigantische cheque heb. Het is alsof mensen succes kunnen voelen en erdoor worden aangetrokken. Het is dat of ik ben beter in sociale vaardigheden als de druk weg is. Ik raak zelfs de tel kwijt van de cheques die ik krijg, en dan, net als de laatste groep vertrekt, stapt er een vrouw naar het podium aan de voorkant van de kamer en tikt ze op de microfoon.

"De dance-a-thon staat op het punt te beginnen," zegt ze. "Maar we hebben een tekort aan dansers. Wil iemand zich als vrijwilliger aanmelden?" Ze kijkt ons aan. "Vooral iemand die een virale sensatie is?"

Ik schud mijn hoofd.

Calliope doet hetzelfde.

"O, wees niet verlegen," zegt de vrouw. "Ik ben er vrij zeker van dat we veel geld zullen inzamelen als je meedoet — en het kan naar het goede doel van je keuze gaan."

"Zelfs als het van hem is?" Calliope wijst naar me.

"Natuurlijk," zegt de vrouw.

Shit. Gaan we dit echt doen?

Waarschijnlijk niet. Calliope ziet er nog steeds onzeker uit. "Ik kan mijn ratten niet alleen laten," zegt ze.

"Ik zal ze in de gaten houden," zegt de vrouw, en ze

moet veel Botox hebben gehad, omdat ze erin slaagt om haar neus op te trekken zonder rimpels te veroorzaken.

"Ik zal een belofte van honderdduizend doen als je danst," zegt Sophia met een ondeugende glinstering in haar ogen. "Ik weet zeker dat andere mensen nog genereuzer zullen zijn." Ze knikt naar haar date.

Andere mensen doen mee om ons onder druk te zetten en doen ook toezeggingen. Dan blijkt er volgens de aanstichtster extra geld te komen van het grote publiek dat de dance-a-thon online zal bekijken.

"We moeten het doen," fluistert Calliope in mijn oor. "De kinderen kunnen dat geld wel gebruiken."

"Tugevs cheque zorgt ervoor dat we niets hoeven te doen wat we niet willen doen," fluister ik terug. "Je hebt al zoveel gedaan." Ik betwijfel of ik zelf een fractie van dit krankzinnige bedrag had opgehaald.

Haar lippen strijken zachtjes langs mijn oor terwijl ze fluistert: "Samen dansen zou ook helpen om onze poppenkast te verkopen. Echte stellen dansen."

Fuck het. Ik doe iets na wat een kunstschaatser zou kunnen doen, en strek mijn hand theatraal uit. "Zou je willen dansen?"

Ze bloost om de een of andere ondoorgrondelijke reden, pakt mijn hand en we lopen naar de dansvloer, waar we door de vrijwilligers worden vergezeld die de dame eerder had genoemd.

"En hoe zit het met jullie twee?" zegt de vrouw tegen Tugev en Sophia. "Doen jullie mee?"

Dat doen ze. Dat doet een ander stel ook, en daarna nog een paar.

Terwijl we op de muziek wachten, realiseer ik me dat mijn hart bonst — en niet alleen vanwege de nabijheid van Calliope of het feit dat haar slanke hand in de mijne ligt. Ik stoor me ook niet aan het feit dat deze show live gestreamd gaat worden. Nee. Het hamert vanwege een laat besef.

Ik wil dat deze neprelatie met de mascotte van mijn team echt is.

HOOFDSTUK 18
CALLIOPE

"One More Time" van Daft Punk klinkt door de luidsprekers om ons heen en we beginnen te bewegen, wat me een flashback geeft van toen Michael zo kortgeleden in me zat. Of misschien is het niet zomaar een flashback. Misschien wil ik hem daar hebben? Het enige wat ik weet is dat ik in het bijzijn van de rijkste mensen in New York onnatuurlijk opgewonden ben, en Michaels krachtige lichaam dat naast me beweegt, helpt in het geheel niet.

"Je kunt goed dansen," mompelt hij in mijn oor.

"Het draait allemaal om balans en ritme," zeg ik, naar adem snakkend in de zijne. "En je bent zelf ook niet slecht." En daarmee bedoel ik dat hij seks op een hockeystick is.

Hij beweegt grijnzend zijn lichaam nog sensueler, terwijl ik bid dat mijn reactie op hem in mijn string blijft.

Als het nummer stopt, krijgen de dansers een score, waarbij het paar in onze buurt de hoogste cijfers haalt.

Michael leunt voorover en ik verwacht half dat hij me zal kussen, maar in plaats daarvan praat hij zachtjes in mijn oor. "Deze dance-a-thon is een kans om Tugev te verslaan."

Ik frons. "Zelfs na al dat geld dat hij aan de kinderen heeft gegeven?"

Hij haalt zijn schouders op. "Dit is een wedstrijd die iemand moet winnen. Waarom wij niet?"

"Oké."

Hoe noem je het vrouwelijke equivalent van blauwe ballen? Blauwe vulva? Ik vraag het voor een vriendin.

De volgende dans is nog heter en we krijgen de hoogste scores. Helaas scoren Sophia en Tugev in de volgende ronde en gezien de blikken die de twee mannen uitwisselen, is Tugev net zo competitief als Michael.

"We hebben de volgende ronde meer sexy punten nodig," vertelt Michael me.

"Hoe?" En is het een goed idee? Ik ben een paar van zulke punten verwijderd om Michael zoals een panda misschien wel de meest heerlijke — en zeer harde — bamboe zou beklimmen.

"Kom dichterbij," zegt hij. "En wrijf meer."

"Als ik nog dichterbij kom, dan hebben we misschien een condoom nodig," mompel ik binnensmonds, maar ik doe wat hij suggereert en we verdienen er nog een hoge score mee — en ik breng mezelf nog dichter bij de blauwe vulva.

Helaas komen Tugev en Sophia in het volgende nummer ondanks onze beste bewegingen als overwinnaars uit de bus — wat betekent dat het nu gelijkspel is.

De volgende is de Cha Cha Cha — die, omdat het een stijldans is, voorafgaande oefening vereist die Michael en ik niet hebben. Tugev en zijn date ook niet, zo lijkt het. In plaats daarvan gaan de hoogste scores naar een schattig ouder stel dat zo goed is dat ze misschien wel gepensioneerde professionals zijn. Ditzelfde paar domineert de Wals-ronde die volgt, en de Tango, en de rest van de stijldansen — wat hen de winnaars van de hele wedstrijd maakt. Niemand lijkt zich zorgen te maken over wie de tweede of derde plaats heeft behaald.

De uitdrukking op Michaels gezicht staat op onweer, waardoor ik voor de veiligheid van het oudere paar vrees. Links van ons draagt Tugev een bijpassende uitdrukking — wat alleen maar bevestigt dat alle hockeyspelers te competitief zijn om als gezond te worden beschouwd.

"Laten we naar mijn ratten gaan kijken," zeg ik.

Michael lijkt de gewelddadige fantasieën die hij tegen de winnaars koesterde van zich af te schudden. "Ja. En kunnen we dan gaan?"

Ik knik. Hoe eerder we terug kunnen naar het hotel, hoe eerder ik mijn slipje kan verschonen.

―――――

Als we de deur van onze bruidssuite bereiken, zie ik dat deze niet volledig gesloten is, dus ik zeg dit tegen Michael.

"Laat me eens kijken." Hij bukt zich voorover om het slot te onderzoeken en elke spier in zijn lichaam lijkt zich aan te spannen.

"Er heeft iemand ingebroken," zegt hij grimmig terwijl hij rechtop gaat staan. Zijn handen ballen zich in strakke vuisten.

"Denk je?" Ik duw tegen de deur en hij gaat open.

Er is duidelijk met het slot geknoeid.

"Blijf hier," beveelt Michael. "Ik ga naar binnen om —"

"Nee." Ik pak zijn elleboog. "Wat als ze er nog steeds zijn?"

Er is een donkere glans in zijn ogen te zien. "Dat is waar ik op hoop."

Ik verstevig mijn greep op hem. "Nee. Ik verbied het."

"Je verbiedt het?" Hij maakt zijn arm los en vernauwt zijn ogen.

"Je zou gewond kunnen raken." En alleen al de gedachte eraan vult mijn ingewanden met vloeibare stikstof.

"Je stalker staat op het punt gewond te raken, niet ik." De huiveringwekkende manier waarop hij de woorden zegt, laat me aan die angstaanjagende verscheurende scène uit *The Revenant* denken.

Ik staar hem aan. "Denk je dat dit verband houdt met —"

"Ja. Dat denk ik."

Ik pak zijn arm weer vast. "In dat geval wil ik *echt* niet dat je daar naar binnen gaat. Wat als deze psychopaat een vuurwapen heeft?"

Hij haalt zijn schouders op. "Het zou nog steeds geen eerlijk gevecht zijn."

Het is officieel. Testosteron is een toxine. "Alsjeblieft. Doe het niet. Ik ben bang dat hij langs je heen zal komen en me dan zal pakken."

"O." Michael draait zich mijn kant op, er staat bezorgdheid op zijn gelaatstrekken geschreven. "Daar had ik niet aan gedacht. Ga naar beneden. Nu."

"Nee. We gaan samen."

Hij kijkt terughoudend, dus voeg ik eraan toe: "Wat als de stalker in de lobby is?"

"Oké," zegt hij tussen opeengeklemde tanden. "Laten we gaan."

We nemen samen de lift, sprinten naar de receptioniste en leggen de situatie uit. Al snel verschijnen er twee politieagenten, evenals een vrouw die het hogere management van deze hotelketen lijkt te zijn. De politie gaat naar de suite, maar als ze terugkomen, vertellen ze ons dat er niemand binnen was — en dat de kamer niet lijkt te zijn geplunderd.

"Behalve het berenpak," zegt de agent met de baard. "Iemand heeft dat verscheurd."

Mijn mascottepak? Waarom?

"Jullie moeten gaan kijken of er iets ontbreekt," zegt de manager.

We zijn het daarmee eens, en ze vergezelt ons

samen met de politie terwijl we naar boven gaan. We zien dat alles inderdaad in orde is, behalve mijn pak, dat iemand in stukken ter grootte van een teddybeer heeft gesneden.

"Wie zou zoiets doen?" Ik kijk naar het arme pak.

"En waarom?" vraagt de manager.

"Een of andere rare fan?" stelt de bebaarde agent voor.

"Ik denk dat het een stalker is," zegt Michael. "Iemand die achter Calliope aan zit." Hij kijkt boos naar het pak. "Ik denk dat dit een soort ziek ritueel was."

Wauw. Dat is duister. Denkt hij dat de dader mij in het pak voor zich zag terwijl hij het verminkte?

Ik wend me tot de vrouw. "Kun je er op basis van beveiligingsbeelden achter komen wie dit was?"

Ze knikt. "De agenten hebben er al om gevraagd. Helaas zijn we onlangs op een nieuw systeem overgestapt, dus ik heb te horen gekregen dat het een paar dagen kan duren om de beelden te krijgen."

"Je zult ze zodra je ze hebt naar me toe sturen," zegt Michael heerszuchtig.

"Ik stuur ze naar de politie."

De uitdrukking op Michaels gezicht zorgt ervoor dat beide agenten hun handen op hun wapens leggen. "Je zult de beelden naar mij sturen of —"

"Houd er rekening mee dat we over een paar dagen in Florida zijn," zeg ik. Ik heb het gevoel dat Michael op het punt staat gearresteerd te worden voor het maken van dodelijke bedreigingen of iets dergelijks, dus ik voeg er snel aan toe: "En als dit een stalker-situatie is, dan kan hij ons naar huis volgen en dan valt er voor de politie in New York niets te doen." Wat ik niet zeg, is dat ik sceptisch ben of de politie überhaupt naar de beelden zal kijken, aangezien er niets was gestolen en er niemand gewond was geraakt.

"Eerlijk gezegd," zegt de agent met de baard, "als —"

"Ik heb er genoeg van," gromt Michael. Hij torent boven de manager uit. "Weet je wie we zijn?"

Ze schudt haar hoofd.

"Google 'Honey en Boo Boo'," zegt hij grimmig. "En vraag jezelf dan af of je wilt dat we publiekelijk je hotel zwart gaan maken, wat zal gebeuren als je niet aan mijn zeer redelijke verzoek voldoet."

De vrouw haalt haar telefoon tevoorschijn, doet een zoekopdracht en verbleekt.

"Wat is je e-mailadres?" vraagt ze aan Michael.

Hij geeft het aan haar en ze belooft dat ze de beelden die hij wil zal sturen.

"We gaan," zegt de agent met de baard.

"Bedankt voor de hulp," zeg ik.

Zodra ze vertrekken, vraagt Michael de manager om een andere kamer.

"Maak er maar twee van," zeg ik.

Nu de wedstrijd voorbij is, zouden ze meer beschikbaarheid moeten hebben.

"Twee?" De manager kijkt verward. "Zijn jullie niet samen?"

Shit. De neprelatie. "We hebben ruzie gehad." Hé,

dit is niet bepaald een leugen. "Ik heb wat ruimte nodig."

"Eén kamer." Michael draait zich met samengeknepen ogen mijn kant op. "Ik sta erop."

"Waarom?" Ondanks de schrik, of misschien daardoor, ben ik zo geil als ik ooit ben geweest, en daarom kan ik mezelf niet vertrouwen om met hem in hetzelfde bed te liggen. Vooral niet na gisteren.

Hij loopt naar me toe en pakt mijn hand. "Totdat dit stalkergedoe is opgelost, wil ik niet dat je alleen bent."

Verdomme. Wat hij zegt, klinkt logisch, maar dit betekent ook dat we nog een paar dagen een ruimte zouden delen, een idee dat me een raar gevoel geeft.

"Oké," zeg ik met mijn beste pokergezicht tegen de manager. "Eén kamer alsjeblieft."

"Jullie kunnen de presidentiële suite nemen," zegt ze. "Het heeft twee slaapkamers, dus je kunt kiezen in welke gewenste regeling je wilt slapen."

Waarom ben ik zo teleurgesteld door het idee van twee slaapkamers? Omdat ik dat ben, en terwijl de manager ons helpt om de overstap naar de presidentiële suite te maken, ziet Michael er ook niet blij uit.

"Ik zal particuliere beveiliging inhuren om de gang voor jullie deur in de gaten te houden," zegt de manager voordat ze vertrekt. "En terwijl we op hen wachten, zal ik een paar portiers het werk laten doen."

Wauw. "Dank je. Je bent tot het uiterste gegaan." Ik kan haar het idee van twee kamers zelfs bijna vergeven.

Bijna.

"Geen probleem," zegt ze en gaat weg.

"Wanneer hebben we ruzie gemaakt?" eist Michael zodra we alleen zijn.

"Wat?"

"Je hebt haar verteld dat we ruzie hebben gehad," zegt hij. "Waar had je het over?"

Ik knipper naar hem. "Ik dekte me alleen maar in omdat ik had gezegd dat we twee kamers nodig hadden."

"Ah." Hij zet een stap naar me toe. "Maar dan blijft de vraag: waarom *wil* je twee aparte kamers?"

Mijn hartslag schiet omhoog. "Waarom niet? Dat is wat we gisteravond wilden."

Die pikzwarte ogen glanzen gevaarlijk. "Dat was *eerder*."

Ik til mijn kin op. "Voor de daad die je een vergissing noemde?"

Terwijl zijn neusvleugels trillen, realiseer ik me dat zelfs zijn neus sterk en aantrekkelijk is.

"Pot, ontmoet ketel," zegt hij. "Jij was het die wat er was gebeurd een vergissing had genoemd. Iets over informele seksafspraakjes en beweringen dat ik niet date."

"Nou, dat doe je niet. Je hebt er een onzinregel over."

Hij sluit de afstand en tilt met zijn gebogen knokkels mijn kin op. "Er zijn op elke regel wel uitzonderingen."

Daarmee claimt hij mijn lippen in een wrede, allesomvattende kus.

HOOFDSTUK 19

MICHAEL

Ze beantwoordt mijn kus met een felheid die ik niet had verwacht, en dan reikt ze naar beneden om mijn riem los te maken.

Er ontwaakt een soort beest in me — ongetwijfeld een beer — en ik vecht tegen de drang om te brullen, terwijl ik haar optil en naar het gigantische bed draag.

We trekken in een hectische razernij aan elkaars kleren totdat ze een stapel op de rand van het bed zijn, waardoor Calliope in al haar bleke, verrukkelijke glorie wordt onthuld.

"Ik wil je zo graag neuken." De woorden komen met een gepijnigd gekreun uit me vandaan. "Je hebt geen idee wat je met me doet, *ptichka*."

Als antwoord worden haar wangen en borsten dieper roze dan haar haar. "Ik wed dat ik je meer wil neuken."

"Dat kan onmogelijk waar zijn." Ik pak haar borst vast.

"Moet alles met jou een competitie zijn?" Ze snakt naar adem, haar tepel wordt hard onder mijn vingers.

"Nee." Ik spreid haar benen en geef kusjes van haar knie tot aan haar dij. "Als het om jou gaat, heb ik het gevoel dat ik al heb gewonnen."

"Dat slaat nergens op," zegt ze verbijsterd. "Als —"

Mijn kussen bereiken het vochtige, verwarmde vlees van haar poesje, en dat lijkt haar stil te houden — een truc die ik voor toekomstig gebruik in gedachten zal houden.

Als ik een gulzige lik van haar ingang neem, proeft ze bedwelmend naar suikerspin, geroosterde pecannoten en iets onuitsprekelijks dat puur van haar is.

Er ontsnapt een wanhopig gekreun aan haar lippen en het spoort me aan om hoger te likken, waar haar harder wordende clitoris zich verlegen in een roze hoodie van vlees verbergt.

"O hemeltje," zegt ze als ik mijn bestemming bereik.

Ik pak haar bij haar heerlijk ronde billen, til haar naar me toe en draai mijn tong om haar kleine knopje, waardoor ze weer kreunt. En nog een keer.

"Heel goed," mompel ik recht in haar mooie vlees terwijl haar spieren beginnen te trillen. "Kom voor me."

Dat doet ze, en met een schreeuw.

Ik glijd met mijn tong over haar buik totdat ik haar hals bereik, waar ik aan knabbel. "Dat was nog maar het begin," fluister ik sensueel in haar oor. "Ik zal je vanavond vaker laten komen dan je ooit in je leven hebt gedaan."

Ze schudt loom haar hoofd. "Zoals ik al zei, competitief."

Fuck. Misschien ben ik dat. Omdat ik haar zo grondig wil neuken dat het elke herinnering aan iemand anders dan mij uit haar gedachten zal wissen.

"Draai je om," beveel ik hees.

"Waarom?" eist ze, maar ze gehoorzaamt.

"Je krijgt een bilspiermassage." En ik krijg eindelijk een handvol van die heerlijke kont die me elk moment van de dag heeft geplaagd.

"Oké." Ze steekt haar kont in de lucht, ongetwijfeld in een misplaatste poging om me te helpen.

Fuuuuck. De gedachte aan een massage is uit mijn hoofd verdwenen. Wat ik echt wil doen, is mijn pik van achteren in haar schuiven en in haar stoten totdat —

Nee.

Als ik mijn eerdere doel wil bereiken, dan zal ik al mijn beschikbare zelfbeheersing moeten uitoefenen.

Ik pak een handvol bleek vlees, knijp met mijn beide handen en kneed dan de spier.

"Wauw." Ze ontspant zich zichtbaar. "Dat voelt best lekker."

Best lekker? Ik intensiveer mijn bedieningen totdat ze als was in mijn handen is en van genot kreunt.

Als mijn pik het gevoel heeft dat hij zou kunnen ontploffen, lik ik haar van achteren totdat ze nog een keer voor me komt, terwijl haar handen zich om de stugge lakens wikkelen en er een wanhopige kreet van haar lippen ontsnapt.

"Draai je om," beveel ik nors.

Dat doet ze, en ik voel een buitensporige hoeveelheid voldoening als ik zie hoe hard haar tepels zijn en dat ze haar ogen halfgesloten heeft.

Ze ziet er goed geneukt uit en mijn pik is nog niet eens bij haar in de buurt geweest.

"Hier." Ik breng de wijs- en middelvinger van mijn rechterhand naar haar perfecte lippen. "Maak deze lekker nat."

Haar ogen worden groter en ze zuigt als een heel braaf meisje aan mijn vingers, en als ik tevreden ben met de resulterende smering, laat ik ze zachtjes rekkend naar binnen glijden — en kom ik bijna zelf als ik de gladde hitte in haar voel.

De uitdrukking van gelukzaligheid op haar gezicht spoort me aan, en ik schuif mijn vingers in en uit haar, krom ze dan en lokaliseer een bundel weefsel net achter —

"Ja!" zegt ze naar adem snakkend. "Daar. Alsjeblieft."

Nou, als ze zo vriendelijk gaat smeken, dan heb ik geen keus, of wel? Ik concentreer me op de plek die ik heb gevonden totdat haar tenen zich krommen en ze schreeuwt als ze weer een orgasme bereikt.

"Goed gedaan, *ptichka*," zeg ik hees. "Nu nog eentje."

"Wat?" Haar ogen worden groot.

Omdat daden beter zijn dan woorden, leg ik mijn tong weer op haar clitoris, en er zijn maar een paar likjes voor nodig voordat ze weer voor me klaarkomt.

"Nu," grom ik, "wil ik in je zijn."

"Eindelijk." Ze pakt een condoom, scheurt hem open en omhult mijn pik.

Ik weet niet of ik net een nieuwe kink heb ontwikkeld of wat dan ook, maar als ik die glinsterende nagels bij mijn schacht zie, laat ik mijn lading bijna te snel ontploffen, maar gelukkig doe ik dat niet. In plaats daarvan ga ik heel voorzichtig haar ongelooflijk strakke poesje binnen en laat ik ons allebei even aan de sensaties wennen voordat ik me durf te bewegen.

"Nee," zegt ze smekend, terwijl ze onder me wriemelt. "Wees niet zachtaardig. Ik wil het heel hard."

Dacht ik dat ik eerder beestachtig was? Want dat is niet te vergelijken met de felheid waarmee ik in haar stoot, maar al te gewillig om haar precies te geven wat ze wil.

"Ja!" schreeuwt ze, met haar nagels over mijn rug schrapend. "Precies zo!"

Ik stoot met alles wat ik in me heb in haar, en ze komt keer op keer op mijn pik klaar, totdat ik de tel van haar orgasmes samen met mijn geest kwijt ben. Eindelijk barst met een woeste grom mijn eigen ontlading los.

De nasleep is een beetje wazig in mijn gedachten. Ze gaat weg om zich te wassen, en ik denk dat ik hetzelfde doe, maar dan bevinden we ons in een omhelzing en onder de dekens, op welk moment ik in de diepste, zoetste slaap van mijn leven val.

HOOFDSTUK 20

CALLIOPE

Als ik wakker word, ben ik als een Snuggie om Michael heen gewikkeld. Terwijl ik me van hem losmaak, opent hij zijn ogen.

"Goedemorgen," mompelt hij.

Ik weet niet zeker waarom ik bloos, maar dat doe ik wel, en ik bedek mijn borsten ook met de deken, alsof we niet —

"Wil jij eerst naar het toilet?" vraagt hij. "Of zal ik gaan?"

Hoe kan hij wakker genoeg zijn om over zulke moeilijke keuzes na te denken?

"Ga jij maar." Op die manier kan ik ondertussen wat kleren aantrekken.

Hij springt uit het bed alsof hij al twee espresso's heeft gehad, en ik geniet ervan om zijn naakte kont en dijen bij elke stap te zien aanspannen.

Zodra ik een minuut privacy heb, kleed ik me aan en denk ik over de implicaties van gisteravond na —

oftewel de beste seks die ik ooit heb gehad, of kortweg BS.

Vlak voordat BS gebeurde, had Michael geïmpliceerd dat hij, ondanks dat hij een regel tegen daten had, een uitzondering voor me zou maken. Het was natuurlijk niet glashelder of hij me verkering vroeg, of dat hij zei dat het een verre mogelijkheid was.

Wat ik ook niet weet, is of ik wil dat we daten. Zodra hij mijn familie ontmoet, zal hij beseffen dat —

"De badkamer is van jou," zegt Michael, terwijl hij me laat schrikken.

Als ik zijn kant op kijk, heeft hij — helaas — een badjas aan.

"Kun je roomservice bestellen?" vraag ik.

Hij knikt en ik haast me naar de badkamer om mijn ochtendroutine uit te voeren.

Als ik naar buiten kom, is hij gekleed en is hij net klaar met een telefoontje.

"Ik heb onze vlucht kunnen verplaatsen," zegt hij terwijl hij zijn telefoon in zijn zak steekt.

Ik houd mijn hoofd schuin.

"Ik zal me beter voelen als ik op mijn eigen terrein met de stalker om kan gaan," legt hij uit.

O, shit. Hij heeft me zo grondig geneukt dat ik het gevaar was vergeten waar we in zitten. Nu ik het me herinner, weet ik niet zeker of ik me thuis veiliger zal voelen en ik zeg het hem, hem eraan herinnerend dat iemand in mijn kleedkamer was geweest, en misschien in mijn appartement.

"Daarom wil ik dat je bij mij blijft," zegt hij. "Ik

woon in een privégemeenschap en ben door nieuwsgierige buren omringd. Het is onmogelijk dat de stalker —"

"Wacht even." Ik staar hem aan. "Vraag je me om bij je in te trekken?"

Er wordt op de deur geklopt. "Roomservice."

Michael laat de vrouw binnen en ik zie dat hij niet alleen eten voor ons tweeën heeft besteld, maar ook voor mijn ratten — wat het meest overtuigende argument is dat hij voor dit gekke idee van 'samenwonen' had kunnen maken.

"Ja," zegt Michael als we weer alleen zijn. "Ik wil dat je bij me intrekt."

Ik knijp zo hard in mijn quesadilla dat er een klodder Monterey Jack Cheese op mijn bord druppelt. Wolfgang duikt naar voren en eet het op.

Meine Liebe, zeg hem dat je bij hem intrekt als hij kan garanderen dat elke dag met zoveel premium kaas zal beginnen.

Ik schraap mijn keel. "Denk je niet dat door te gaan hokken deze relatie — of wat dit ook is — een beetje te snel gaat?"

Hij fronst. "Wie zegt er tegenwoordig 'gaan hokken'?"

"Samenwonen is een serieuze stap," zeg ik, terwijl ik de steek negeer.

"Ik vraag je niet om bij me in te trekken omdat we aan het daten zijn." Hij pakt zijn lepel en steekt hem in zijn onsmakelijk uitziende kom met gewone haver. "Het is om je veilig te houden."

Huh. Heb ik het verkeerd begrepen? Mijn oksels beginnen te zweten. "Dus... we zijn niet aan het daten?"

Zijn ogen stralen. "Natuurlijk zijn we dat. Hebben we dat gisteravond niet vastgesteld?"

Oef. Dat zou gênant zijn geweest om verkeerd te hebben begrepen. En meer dan een beetje teleurstellend. "Je hebt gezegd dat 'er uitzonderingen kunnen worden gemaakt'," herinner ik hem. "Dat is niet helemaal —"

"Calliope," zegt hij somber. "Ik wil een grote aankondiging doen. Let alsjeblieft op."

Ik adem uit. "Oké, oké, ik snap het —"

"Wil je me de eer bewijzen om met me uit te gaan?" zegt hij op dezelfde toon. "En deze keer echt?"

Fuck. Nu de vraag eruit is, voel ik een volwaardige paniek, wat erg dom is, gezien hoe graag ik het een seconde geleden wilde.

"Ik ga onder één voorwaarde met je daten," flap ik eruit. "Je gaat aanstaande vrijdag mijn familie ontmoeten."

De logica — als die er in deze waanzin is — is dat als hij de waanzin die mijn familie is niet aankan, het beter is om het nu te weten. Het is vroeg genoeg dat mijn hart niet in gevaar zal zijn. In ieder geval niet te veel gevaar.

Ja. Ik kan niet geloven dat ik er niet eerder aan heb gedacht.

Michael staart me aan. "Is 'de ouders ontmoeten' niet ook een stap die veel verder in relaties gebeurt?"

"Soms," zeg ik. "In ons geval denkt mijn familie dat

we al die tijd aan het daten zijn geweest. Behalve mijn zus Seraphina, die de waarheid weet, maar ze bleef maar zeggen dat we toch samen zouden eindigen. Hen allemaal ontmoeten zal de lucht klaren." Of een nagel aan de doodskist van deze relatie zijn.

"Oké. Ik zal de Klaunbuts ontmoeten." Hij spreekt mijn achternaam op de Duitse manier uit die ik heb uitgevonden.

Ik zucht. "Het geeft niet. Je kunt 'clownbutts' zeggen. Zelfs in hun gezicht. Daar gaan ze voor."

Hij knikt en kijkt dan uit het raam, zijn ogen worden groter.

In het begin zakt mijn hart in mijn schoenen als ik me voorstel dat de stalker onze kamer binnendringt.

Maar dat is dit niet.

Het is een vogel die op een vensterbank zit.

Een prachtig exemplaar met een blauwgrijze rug, witte broek en een zwarte kop.

"Dat is een slechtvalk," zegt Michael eerbiedig.

Ah, natuurlijk. Hij is een vogelspotter. Maar... "Wat doet hij hier in Manhattan?"

Tot nu toe dacht ik dat grote steden slechts twee soorten vogels hadden — duiven en mussen — maar dit is geen van beide.

Michael haalt zijn telefoon tevoorschijn en maakt een foto. "Ik heb gehoord dat mensen ze hier hebben gezien. We hebben veel geluk."

Een paar van mijn ratten produceren korte piepjes van afkeuring, terwijl anderen ze tot lange piepjes laten escaleren, wat hun versie van 'naar de pik gaan' is.

"Ik denk niet dat mijn ratten ons zo gelukkig vinden," zeg ik.

Michael wuift dat weg. "Ratten zijn niet de primaire voedselbron van de slechtvalk."

Ik gnuif. "Dat betekent gewoon dat ze er een zullen eten als er niets in de buurt is wat lekkerder is."

Ik verzamel mijn kleintjes in hun drager. We gaan toch snel weg, en op deze manier voelen ze zich veiliger.

Michael neemt nog een foto. "De slechtvalk is het snelste dier ter wereld en hij staat om zijn jachtvaardigheden bekend. Ze kunnen zelfs andere vogels vangen."

"Wauw." Kan hij feiten over een willekeurige vogel uitspuwen?

"Ze kunnen ook vijfentwintig duizend kilometer per jaar vliegen om tussen continenten te migreren," vervolgt hij. "Ze nestelen op hoge kliffen of gebouwen en ze paren voor het leven."

Aha. Dat laatste maakt me bijna sympathiek voor deze rattenmoordenaar.

Met een whoesh van krachtige vleugels vliegt de slechtvalk weg — en ik hoop in stilte dat hij een duif heeft gezien in tegenstelling tot iets schattigs en knuffeligs, zoals een rat.

"Heeft dat je reis goedgemaakt?" vraag ik. "Of was het die grote cheque van gisteravond?"

De ogen van Michael worden donkerder terwijl hij zich naar me toe draait. "Gisteravond heeft mijn jaar gemaakt... maar het kwam niet door de cheque."

Geweldig. Nu bloos ik. Alweer.

———

"Hoe groot moet de vrachtwagen zijn die we moeten huren om je spullen naar mijn huis te verplaatsen?" vraagt Michael me als we eenmaal in Florida zijn geland.

Ik grinnik. "Ik heb tot voor kort een kamer met mijn zus gedeeld. Mijn spullen passen in de kofferbak van een auto." En een gênante hoeveelheid van mijn wereldse bezittingen zijn op dit moment bij me.

"Geweldig." Hij helpt me de genoemde bezittingen naar zijn auto te dragen en dan gaan we naar mijn huis, waar we naast het meer parkeren, waarvan ik het uitzicht waarschijnlijk zal missen.

"Hou je alleen van vogels?" vraag ik aan Michael en gebaar dan naar de gigantische alligator die zich in de buurt aan het opwarmen is. "Of zou een naaste familielid van hen je ook interesseren?"

Hij schudt zijn hoofd. "Geen vleugels, geen interesse."

"Hoe zit het met de struisvogel? Ze hebben geen vleugels."

Hij krabt aan zijn hoofd. "Ze hebben onderontwikkelde vleugels. Hoewel het een betwistbaar punt is, want ik vind het leuk om vogels in hun natuurlijke habitat te zien en we zijn niet in Afrika."

Ik leid hem met een oogrol naar mijn huis en laat

hem de vloerplanken zien waarvan ik dacht dat er mee geknoeid was.

"Dit was Teds huis, toch?" vraagt Michael, terwijl hij hurkt om de vloer te onderzoeken.

Ik knik.

"Zou het kunnen zijn dat hij hier iets heeft achtergelaten, zoals drugs, en naar binnen is geslopen om ze terug te krijgen?"

Ik haal mijn schouders op. "Ik ken de man niet, maar het klinkt als een mogelijkheid."

Michael verwijdert een paar vloerdelen en ademt teleurgesteld uit. "Er ligt nu niks."

Ik haal nog een keer mijn schouders op en ga mijn spullen inpakken — wat twintig minuten duurt.

"Wauw, je gemeenschap is erg leuk," zeg ik als we door het chique hek rijden.

Er zijn reigers en er zwemmen gigantische eenden in een nabijgelegen meer, evenals wat Michael me vertelt Amerikaanse slangenhalsvogels zijn, samen met een hele hoop andere vogels.

"Hier wonen is erg nuttig geweest sinds het gedoe met de virale video is begonnen," zegt hij nadat hij elke vogel voor me heeft geïdentificeerd. "De beveiliging staat niet toe dat er mediagieren naar binnenkomen — of dat ze zelfs maar in de buurt van de poort blijven hangen."

Huh. "Je zou ze sowieso wegjagen."

Hij haalt zijn schouders op. "Ik ben blij dat me de hoofdpijn bespaard is gebleven."

We parkeren op de oprit van een huis dat zo groot is dat het slechts een paar stenen minder is dan een landhuis. Ik kijk naar de grootsheid terwijl Michael de deur voor me opent. Als we naar binnen gaan, zegt hij: "Welkom in mijn nederige onderkomen."

"Natuurlijk. Nederig." De plafonds zijn ongeveer zes meter hoog, er zijn prachtige schilderijen en standbeelden van vogels aan de muren en het meubilair ziet eruit alsof het rechtstreeks uit een Europese meubelcatalogus is gesprongen.

"Je ratten kunnen de ontvangstkamer hebben," zegt hij, en hij leidt me naar een ruimte die groter is dan het appartement dat ik net heb verlaten.

Ik laat de ratten eruit en iedereen lijkt gelukkig, behalve Lenin, die me verwijtend aankijkt.

Tovarisch, je maakt van mij, de proletari-rat, een dikke rijke.

"Waar ga *ik* verblijven?" vraag ik Michael.

Zeg alsjeblieft in 'mijn bed'.

"Ik heb twee logeerkamers," zegt hij. "Laten we eens kijken welke je voorkeur heeft."

Ik ben zowel onder de indruk als teleurgesteld. Ik had het eerder mis. Dit *is* een landhuis. "Het lijkt erop dat wij mascottes niet zoveel betaald krijgen als de spelers," mijmer ik terwijl we van kamer naar luxe kamer lopen.

Michael gromt. "Gezien hoe erg ik het idee van

Florida haatte, hebben ze me een zeer concurrerend salaris moeten geven om me hierheen te lokken."

Ik draai me om om boos naar hem te kijken. "Wat kun je nou in vredesnaam aan het leven in Florida haten?"

"Fucking zonlicht." Hij vouwt zijn pink. "Het verblindt je, geeft je kanker en maakt je 's ochtends te vroeg wakker." Hij vouwt zijn ringvinger. "Verdomd gras. Het is overal en er liggen slangen in op de loer, en pesticiden en insecten die resistent zijn tegen die pesticiden." Hij vouwt zijn middelvinger. "De verdomde oceaan. Het is nat en te zout, en mensen verdrinken er de hele tijd in, en vissen plassen erin. En er zijn haaien die —"

"Jeetje, hou op." Ik wed dat hij al zijn tien vingers zou opgebruiken en misschien met zijn tenen verder zou gaan. "Er moeten dingen zijn die je leuk bent gaan vinden."

Zijn ogen stralen. "Je bedoelt... naast bepaalde speciale mensen?"

Ik knik; mijn borst tintelt plotseling.

Hij tuit zijn lippen op een manier die ervoor zorgt dat ik ze wil kussen. "De vogels, natuurlijk." Hij loopt met me naar een groot raam met uitzicht op een bos en hij kijkt een paar seconden in een telescoop. Er verschijnt een bijna jongensachtige grijns op zijn gezicht en er doet iets pijn in mijn buik als hij zegt: "Ethan en Mo voeden Eye op dit moment." Hij trekt me naar zich toe. "Kijk maar eens."

Dat doe ik, en het is schattig, of zo schattig als het

kijken naar een vogel is die voedsel in de snavel van een kleinere vogel kotst.

"Paren haviken voor het leven?" Ik trek me terug van de telescoop.

"Dit type wel," zegt hij. "Wat des te indrukwekkender is gezien het feit dat het solitaire vogels zijn."

Huh. "Is het waar dat ze in de lucht kunnen paren?" Want dat klinkt best cool, vooral als —

"Nee," zegt hij. "Als het mannetje een vrouwtje wil versieren, dan zal hij een duik maken om haar te laten zien dat hij een goede jager is, en haar dan pakken. Wat volgt, lijkt er alleen op dat ze het in de lucht doen. Maar in werkelijkheid, als ze wil neuken, dan zullen ze het op een tak, op de grond of in hun nest doen."

Waarom klinkt het idee om gepakt te worden nogal heet? Heb ik een vogelbrein?

Mijn telefoon gaat, waardoor ik niet op dezelfde manier bij meer vragen die in dezelfde richting gaan blijf stilstaan.

"Het is mijn zus," zeg ik tegen Michael terwijl ik opneem.

Hij knikt wetend en loopt buiten gehoorsafstand.

"Hé," zeg ik.

"Waag het niet om 'hé' tegen me te zeggen," zegt Seraphina streng. "En onze familie moet via virale video's dingen over je ontdekken."

"Wat?"

"De manier waarop je vriendje de Yeti-mascotte

bijna heeft vermoord," zegt ze. "En die kus. Ik kon het gewoon niet absor*beren*."

Ik vraag haar niet over welke van de vele kussen ze het heeft, want dat zou alleen maar haar punt benadrukken.

"Ik zal het met jullie goedmaken," zeg ik.

"Is dat zo?" Ze klinkt behoorlijk sceptisch.

"Hebben mam en pap het gebruikelijke etentje op vrijdagavond?"

"Dat meen je niet," gilt ze. "Je kunt het niet menen. Je gaat echt —"

"Ja. Ervan uitgaande dat mam het goed vindt."

Er is een geluid van rennende voeten aan de andere kant van het gesprek, en ik hoor Seraphina aan mam vragen of ze mijn Boo Boo wil ontmoeten.

Er rammelt iets luid. Seraphina roept zoiets als "dat is mijn telefoon".

"Calliope," zegt mam; de opwinding in haar stem is een beetje verontrustend. "Als je je vriend niet meeneemt nadat je me zo hebt geplaagd, dan zal ik een maand niet met je praten."

"Wacht even." Ik lokaliseer Michael en zet mijn telefoon op mute om te vragen of hij vrijdag met mijn familie wil gaan eten.

Hij glimlacht. "Ik wil je familie graag ontmoeten."

Ja, natuurlijk. Daar gaan de beroemde laatste woorden in onze ontluikende relatie.

HOOFDSTUK 21

CALLIOPE

Het duurt niet lang voor ik mijn spullen in de logeerkamer van mijn keuze heb opgeruimd, hoewel ik me depressief voel bij de gedachte om hier echt te slapen in plaats van naast Michael... ervan uitgaande dat dat de regeling is die hij in gedachten heeft.

Als ik zie wat er nog van mijn berenpak over is, bel ik de coach en hij stelt me gerust dat Michael hem al over het verlies heeft verteld en dat er een nieuw pak in mijn kleedkamer zal wachten.

Als ik klaar ben met alles, biedt Michael aan om voor ons te koken.

"Kan ik helpen?" vraag ik.

"Als je wilt." Hij leidt me naar de keuken, waar hij me laat toekijken terwijl hij vakkundig paddenstoelen snijdt en ze vervolgens bakt zonder enige aanwijzing dat hij mijn hulp nodig heeft.

"Ik wist niet dat je me voor morele steun nodig

had," mopper ik terwijl mijn maag van de aardse, heerlijke geur rommelt.

Michael grinnikt. "Weet je hoe je *vareniki* moet maken?"

"Ik weet niet wat dat is."

"Een Oekraïens gerecht," zegt hij. "Vergelijkbaar met *pelmeni*, maar met meer opties als het om de vulling gaat."

"O, dat verklaart het," zeg ik met een hint van een oogrol. "Wat is *pelmeni*?" Een andere bijnaam die hij me wil geven?

"Ze zijn een soort Russische knoedel." Hij haalt een pakje bloem uit een la die zo hoog is dat ik een opstapje nodig zou hebben om er bij te komen. "Ze komen oorspronkelijk uit Siberië en zijn waarschijnlijk op Chinese wontons geïnspireerd."

"O. Dat klinkt heerlijk."

En hé, 'knoedel' kan een term van genegenheid zijn, hoewel ik de voorkeur geef aan 'klein vogeltje'.

"Beide gerechten zijn heerlijk. *Pelmeni* is altijd met vlees gevuld, maar *vareniki* kan allerlei soorten vullingen hebben — en mijn favoriet is paddenstoelen." Hij begint met zijn sterke handen het deeg te kneden, wat om de een of andere vreemde reden mijn borsten extreem jaloers maakt.

Wolfgang bekijkt dit alles vanaf mijn schouder en piept.

"Hij wil weten of de verschillende vullingen voor *vareniki* kaas bevatten," zeg ik met een grijns.

"Eerlijk gezegd wel," zegt Michael. "Een van de

zoete variëteiten is met boerenkaas en suiker gevuld. Ik weet niet zeker of een rat ze lekker zou vinden."

Ik kijk naar Wolfgang, wiens ogen groot zijn.

Meine Liebe, zolang het gevuld is met een soort kaas, zou ik alles eten, zelfs een kogel.

"Dit is mijn favoriete deel." Michael pakt een deegroller, strooit bloem over de tafel en begint het deeg te rollen, terwijl zijn naakte, harige, gespierde onderarmen me krankzinnig maken.

"Hier." Hij geeft me een glas en pakt er een voor zichzelf. "Stempel samen met mij cirkels." Hij laat me zien hoe ik het moet doen en ik help, terwijl mijn hart zonder duidelijke reden in mijn borst bonst.

"Pak nu de paddenstoelen en leg ze in het midden van elke cirkel," zegt hij en doet het voor.

Een deel van me realiseert zich dat zijn woorden en daden niet sensueel zijn, maar de rest van me reageert alsof het woord 'paddenstoel' een eufemisme voor zijn pik en 'midden' voor mijn poesje is.

"Ja," zegt hij goedkeurend als ik met de schimmels in het deeg doordring. "Precies zo."

Shit. Ik wist niet dat koken je zo kon laten hunkeren... naar een pik. Maar hier zijn we dan.

"Nu maken we halve manen," zegt Michael, terwijl hij door mijn geile waas snijdt. Hij vouwt een van de cirkels die we hebben gemaakt en duwt dan met zijn vingers de randen tegen elkaar. En ligt het aan mij, of lijken de genoemde randen verdacht veel op de lippen van een vagina?

Hoe het ook zij, plak ik op de een of andere manier

een dozijn knoedels aan elkaar zonder Michael als een boom te beklimmen.

Hij kookt dan water, gooit de knoedels erin en wacht tot ze naar boven drijven, wat betekent dat ze klaar zijn.

"Nu eten we ze met zure room." Hij vult twee borden en geeft er een aan mij, samen met een vork.

Als ik een stuk van de knoedel bijt, explodeert de hartige smaak in mijn mond, waardoor ik kreun van genot.

"Wauw," zeg ik nadat ik heb geslikt. "Dat was het beste wat ik in een lange tijd in mijn mond heb gehad."

Michael trekt een wenkbrauw op en ik bloos als ik me realiseer hoe vies mijn woorden klonken.

"Dus je bent geen fan van Florida," zeg ik, wanhopig om van onderwerp te veranderen. "Wat vind je nog meer niet leuk?"

Hij houdt zijn hoofd schuin. "Hoeveel tijd heb ik?"

"Is de lijst *zo* lang?"

Hij krabt aan zijn hoofd. "Ik hou er niet van als mensen dom zijn. Ik ben er geen fan van als iemand me foto's van hun vakantie laat zien. Ik haat het als —"

Zoals beloofd, gaat de lijst een tijdje door en het maakt me steeds ongeruster over het vooruitzicht dat Michael mijn familie zal ontmoeten. Ik bedoel, 'dom zijn' staat open voor interpretatie, maar ik weet zeker dat iemand — waarschijnlijk mijn oudere broer — aan elke definitie van Michael zal voldoen. Iemand zou ook —

"O, en de laatste," zegt Michael. "Ik wil iedereen vermoorden die zijn nagels in de metro knipt."

"Weet je zeker dat dat alles is?" vraag ik sarcastisch.

"Nou, ik denk dat het ook voor teennagels geldt," zegt hij met een strak gezicht.

Ik rol met mijn ogen. "Is dat echt gebeurd?"

Hij knikt. "Brooklyn. De R-lijn. Er was een vrouw die haar teennagels zat te knippen en ze liet de hele metro naar de nagellak stinken."

Wauw. "Oké, daar zijn we het misschien wel over eens. Dat zou ik ook niet fijn vinden." En ik denk dat het positieve ding is dat we hier in Florida geen metro's hebben.

"Het was walgelijk." Nu zijn bord leeg is, legt Michael zijn vork neer. "En het spijt me dat ik het aan tafel ter sprake heb gebracht."

"O, mijn eetlust heeft er niet onder geleden." Dat geldt voor eten en voor een bepaald iemand, ondanks hoelang zijn lijst met 'antipathieën' is.

Voordat hij het laatste op mijn gezicht kan lezen, stop ik mijn mond vol met mijn laatste knoedel en doe ik mijn best om niet te kreunen terwijl ik erop kauw.

Ik moet op een vreemde manier kauwen of zo, omdat Michael heel aandachtig naar mijn mond kijkt, alsof hij mijn lippen probeert te lezen voor een verborgen boodschap.

"Wat zou je na het eten willen doen?" vraagt hij eindelijk.

Ik haal mijn schouders op. "Netflix kijken?" En dan, vingers gekruist, chillen?

"Goed idee." Hij haalt zijn telefoon tevoorschijn en zoekt iets op. "Wat dacht je van de oudere *Suicide Squad*? We vonden de nieuwere leuk, dus..."

"Goed. Hoe erg kan het zijn?"

Het blijkt dat het antwoord 'heel erg' is. En toch kan ik mezelf er niet toe brengen dat het me iets boeit, omdat ik naast Michael op de bank zit, en de hitte van zijn lichaam iets in mijn onderste regio's laat smelten, waardoor ik zo opgewonden raak dat zelfs een vreemde Joker met zilveren tanden het niet kan verpesten.

Terwijl de actie op het scherm toeneemt, slaat Michael zijn arm om me heen — wat onmiddellijk ten minste twee sterren aan mijn hypothetische recensie van de film toevoegt. Iets later in de film trekt Michael me naar zich toe, waardoor ik me twee dingen realiseer: we zijn officieel aan het knuffelen, en daardoor verdient deze film een Oscar.

Ik zweef op een gelukzalige wolk totdat de aftiteling begint te rollen, waarna ik Michael aankijk en hem mijn lippen zie onderzoeken... alweer.

Ik bevochtig de genoemde lippen. "Vond je het leuk?"

Zijn antwoord is om zijn mond op de mijne te drukken.

O hemeltje. De kus is hongerig, gepassioneerd en helemaal niet wat ik van iemand zou verwachten die me de logeerkamer heeft aangeboden om in te slapen.

Er ontsnapt een kleine kreun van genot aan mijn

lippen en hij wordt onmiddellijk door de zijne opgeslokt.

We zijn in een oogwenk aan het kussen, terwijl we staan en aan elkaars kleren trekken. In twee oogwenken leidt een spoor van die kleren helemaal naar Michaels slaapkamer, waar hij me op de lakens legt en mijn poesje als een bezetene verslindt.

"Ik wil je nog honderd keer laten komen," gromt hij als ik na een orgasme met extase gevuld ben. "Misschien wel duizend keer."

Het lukt me om mijn ogen te openen. "Dat is best ambitieus, zelfs voor jou."

Hij snoert me met een kus de mond en gaat verder met aan zijn verheven doel te werken, totdat ik de tel kwijtraak van het aantal keren dat ik kom.

———

Ik word de volgende ochtend wakker van het geluid van gekreun in de buurt.

Huh. Waarom hoor ik sexy geluiden waar ik niet bij betrokken ben? Is Michael zich na de seksmarathon van gisteren aan het aftrekken?

Nee.

Onmogelijk.

Ik ga rechtop zitten en zie dat hij niet aan het masturberen is. In plaats daarvan doet hij push-ups naast het bed, wat nog vreemder is om 's ochtends meteen te doen.

En had ik al gezegd dat hij naakt is? Met

glinsterende spieren en met zweetdruppels die over zijn strakke huid rollen.

En die kont.

Laat me daar niet eens over beginnen.

Plotseling klinkt wat net een gek idee leek — 's ochtends vroeg masturberen — als een zeer redelijke en praktische manier om de dag te beginnen.

Zonder het te willen, adem ik een gekwelde adem uit.

Michael stopt de oefening en springt overeind. "Morgen," zegt hij, zo gelijkmatig ademend alsof hij net een wandeling heeft gemaakt. "Heb ik je wakker gemaakt?"

"Nee." Tenzij een seksueel ontwaken telt. "Wat ben je aan het doen?"

Hij loopt naar het deurkozijn en grijpt naar een stang die daar is bevestigd, een die ik eerder niet had opgemerkt.

"Een training." Hij trekt zijn enorme lichaam met zijn naakte rug naar me toe omhoog en elke spier erop staat strak van de spanning... of misschien is het mijn poesje dat een beetje projecteert. "Trainen tijdens het vasten verbetert het vetgebruik en bouwt het uithoudingsvermogen op."

'Vet?' Dat heeft hij helemaal niet op zijn afgetrainde lichaam. 'Uithoudingsvermogen?' Is dat waarom hij me zo vaak kan neuken?

"Het maakt me ook veel sneller wakker," zegt hij terwijl hij zichzelf voor de twintigste keer optrekt.

"Dat zal ik je nageven." Zijn training heeft *mij* zeker vrij snel wakker gemaakt.

Hij laat de stang los, draait zich mijn kant op en schokt me met de aanblik van zijn pik die half stijf is — vermoedelijk van het sporten. "Wil je dit proberen?"

De pik? Nee. Hij gebaart naar de stang.

"Je maakt een grapje, toch?" Ik heb me nooit gerealiseerd dat het zo moeilijk is om oogcontact te houden als de pik van een man te zien is.

"Maak je geen zorgen," zegt Michael. "Ik zal je spotten."

Ik schud mijn hoofd. "Ik moet eerst mijn tanden poetsen."

"Ah, natuurlijk. Dat doe ik ook voordat ik ga sporten. Ik vind de muntachtige smaak van tandpasta net opwindend genoeg om me klaar te maken voor lichaamsbeweging."

En ik vind zijn oefeningen opwindend, wat volgens mij de cirkel van het leven is.

Ik pak mijn beha en slipje, sprint naar de badkamer, trek ze aan en doe dan mijn ding.

Als ik naar buiten kom, ligt Michael weer op de grond en doet hij iets voor zijn wasbordspieren. Zijn benen zijn in de lucht, zijn pik en ballen zijn nog steeds te zien, en hij draait van links naar rechts terwijl hij een dumbbell vasthoudt.

"Hoe heet dat?" vraag ik buiten adem. En hé, een vraag is beter dan knielen en die pik in mijn mond stoppen, of die ballen likken, en dat is allemaal wat ik echt wil doen.

"Russian twists," zegt hij, weer helemaal niet buiten adem.

Ik grijns. "Ik denk dat je ze gewoon twists kunt noemen."

Hij springt overeind, zijn pik heen en weer zwaaiend. "Waar wil je mee beginnen, een push-up of een pull-up?"

Zijn dat de enige twee opties? "Ik denk dat ik ze geen van beide kan doen."

"Ja, dat kun je wel." Hij legt me uit hoe ik een begeleide push-up moet doen — met mijn knieën op de vloer — en ik verbaas mezelf als ik er een paar kan doen.

"Zie je?" zegt hij. "Je bent sterker dan je dacht."

Ik haal mijn schouders op, mijn ademhaling is beslist onregelmatig. "Dat betekent nog niet dat ik een pull-up kan doen."

"Dat kan je wel, als ik je help."

Ik kijk sceptisch naar de stang. "Hoe gaat dat werken?"

Als hij het uitlegt, dan wil ik plotseling heel graag een pull-up doen.

Om iemand met pull-ups te helpen, houd je blijkbaar hun benen op een zeer sensueel klinkende manier vast, en als Michael het bij mij doet, dan kanaliseer ik de golf van lust in mijn armen en rugspieren, waardoor ik het onmogelijke kan doen: mezelf vijf keer optrekken.

"Zie je?" zegt hij als ik daarna zit te hijgen. "Ik wist dat je het kon."

"Ja." Ik bijt in mijn lip. "Ik denk dat ik een beloning verdien."

Zijn ogen worden kleiner en zijn pik wordt meteen harder. "Wat had je in gedachten?"

"Ik wil dat je me tijdens het vasten neukt," zeg ik hees. "Ik heb gehoord dat het allerlei voordelen heeft."

Hij zit in één sprong bovenop me en dan liggen we op het bed, met Michael die eindelijk buiten adem is, terwijl hij keer op keer in me stoot.

"Wauw," zeg ik als ik in de nasleep eindelijk op adem ben gekomen. "Die laatste was zo goed dat ik dacht dat ik flauw zou vallen."

"Het kan zijn dat je je flauw voelt van de honger," zegt hij met een frons. "Blijf hier. Ik zal je ontbijt brengen."

Ontbijt op bed? "Goed." Vooral omdat ik denk dat ik me niet kan bewegen.

Hij komt terug met een dienblad met twee kopjes thee, twee kommen boekweitpap en genoeg bessen om een jaar lang een smoothiebar te runnen.

"Bedankt." Ik doop mijn lepel in de kom en proef het ontbijt. "Huh. Dit gaat goed samen met een training." Dat wil zeggen dat het gezond smaakt en niet als iets wat ik regelmatig zou willen eten.

Michael gaat naast me in bed liggen en verbetert de maaltijd aanzienlijk.

Ik had niet gedacht dat we vandaag allebei op bed zouden ontbijten. Het is niet iets wat ik ooit met een man heb gedaan, maar ik vind het geweldig, en niet alleen omdat loungen het tegenovergestelde van push-ups is. Ik voel me zelfs zo geweldig dat een steek van angst mijn gedachten binnendringt als ik me herinner dat we van plan zijn om aanstaande vrijdag naar mijn familie te gaan — wat misschien wel het einde is van wat er tussen ons gebeurt.

Wat verdomd jammer zou zijn.

"Dit is fijn," zegt Michael, terwijl hij 'helderziend' aan zijn overvloed aan gaven toevoegt.

"Waarom klonk dat alsof je 'fijn, maar...' wilde zeggen?" Ik nip van de thee en vind het heerlijk.

"*Maar* we moeten aan het werk."

O. "Natuurlijk. Je hebt training." En ik ook, zelfs als de mijne uit het oefenen met het gooien van taarten naar de gezichten van mensen bestaat.

We verlaten met grote tegenzin het bed, kleden ons aan, voeren mijn ratten, zetten Wolfgang op mijn schouder en maken de korte rit.

Terwijl we samen van de parkeerplaats lopen, pakt Michael mijn hand — wat een waanzin veroorzaakt bij de mediamensen die bij de ingang van de arena op ons wachten. Een waanzin die overeenkomt met de salto's die een stelletje geile vlinders in mijn buik doen.

"Ik zie je op het ijs," mompelt hij en hij geeft me een kus als we de kleedkamer bereiken.

"Neem een kamer," zegt Dante, die toevallig langskomt.

"Wat dacht je van een kist?" gromt Michael.

Dante knippert. "Waarom zou je een kist voor jezelf kopen?"

Michael kijkt hem boos aan. "Het is je

vampierenkont die een kist nodig heeft om in te slapen als je je kop niet houdt."

Dante mompelt iets dat het nog steeds niet logisch is, terwijl hij de kleedkamer binnenstapt en Michael me nog een kus geeft voordat hij zijn misschien vriend volgt.

Als ik in mijn kleedkamer kom, zie ik het nieuwe pak, dus ik doe hem aan en kijk in de spiegel om in karakter te komen. "Grom. Meneer Bloom is geil en hongerig. Hij wil manuka-honing over de grote prammen van zijn Pookie-poo smeren, zodat hij het er met zijn gigantische, harige pik eraf kan halen."

Wolfgang vernauwd in de spiegel zijn ogen naar me, alsof hij denkt dat dat niet mijn beste poging was.

"Dit is moeilijker om te doen nu ik mezelf niet de Berenman noem," leg ik uit. "Het zou gewoon niet goed voelen, wetende dat Michael het niet prettig zou vinden."

Meine Liebe, je kunt doen wat je wilt en dan de dingen gladstrijken met een shot fonduekaas.

Nadat de training voorbij is, neemt Michael mij en Wolfgang mee uit lunchen, waar hij de obers extra fooi moet geven om een oogje dicht te knijpen voor de rat aan onze tafel. Als we eenmaal bij Michael thuis zijn, gaan we allebei op onze laptops — waarbij Michael aan iets voor zijn stichting werkt en ik op zoek ben naar een kans om met mijn ratten op te treden.

"Wil je bestellen of zal ik iets maken?" vraagt Michael rond de tijd dat mijn ogen moe worden van naar het scherm te staren.

"Wat je maar wilt," zeg ik tegen hem. Ik bedoel, ik ben dol op zijn kookkunst, maar ik wil me niet opdringen... niet meer als dat ik al heb gedaan.

"Ik zal mijn eigen versie van *solyanka* maken," zegt hij. "Dat is een soort soep die stevig genoeg is om een complete maaltijd te zijn."

"Klinkt geweldig. Ik ga ondertussen wat qualitytime met mijn ratten doorbrengen."

Ik loop naar hun kamer. De ratten zijn opgewonden om zowel mij als Wolfgang te zien, tenminste, als ik zie hoe gretig ze overal heen rennen en hoe gelukkig ze rondspringen.

Ik geef iedereen snacks. Lenin vraagt om een tweede en dan om een derde portie.

Tovarisch, de corruptie van het rattenproletariaat is nu compleet. Voor je het weet, zal ik naar McNuggets hunkeren, in de kapitalistische aandelenmarkt investeren en naar The Kardashians *kijken.*

"Hé," zegt Michael, terwijl hij de kamer binnenloopt. "Het eten is klaar."

Ik volg hem naar de keuken, waar ik zijn *solyanka* proef — die me vaag aan een stoofpot doet denken, maar met augurken en olijven, een smaakprofiel dat met de andere ingrediënten wordt gecombineerd om een verrassend heerlijk resultaat te creëren.

"Welke film zullen we vandaag kijken?" vraagt Michael als we klaar zijn met eten.

Ik haal mijn schouders op. "Wat dacht jij ervan om te kiezen?"

Het kan me eerlijk gezegd niet schelen, zolang we daarna maar doen wat we gisteravond hebben gedaan.

"Wat dacht je van *Chip 'n Dale: Rescue Rangers?*" vraagt hij.

"Waarom?" Het is vreemd genoeg niet sexy. Probeert hij wat er gisteravond is gebeurd te voorkomen?

"Ik dacht dat je het leuk zou vinden," zegt hij. "Er zitten ratten in."

"Nee, dat is niet zo. Het zijn eekhoorns. Dat is een heel andere soort." En lang niet zo schattig.

"Oké, we kunnen iets anders kijken. Misschien iets met Russische spionnen?"

"Nee, *Chip 'n Dale* is goed." Een film met Russische spionnen zal ongetwijfeld een hete hoofdrolspeelster à la Scarlett Johansson hebben, en dat zal me te jaloers maken om mezelf te vermaken.

We maken het gezellig met elkaar op de bank, en het maakt me zo geil dat je zou denken dat de Chippendales, de stripclub, in plaats van detective knaagdieren aan stond.

Als de aftiteling voorbijkomt, schraapt Michael zijn keel. "Dat was verrassend goed. Nietwaar?"

Ik draai me knikkend naar hem toe. "Ik heb het *echt* naar mijn zin gehad."

"Dat denk je." Zijn zwarte ogen stralen. "Maar in werkelijkheid staat je plezier nog maar op het punt om te beginnen." Daarmee pakt hij me op, draagt me naar zijn slaapkamer en neukt me zo goed en grondig dat ik het net zo goed kan toegeven.

Ik ben volledig geruïneerd voor andere mannen.

———

De dagen die volgen lijken zalig op elkaar. Ik word wakker met een naakte Michael die traint, ik doe met hem mee, heb een dozijn orgasmes, ga naar mijn werk, geniet van een zelfgemaakte maaltijd en een film, en dan volgen er meer orgasmes. Het enige negatieve is dat ik naarmate de tijd verstrijkt steeds banger ben voor het moment dat hij mijn familie ontmoet. Ik ben ook onlogisch bang voor de oplossing van mijn stalkersituatie, omdat dat het einde van deze gelukzalige co-existentie zou kunnen betekenen.

"Weet je, we hoeven vanavond mijn familie niet te ontmoeten," zeg ik tegen Michael terwijl we vrijdag van het werk naar huis rijden. "Ik heb trek in *vareniki* en mijn moeder weet niet hoe ze het moeten maken."

Hij fronst. "Heb je je ouders niet verteld dat ze ons konden verwachten?"

"Jawel, maar —"

"Geen gemaar," zegt hij streng. "Je hebt ze verteld dat ik er zou zijn, en ik zal ze niet beledigen door op het laatste moment af te zeggen."

"O, ze zullen er zeker van zijn dat het mijn schuld is," zeg ik.

Hij stopt bij een bloemenwinkel. "Ik kan geen risico nemen."

Ik vraag hem met een zucht waarom we bloemen halen.

"Voor je ouders natuurlijk," zegt hij. "Ik ga ook een doos chocola halen."

"O?"

Ik denk dat de chocola symbolisch is. Om Forrest Gump enigszins te parafraseren: het leven rond Michael is als een doos chocolaatjes.

Je weet nooit hoeveel orgasmes je gaat krijgen.

HOOFDSTUK 22

MICHAEL

"Daar." Calliope gebaart naar de parkeerplaats van het circus.

Dus ze meende het. Haar familie woont echt in het circus.

Als we eenmaal geparkeerd zijn, haal ik de doos met chocola en een boeket bloemen uit de kofferbak terwijl Calliope weer zucht.

"Ik heb je gezegd dat je niets mee hoefde te nemen," zegt ze voor de zoveelste keer.

"En ik heb je gezegd dat Russen niet met lege handen kunnen komen." En niemand zou dat moeten doen.

Ze leidt me langs het podium en tussen alle eigenaardigheden is wat mijn aandacht trekt een oude vrouw die op een koord bij het plafond loopt.

"Dat is mijn oma," legt Calliope uit.

Ik zoek naar een net onder het touw en vind er

geen. "Heeft ze een soort veiligheidsharnas aan het plafond bevestigd zitten?"

Omdat ik die ook niet kan vinden.

Calliope zucht zwaar. "Ze beweert dat ze dat soort dwaasheid niet nodig heeft nu ze tachtig jaar oud is."

Ik wijs naar de mensen die beneden oefenen, op wie de grootmoeder zou landen als ze een misstap zou maken: een man die een zwaard slikt, een vuurspuwer en een mimespeler. "Hoe zit het met hen? Ze lijken allemaal te jong te zijn om door haar val te worden gedood — of om getraumatiseerd te worden door —"

"Ze is niet te overtuigen," zegt Calliope. "En als je een manier vindt om mijn grootmoeder ervan te overtuigen om veiligheidsmaatregelen te nemen, dan zal de rest van de familie je een medaille geven."

"Hé, nicht!" schreeuwt de mimespeler met een grote grijns. "Is dat je nieuwe vriend?"

Calliope maakt tsk geluiden. "Je bent in vol kostuum. Mag je wel praten?"

De mimespeler trekt haar rechterhandschoen uit. "Zo. Vertel alsjeblieft aan niemand dat ik karakter heb gebroken."

Calliope gnuift. "Ik heb WMO op snelkiezen, dus..."

De mimespeler verbleekt. "Serieus. Ik had niet—"

"Als je iedereen hier naar de eettafel kunt krijgen, dan zal ik het nooit aan iemand vertellen," zegt Calliope.

"Dus," zeg ik als we buiten gehoorsafstand van de neurotische mimespeler zijn, "je bent niet alleen gemeen tegen mij."

Calliope kijkt naar me. "Was ik gemeen? Het laatste wat ik wil is dat ze me weer de stille behandeling geeft."

Ik vernauw mijn ogen tot spleetjes. "Was dat een mime-grap?"

Ze knikt.

"En wat is WMO?" Ik moet het gewoon vragen. "Nog een grap? Het klinkt als een soort mime-maffia."

"Wereldwijde Mime-Organisatie," antwoordt ze. "Maar hé, mime-maffia klinkt als een onuitsprekelijke horror."

Ik gnuif.

"Ze gebruiken wapens met geluiddempers," zegt ze en ze blijft mime-gerelateerde grappen maken terwijl we naar een gang met een heleboel deuren lopen.

"Daar." Calliope gebaart naar nummer tien. "Dat is waar ik tot voor kort woonde."

Ze klopt.

Er geeft niemand antwoordt, hoewel ik binnen hard gelach en luide gesprekken kan horen.

"Typisch." Calliope haalt een sleutel tevoorschijn en opent de deur.

De geluiden worden luider en we gaan naar binnen en komen in een keuken terecht. De eerste persoon die me opvalt, is een oudere vrouw die zoveel op Calliope lijkt dat het gemakkelijk te raden is dat dit haar moeder is. Ze zit in een split, met een hakmes in haar hand en een snijplank op de grond naast haar. Een man die bij haar staat, jongleert met groenten. De vader van Calliope?

"Aromaten," zegt de vrouw.

De jongleur gooit behendig een ui in de lucht zodat deze precies op de snijplank belandt. Dan doet hij hetzelfde met een teentje knoflook.

"Bedankt, schat," zegt de vrouw en ze begint te snijden zonder uit de split te komen.

"Hoi mam. Hoi pap," zegt Calliope.

Duidelijk geschrokken laat haar vader een raap vallen en springt haar moeder overeind, terwijl ze me allebei met ongegeneerde nieuwsgierigheid onderzoekend aankijken.

"Hoi," zeg ik en ik geef de bloemen aan haar moeder. "Deze zijn voor jou." Ik geef haar vader de chocolaatjes en vervloek mezelf omdat ik niet ook een fles wodka heb meegenomen.

"Jij moet Boo Boo zijn," zegt de vader van Calliope.

"Nee. Gewoon Boo. Enkelvoud," corrigeert Calliope hem. "Toch, Boo?"

Ik grom bevestigend.

"Gewoon Boo?" Haar moeder fronst. "Maar het internet —"

"Wil je laten geloven dat ik Honey ben," zegt Calliope. "In werkelijkheid ben ik zijn Pit-Check-Uh."

"Het wordt uitgesproken als *ptichka*." Ik glimlach naar de ouders. "Het betekent klein vogeltje."

"Aww," zegt de moeder. "Dat is veel beter dan 'Honey'."

"Maar slechts één Boo is een downgrade van Boo Boo," zegt de vader. "Hoewel ik zeker weet dat je na verloop van tijd een beter koosnaampje voor hem zult bedenken."

"Ik heb liever dat ze me Michael noemt," zeg ik.

"Nou, het is leuk kennis te maken, Michael," zegt de vader. "Ik ben Zephyr."

Moet ik hem vertellen dat dat een naam is van een Russische lekkernij die erg op meringue lijkt?

"En ik ben Xanthe," zegt de moeder.

"Het is me een genoegen," antwoord ik. In een opwelling pak ik haar hand en geef hem een lichte kus.

Xanthe snakt naar adem, grijpt haar dochter bij haar schouder en fluistert heel hard, "Je kunt maar beter met deze trouwen. We kunnen wel een Klaunbut met manieren gebruiken."

"Hij zou geen Klaunbut zijn," zegt Zephyr. "Zij zou een —

"Mam, pap, stop alsjeblieft," zegt Calliope, terwijl haar wangen rood worden. "Dit is onze eerste officiële date, dus praten over het huwelijk is —"

"Hallo," zegt een man die uit het niets lijkt te zijn gematerialiseerd. "Ik ben de broer van Calliope. Ik weet zeker dat ze het over me heeft gehad."

Eigenlijk heeft ze niet zoveel over haar familie gesproken, maar ik ben niet van plan om ze dat te vertellen. "Ik ben Michael." Ik steek mijn hand uit.

"Tortellini," zegt de broer en iedereen om hem heen kreunt.

Als in de ronde Italiaanse *pelmeni*-achtige dingen?

"Hij heet eigenlijk Torey," zegt Calliope met een oogrol.

"Maar Tortellini is mijn artiestennaam." Torey/Tortellini schudt mijn hand en als hij hem wegtrekt, blijft er op de een of andere manier een speelkaart met de voorkant naar beneden op mijn hand liggen.

"Snel," zegt Tortellini. "Welke kaart denk je dat dat is?"

Ik kijk ernaar. "De schoppenaas?"

Tortellini ziet er triomfantelijk uit en zegt dat ik de kaart om moet draaien.

Nou, krijg nou wat. Het *is* de schoppenaas. "Dus... jij bent de goochelaar van de familie?"

Hij fronst. "Heeft mijn naam het niet verklapt?"

"Nee." Maar het maakt me wel hongeriger voor het avondeten.

"Heb je nooit van Houdini gehoord?" eist hij. "Of Slydini? Of Cardini? Of Cantini?"

"Alleen van de eerste," zeg ik. "Wanneer iemand aan een benarde situatie op het ijs ontsnapt, vertelt de coach hem dat hij 'een Houdini heeft gedaan.'"

Tortellini knikt met groot enthousiasme. "Hij zou de anderen ook moeten gebruiken. Als iemand erg stiekem is met de puck, dan zou hij kunnen zeggen dat ze een Slydini hebben gedaan, en als —"

"Wat dacht je ervan om Michael aan meer van de familie voor te stellen," zegt Calliope streng tegen haar broer en sleept me mee voordat er een antwoord is.

"Het spijt me van Torey," fluistert ze. "Magie is voor hem wat ratten voor mij zijn."

Ik wuif het weg. "Ik respecteer passie, en er lijkt er in je familie veel van te zijn."

"Natuurlijk. Laten we het passie noemen," zegt ze, terwijl ze naast een deur stopt waar ze op klopt.

"Kom binnen!" schreeuwt een vrouwenstem.

"Ben je aangekleed?" roept Calliope terug.

"Zeker. Waarom niet?"

Calliope opent de deur. "Dit was mijn kamer." Ze wijst naar het plafond. "En dat is mijn zus en voormalige kamergenoot."

Het zou me op dit moment niet moeten verbazen, maar het is nog steeds een schok om te zien dat de genoemde zus als een vleermuis ondersteboven hangt.

"Ik ben Seraphina." Ze steekt haar hand uit en ik schud hem, een verrassend desoriënterend gebaar als de andere persoon in die positie is.

"Ik ben Michael."

"Dat weet ik." Seraphina wiebelt met haar wenkbrauwen. "Calliope heeft me alles over de *koala-ty* tijd verteld die jullie samen hebben gehad."

Ik knipper. "Koala-ty?"

Calliope kreunt. "Seraphina weet niet hoe erg je aan beren gerelateerde grappen haat, dus dat was een poging, denk ik."

"Ik heb de beste al opgebruikt," zegt Seraphina met een pruilmond. "Nu schraap ik van de bodem van de *beerput*."

"En dat is ons teken om te vertrekken," zegt Calliope streng en sleept me de kamer uit.

"Het spijt me van haar," zegt ze. "Ze wist niets van je ding."

Ik haal mijn schouders op. "Als de woordspelingen

zo slecht zijn, voel ik me niet beledigd. Ik heb eigenlijk medelijden met de grappenmaker." Vooral als hij een man is, want ik zou hem uit principe nog steeds slaan.

"Oké," zegt Calliope. "Laat me je aan nog een paar mensen voorstellen."

'Een paar' blijkt een understatement te zijn. Ik ontmoet zoveel Klaunbuts dat ik me hun namen nauwelijks herinner, en zelfs hun circusspecialiteiten beginnen te vervagen.

"Het eten is klaar!" roept Xanthe.

Calliope leidt me naar de circuskantine, waar iemand alle tafels tot één gigantische, cirkelvormige opstelling heeft samengebracht.

"Ga naast ons zitten," zeggen de ouders van Calliope tegen haar. "We willen Michael leren kennen en we hebben je al heel lang niet gezien."

Dus we zitten bij hen in de buurt en ze bestoken me met vragen over hockey en opgroeien in Rusland totdat ik het gesprek terug naar hun familie en daarbij naar het circus stuur.

Het blijkt al generaties lang een familiebedrijf te zijn. Op een bepaald moment hadden ze een rondtrekkend bestaan met een kermis, met alles wat dat impliceerde. Een overgrootmoeder van Calliope was bijvoorbeeld een bebaarde vrouw die met beide helften van een Siamese tweeling was getrouwd. De genoemde echtgenoten deelden een torso en dus een penis, maar hadden aparte hoofden en persoonlijkheden.

Mijn hoofd tolt alleen maar als ik me dat voorstel.

Uiteindelijk verschuift de focus van mij naar hun gewone familiegebabbel en gekibbel, waardoor ik de kans krijg om gewoon te eten en de Klaunbut-clan te observeren. Terwijl ik dat doe, kan ik niet anders dan pijn in mijn borst voelen, naast iets ongemakkelijks als zelfmedelijden dat met jaloezie is getint. Ik weet niet zeker of deze mensen zich realiseren hoeveel geluk ze hebben. Als een wees die vrijwel alleen is in deze wereld, is dit hier mijn idee van de hemel, en ik zou alles geven om —

Calliope grijpt mijn onderarm vast. "Het spijt me dat ik je hierheen heb gesleept. Ik kan zien dat je het vreselijk vindt."

Fuck. Ze heeft mijn uitdrukking verkeerd geïnterpreteerd. "Dat is niet waar," zeg ik tegen haar. "Alles is goed."

Ze verstevigt haar greep. "Het gaat om Voldemort, nietwaar?"

"Wie?"

Ze gebaart naar een vrouw met een slang om haar nek. "Dat is mijn tante, Azalea, maar sommigen van ons noemen haar Voldemort vanwege de slang waarmee ze altijd rondloopt. De naam van de slang is trouwens Nancy, maar het had Nagini moeten zijn."

Ik gnuif. "Moet iemand met een rat op haar schouder echt met modder gooien?"

"Nou, als je geen last hebt van Voldemort, wat is er dan aan de hand? Is het mijn jongste zus?" Ze gebaart naar een jonge vrouw die veel op haar lijkt — het is alleen dat ze eet terwijl ze in een pretzelachtige vorm is gedraaid die er niet gunstig voor de spijsvertering uitziet. "Ik blijf haar vertellen dat die onnatuurlijke houding in een horrorfilm zou kunnen, zo griezelig is hij."

Ik heb geen idee hoe ik de verlangens door haar grote familie kan verklaren, dus als mijn telefoon met een e-mail tingelt, dan ben ik dankbaar voor een moment van uitstel. Als ik echter zie waar de e-mail over gaat, is mijn hele lichaam volledig alert.

De afzender is de manager van het hotel — en ze is eindelijk met de beveiligingsvideo's gekomen waar ik op heb gewacht. De beelden die me zullen vertellen wie de stalker van Calliope is.

Nu weet ik dat ik deze video waarschijnlijk niet hier aan de eettafel moet afspelen, maar ik kan mezelf niet tegenhouden. Mijn vinger klikt erop en ik kijk aandachtig toe, aanvankelijk niet in staat om te verwerken wat ik zie.

Zodra ik dat doe, ballen mijn handen zich in strakke vuisten en stroomt er een woede zoals ik nog nooit heb gevoeld door mijn bloed.

Ik had nooit gedacht dat de stalker iemand zou zijn die ik kende. Maar dat is het wel — en de klootzak weet het nog niet, maar hij is dood.

HOOFDSTUK 23
CALLIOPE

De zoete aardappel in mijn mond verandert in oneetbare schuimpjes als ik Michaels uitdrukking op onweer zie gaan. En hij springt overeind. "Ik moet gaan."

Wat voor de duivel? Ik bedoel, ik weet dat hij het niet naar zijn zin heeft — die vreemde gezichtsuitdrukkingen hadden dat duidelijk gemaakt — maar waarom is hij zo boos?

Want dat is wat hij lijkt te zijn. Boos. Zo erg zelfs dat als hij de kantine uitloopt, zijn handen tot vuisten zijn gebald en zijn kaak tikt. Het zou me in het geheel niet verbazen als hij op zijn weg naar buiten een willekeurige Klaunbut zal slaan.

"Is alles goed?" vraagt mama met een bezorgde uitdrukking als Michael weg is.

"Lijkt het erop dat alles in orde is?" antwoord ik.

Mam haalt haar schouders op. "Ik ken hem niet zo goed als jij."

Mijn borst doet pijn en er ontstaat een druk achter mijn ogen. "Ik weet niet zeker of ik hem zelf zo goed ken." Diep van binnen was een deel van me ervan overtuigd dat hij mijn familie leuk zou vinden, en we nog lang en gelukkig zouden leven.

Hoe dom.

Ik ben duidelijk vervloekt om vriendjes te verliezen zodra ik ze aan dit letterlijke circus introduceer. En ik was ook stom genoeg om te denken dat dit minder pijn zou doen, omdat ik hem aan het begin van onze relatie iedereen heb laten ontmoeten. Ik stelde me voor dat het in het ergste geval zou zijn als het afrukken van een pleister, maar dit voelt meer als het afrukken van een vinger.

Seraphina ploft in de stoel die Michael heeft verlaten. "Wat is er gebeurd?"

"Ik weet het niet." Niet echt. De trigger voor zijn vertrek had zoveel vreemde gedragingen om ons heen kunnen zijn dat het een wonder is dat hij het zo lang vol had gehouden als dat hij deed.

"Denk je dat dit als je klootzak van een ex-situatie is?" fluistert ze.

"Wat anders?" Zelfs mensen die zo humeurig zijn als Michael, vertrekken niet zomaar midden in het diner zonder reden, en in dit geval is de reden duidelijk.

"Nou, fuck hem," zegt Seraphina.

Ja. Dat heb ik gedaan. Ogenschijnlijk ontelbare keren.

"Je kunt maar beter van hem af zijn," vervolgt ze. "Voordat je te gehecht raakt."

Ja, maar daar is het te laat voor.

Ik leg mijn vork neer. "Sorry allemaal. Ik denk dat ik beter kan gaan."

"Ja," zegt pap. "Slim. Ga achter je Boo aan."

De mijne. Natuurlijk.

Ik duw me overeind en ga naar buiten, en hoewel ik geen onenightstand heb gehad of iets dergelijks, is de term 'walk of shame' perfect voor mijn huidige situatie. Iedereen heeft Michael naar buiten zien stormen, en nu kijken ze me met uitdrukkingen aan die van veroordelend tot medelijdend variëren.

Als ik eenmaal buiten ben, wordt de druk achter mijn ogen sterker, vooral als ik me realiseer dat ik geen lift terug heb.

Mijn neus maakt een snuifje.

Nee.

Ik ga niet huilen.

Vergeet dat maar.

Ik haal mijn telefoon tevoorschijn en roep een Uber op. Ik sta op het punt om hem weer in mijn tas te stoppen als hij overgaat.

Mijn hart maakt een sprongetje in mijn borst. Zou het Michael kunnen zijn die belt om zich te verontschuldigen? Aan de andere kant zal hij me eerder vragen om mijn spullen uit zijn huis te halen.

Het is Michael echter niet. Het nummer is een 212-netnummer, wat volgens mij New York is.

"Hallo?" Ik schraap mijn keel om er zeker van te zijn

dat wat ik nu zeg niet zo ellendig klinkt als die eerste begroeting. "Met Calliope."

"Goedenavond, Calliope, dit is Maximilian Bowman," zegt een dreunende stem.

Maximilian Bowman? Ik zoek door mijn hersenen totdat ik me herinner dat hij de man van Sugar is, de vrouw die bij Michaels inzamelingsactie als eerste om mijn visitekaartje had gevraagd en die in plaats daarvan een servet met wat krabbels had gekregen.

"Hoi," zeg ik. "We hebben elkaar op de inzamelingsactie ontmoet, toch?"

"Dat klopt," zegt Maximilian — of is het meneer Bowman? "Ik heb over die geweldige rattenshow van je nagedacht, en toen er een plek in mijn theater vrijkwam, dacht ik —"

"Bezit u een theater?" flap ik eruit en wil mezelf dan slaan omdat ik de man onderbreek.

"Mijn excuses," zegt hij. "Ik dacht dat mijn naam voor zichzelf sprak. Ik ben niet de eigenaar van The Jewel, maar ik ben de grootste aandeelhouder en —"

The Jewel? Dat is een van de grootste —

"Is dit een goed moment om te praten?" vraagt hij. "Misschien via video?"

Shit. Ik moet me focussen. "Ja, meneer Bowman. Zolang u het niet erg vindt dat ik op het punt sta om in een Uber te stappen."

"Ik vind het niet erg, en noem me alsjeblieft Max. Ik app je een Zoom-link. Ik zal aanwezig zijn alsook een paar andere betrokken partijen."

De link komt meteen aan, net als mijn lift.

Zodra ik in de Uber zit, neem ik deel aan het gesprek, wat een sollicitatiegesprek blijkt te zijn. En ondanks wat er eerder met Michael is gebeurd, slaag ik erin om elke vraag rustig te beantwoorden, de show te beschrijven die ik zonder aarzeling zou creëren en over het algemeen een professionaliteit en vertrouwen te projecteren die ik niet eens een beetje voel.

"Dat klinkt allemaal goed," zegt Max, die namens de hele groep spreekt. "Laten we het nu over je compensatie hebben." Hij geeft me een bedrag dat het drievoudige is van wat ik momenteel verdien — zelfs met de extra motivatie om te doen alsof ik met Michael uitga.

Niet te geloven dat ik het echt doe, geef ik een tegenbod dat vijftien procent hoger is, en Max stemt ermee in.

"In dat geval neem ik de baan aan," zeg ik blij.

Ik zou het zelfs met een salarisverlaging hebben genomen, maar ik ben blij dat ze dat niet weten.

"Perfect," zegt Max. "Kun je morgen beginnen?"

"Morgen?" Ik slik terwijl de enorme omvang van wat er gebeurt eindelijk bij het hagedisgedeelte van mijn hersenen binnenkomt — en me misschien dingen laat horen.

"Ik weet dat het zaterdag is," zegt hij. "Maar het theater is open."

"Maar... morgen?"

"Juist. Sorry, ik heb nagelaten om de urgentie te vermelden. De reden dat we nu een opening hebben, is omdat een ander theater een van onze artiesten heeft weggekaapt. Mijn vrouw herinnerde me aan jou en jij was de eerste persoon die ik heb gebeld."

De eerste persoon... maar hij heeft er meer op zijn lijst staan? "Ik moet mijn huidige werkgever twee weken van tevoren op de hoogte stellen." Tenminste, ik neem aan dat dat is wat ze zouden willen. Ze hebben dat nooit echt met me besproken, alleen het feit dat ze me ter plekke zouden ontslaan als de oude mascotte, Ted, weer zou verschijnen. Over Ted gesproken, hij was op een dag niet meer op zijn werk gekomen en het ging prima met het team. Aan de andere kant deed Ted niet alsof hij met een van de spelers uitging.

Shit. Ik kan natuurlijk niet *doen alsof* ik met Michael uitga nu we echt zijn begonnen met daten. En net zijn geïmplodeerd. Met dat in gedachten klinkt hem twee weken tegen het lijf lopen als marteling. Maar toch —

"Je bent een mascotte," zegt Max. "Je gezicht wordt niet gezien. Het team kan je in een oogwenk vervangen."

Gemeen, maar waar. Ze hebben me de volgende dag ingehuurd nadat ze hadden besloten om Teds functie in te vullen, en ik was een van de twintig sollicitanten.

"Maar... morgen?" Ik krijg niet eens de kans om mijn familie te zien voordat ik ga, of —

"Bekijk dit vanuit ons perspectief," zegt Max. "Zelfs als je morgen aankomt, moet je repeteren en je voorbereiden, dus we zullen al een paar weken aan inkomsten verliezen."

Het zal eerder een maand of meer zijn als we

realistisch zijn, maar ik wijs daar niet op, want ik wil deze kans niet verliezen.

"Ter verduidelijking, zeg je dat je niet zult wachten?" vraag ik.

Het klinkt gek, maar aan de andere kant lost de haast een vraag op die ik mezelf niet heb durven stellen: waar moet ik vannacht verblijven?

Het kan niet Michaels huis zijn. Niet na —

"Sorry dat ik je zo onder druk zet," zegt Max. "We dekken al je reiskosten, inclusief een vliegticket voor vanavond en een hotelkamer in de buurt van het vliegveld. Dan kun je in de —"

Hij gaat op meer details in, maar ik luister maar half.

Ik heb altijd gedacht dat als ik de baan van mijn dromen kreeg, ik meer dan gelukkig zou zijn, maar depressief genoeg, is dat helemaal niet hoe ik me voel.

In plaats daarvan ben ik gevoelloos. De rollercoaster van het verliezen van Michael, gevolgd door dit sollicitatiegesprek, is gewoon te veel om in zo'n korte tijd te verwerken.

"Hoe klinkt dat?" vraagt hij, me naar het gesprek terugbrengend.

"Geweldig," antwoord ik, terwijl ik mijn stem met de opgewektheid doordring die er zou zijn als alles niet zo in de war was geraakt. "Ik zie je morgen."

Daarmee hang ik op en kijk ik naar Wolfgang. "Niet te geloven, toch? We gaan toch onze show krijgen."

Hij wrijft met zijn poten over zijn gezicht.

Meine Liebe, kan mijn artiestennaam Das Kaas zijn?

HOOFDSTUK 24
MICHAEL

Een Ford Mustang Shelby GT500 kan 290 kilometer per uur bereiken — een snelheid die ik in mijn haast minstens een paar keer heb bereikt om bij het huis van de stalker te komen.

Een stalker die van alle mensen mijn verdomde teamgenoot bleek te zijn.

Ik kom met piepende en brandende banden bij zijn huis tot stilstand, spring uit de auto en sla mijn vuist tegen de deur.

"Wie is daar?" roept Jack van de andere kant.

Ja. Het is fucking Jack, een feit dat ik zonder de beveiligingsbeelden nooit had geloofd.

Ik had niet gedacht dat hij de ballen zou hebben om met mijn vrouw te rotzooien.

Ballen die hij op het punt staat te verliezen.

"Het is Michael," antwoord ik zo kalm mogelijk, wat niet erg kalm is. "Open. Nu."

Ik verwacht volledig dat hij zich realiseert waarom

ik hier ben en me de toegang weigert, wat prima zou zijn, want het zou me een genoegen zijn om zijn verdomde deur open te breken.

Maar hij doet de deur open en zodra ik zijn gezicht zie, sla ik mijn vuist erin.

Jack zakt met een gepijnigde grom op de grond in elkaar en ik hef een been op om hem te schoppen als ik een gedempt geluid vanuit het huis hoor.

Het klinkt alsof iemand "Help!" schreeuwt.

"Wie is dat? Is dat de laatste persoon die je hebt gestalkt?" eis ik van Jack, maar hij ligt nog steeds kreunend op de grond terwijl hij zijn kaak vasthoudt.

De smeekbede om hulp herhaalt zich en de stem klinkt vaag bekend.

"Blijf hier of je bent dood," grom ik naar Jack. Ik sprint dan naar binnen en volg de stem.

Het kost me een paar minuten om erachter te komen waar het geluid vandaan komt: een kamer met hangsloten aan de achterkant van het huis.

Ik trek aan het hangslot en test de kracht ervan terwijl ik schreeuw, "Hé! Wie is daar?"

"Medvedev, ben jij dat?" De stem klinkt nu nog bekender, hoewel ik hem nog steeds niet kan plaatsen.

"Ja, wacht even!"

Het hangslot geeft niet mee, dus ik scan mijn omgeving totdat ik een sleutel op de nabijgelegen salontafel zie liggen. Ik pak hem, doe de deur open en herken eindelijk de spreker.

Het is Ted, de man die onze mascotte was voordat

Calliope zijn baan kreeg. Hij is ongeschoren en smerig, maar hij is het zeker.

Wacht eens even.

De reden dat we een nieuwe mascotte nodig hadden, was omdat Ted spoorloos was verdwenen. Is dit waar hij is geweest?

Aan zijn uiterlijk te zien, is het vrij waarschijnlijk.

Maar waarom?

Heeft Jack een rare obsessie met wie er in dat berenpak zit? Heeft hij hem daarom in onze hotelkamer versnipperd?

"Wat is er gebeurd?" eis ik en staar Ted aan. "Waarom heeft die klootzak je hier opgesloten?"

Ted scant met wilde ogen de kamer. "Waar is hij?"

O, shit.

Ik ren terug naar de voordeur.

Geen Jack.

"Fucking shit." Ik ga terug en pak Ted bij zijn schouder. "Help me om de klootzak te pakken."

We rennen het huis uit en doorzoeken tevergeefs een paar blokken.

"Ga in de auto zitten," beveel ik Ted als we bij het huis zijn. "We gaan rondrijden om hem te zoeken."

Ted gehoorzaamt en we rijden zonder resultaat door de buurt.

Fuck. Waar kan hij zijn?

Shit. Zou hij achter Calliope aan kunnen zijn gegaan?

Alles in me wordt koud.

"Doe je gordel om," grom ik naar Ted en ik trap het gaspedaal in terwijl ik terugga naar het circus.

"Waar ga je heen?" Ted snakt naar adem terwijl we in een razend tempo over het ene kruispunt na het andere blazen.

Ik span mijn kaken aan. "Hij zou achter mijn vriendin aan kunnen zitten. Zij is de nieuwe mascotte."

"Huh," zegt Ted dom. "Waarom zou hij achter haar aanzitten?"

"Om dezelfde verwrongen reden dat hij jou in die kamer heeft opgesloten?"

"O?" Ted kijkt verward. "Heeft zij ook een video gemaakt waarin hij zich aftrekt bij die alligator?"

Zijn vraag is zo verwarrend dat ik de auto gewoon moet vertragen. "Waar de fuck heb je het over?"

"Daarom wilde hij me niet laten gaan," klaagt Ted. "We waren samen high geworden en toen hij dacht dat ik sliep, was hij naar buiten geslopen. Ik volgde hem en betrapte hem bij het meer met zijn pik eruit. Hij staarde naar en alligator terwijl hij zich aftrok en hij gromde iets als: 'Ja, die tanden. Die schubben. Die dikke, sappige staart...'"

Ik kijk hem ongelovig aan.

Neemt hij me in de zeik? Ik begrijp dat dit Florida is, maar kom op.

"Dus... je ziet een kerel zich aftrekken bij een alligator en je eerste reactie is om er een video van te maken?"

"Ik was high, kerel. En het was zo grappig als wat.

Maar Jack zag me hem filmen. Hij leek gek te worden, dus ik sprong in mijn auto, ging naar huis en heb de beelden op een USB-stick gezet. Ik heb Jack toen geappt om hem te vertellen dat als hij achter me aan kwam, of als hij me in het algemeen kwaad maakte, ik de USB-stick naar WTVJ zou mailen." Ted wrijft over zijn neus. "De volgende ochtend heeft hij me bewusteloos geslagen toen ik mijn huis verliet, en toen heeft hij me opgesloten totdat ik hem vertelde waar 'alle schijven' waren. Hij geloofde niet dat ik alleen de ene onder een vloerplank bij mij thuis had verstopt. Dus zat ik vast. Godzijdank dat je bent langsgekomen toen je dat deed. Ik stond op het punt om gek te worden."

Fuck. Plotseling valt alles op zijn plaats. Calliope had gelijk toen ze dacht dat er iemand naar binnen was geslopen en onder de vloerplanken in haar huis, het voormalige huis van Ted, had gekeken. Het was Jack, op zoek naar de enige bestaande flashdrive. Maar Jack moet hebben gedacht — en ik gebruik die term losjes — dat Ted nog een hypothetische drive in zijn berenpak had verborgen, dus was hij er achteraan blijven gaan, eerst in de kleedkamer van Calliope en vervolgens in het hotel. Ik wed dat hij me daarom heeft misleid om haar in het zwembad te duwen toen ze het pak voor de eerste keer droeg — in de hoop dat de drive beschadigd zou raken. Of dat ze het pak zou laten drogen en hij dus onbeheerd was.

Wat een verdomde idioot.

Correctie: idioten, zij allebei.

"Kun je me een plezier doen?" vraagt Ted klaaglijk.

Ik knars met mijn tanden. "Wat?"

"Kun je me naar het kantoor van de sheriff brengen?"

Ik sta op het punt om "Fuck, nee" te zeggen, omdat ik Calliope moet redden, maar dan realiseer ik me dat Teds verhaal betekent dat Jack geen gevaar voor haar is. Of een stalker.

Ze is nooit in gevaar geweest.

Daar zou ik extatisch over moeten zijn, en dat ben ik grotendeels, maar een deel van me is ook teleurgesteld. Zonder het gevaar is er geen reden meer voor Calliope om bij mij thuis te blijven. Niet tenzij—

"Ik wil echt een aanklacht indienen," zegt Ted smekend. "En een straatverbod tegen die klootzak aanvragen."

Fucking fuck. "Goed dan. Maar je staat heel erg bij me in het krijt."

Als er politie bij betrokken is, dan zal ik niet zo vrij zijn om mijn wraak op Jack uit te voeren, maar aan de andere kant, gearresteerd worden en het belachelijke verhaal dat Ted me net heeft verteld deel laten uitmaken van het openbare register, is op zich een wrede en zeer ongebruikelijke straf.

Ik zie het nu al voor me: "Floridaman masturbeert bij alligator en ontvoert dan de mascotte van het hockeyteam."

Tot mijn schrik is er geen hint van vrolijkheid op het gezicht van de sheriff terwijl Ted zijn verhaal doet — alsof zoiets hier de hele tijd gebeurt.

"Ik moet terug naar mijn etentje," zeg ik tegen iedereen voordat de sheriff vraagt wie ik ben en wat mijn rol in deze hele puinhoop is. Het laatste wat ik wil is vertraagd worden, voor hoelang het ook duurt voordat Ted een officieel politierapport indient.

"Hoe kom ik thuis?" jammert Ted.

Moet ik hem vertellen dat zijn 'thuis' aan iemand anders is gegeven?

Nee.

"Hoe kan dat mijn verdomde probleem zijn?" eis ik.

"Het komt wel goed," zegt de sheriff. "We zullen hem een lift geven."

Whatever. Ik ren naar mijn auto en keer terug naar het circus, enthousiast om Calliope het hele verhaal te vertellen. Tot mijn opluchting is het etentje nog steeds aan de gang, maar Calliope ontbreekt op haar stoel.

En haar familie staart me woedend aan bij hun dessert.

Shit. Voor het eerst realiseer ik me dat ik nogal abrupt ben vertrokken, waardoor ik ze waarschijnlijk heb beledigd.

"Wat doe je hier?" eist de trapeze-zus.

Fuck. Ik heb het verpest. "Sorry, ik moest even weg voor belangrijke zaken. Maar ik ben nu terug. Waar is Calliope?"

De zus fronst naar me. "Heb je haar je 'belangrijke zaken' uitgelegd?"

Dubbel fuck. "Ik had haast om het probleem op te lossen dat zich had voorgedaan."

En met 'oplossen' bedoel ik 'wat botten breken'.

"Nou, dan heb je het verpest, heel erg," zegt ze. "Mijn zus dacht dat je onze familie haatte."

"Jullie familie haatte?" Ik kijk om me heen. "Het tegenovergestelde is het geval."

"Het tegenovergestelde?" Ze trekt een wenkbrauw naar me op. "Dat zou dol zijn op de Klaunbuts, en dat is een moeilijk zwaard om te slikken, zelfs voor oom Bruin."

"Geloof me," zeg ik oprecht. "Voor iemand wiens familie hem in de steek heeft gelaten, is het een openbaring om te zien hoeveel jullie allemaal om elkaar geven." En terwijl ik de woorden zeg, realiseer ik me dat ze waar zijn, en ook nog iets anders.

Ik hou niet alleen van de familiedynamiek van de Klaunbuts. Ik zou misschien wel van één Klaunbut in het bijzonder kunnen houden, wat krankzinnig is, gezien hoe —

"Dan kun je maar beter achter haar aan gaan," zegt de zus. "En schiet op."

Fuck.

Ze heeft gelijk.

Als ik terug naar mijn auto ren, bel ik Calliope, maar ze neemt niet op. Ik app haar ook, maar ik krijg geen antwoord, wat geen goed teken is.

Ik spring in mijn auto, trap nog een keer het gaspedaal in en een paar minuten later loop ik naar mijn voordeur... om Calliope te zien die met haar koffer en rattendrager naar buiten stapt.

Iets in mijn borst krimpt, als een lekke band. "Ga je verhuizen? Zomaar?"

Ik weet dat ik niet echt verrast moet zijn, niet na alle andere mensen die me in mijn leven hebben verlaten, maar dit is op een ander niveau. Calliope weet niet dat de stalkersituatie geen probleem meer is — wat betekent dat ze liever in gevaar is dan nog een minuut met mij door te brengen.

"Natuurlijk ga ik verhuizen," snauwt ze. "Ik kan niet met iemand samenzijn die een hekel heeft aan —"

"Zeg niet dat ik je familie haat. Dat heb ik verdomme nooit gezegd."

"Dat hoefde je ook niet te doen. Je acties spraken boekdelen."

Ik haal diep adem om kalm te worden. Misschien als ik het precies goed uitleg, dat ze me dan niet in de steek zal laten. "Ik ben niet weggegaan omdat ik je familie haatte. Ik ben weggegaan omdat ik heb ontdekt wie de stalker is — en het is iemand die ik ken. Ik werd erg boos en heb me gehaast om met hem af te rekenen. Achteraf gezien had ik het je moeten vertellen, maar —"

"Heb je ontdekt wie de stalker is?" Haar ogen zijn groot.

Ik bal mijn vuist en laat hem weer los; het spijt me dat ik hem maar één keer heb geslagen. "Ja. Het is Jack."

Ze knippert naar me. "Kangoeroe Jack?"

"Kangoeroe?" Nu ze het zegt, lijkt Jack er vaag op. "Ja. Die Jack. Het blijkt dat hij niet achter je aan zat. Hij was op zoek naar een flashdrive met een opname waarin hij bij een alligator zit te masturberen."

Haar ogen vernauwen zich. "Denk je dat dit een goed moment is voor een grap?"

"Ik maak geen grapje," snauw ik. "Ted — die Jack had ontvoerd — had de flashdrive in zijn appartement verborgen, die toen jouw appartement werd, vandaar de verplaatste vloerplanken."

Op dit moment zijn haar ogen slechts spleetjes. "Verwacht je dat ik die shit geloof?"

"Waarom zou ik dit verdomme verzinnen?" Ik haal nog een keer kalmerend adem en voeg eraan toe, "Ted dient een aanklacht in bij de politie. Ze zijn in Florida openbaar. Je kunt het controleren."

Ze pakt haar koffer steviger vast. "Goed dan. Als die waanzin waar is, dan heb ik sowieso geen reden om hier te blijven."

Ik slik de volgende ademhaling in, en het is allesbehalve kalmerend. Ik dwing de volgende woorden eruit. "Ga niet weg."

Ze slikt en haar blik valt op mijn borst. "Ik... moet een soort van gaan."

"Hoe bedoel je? Ik zeg het je net, de stalker-situatie is voorbij." Ik dwing mezelf opnieuw om de woorden te zeggen die ik nooit tegen mijn ouders heb kunnen zeggen. "Ik wil dat je blijft. Bij mij. Ik weet dat we alleen maar aan het daten zijn geweest voor —"

"Minder dan een week." Ze haalt diep adem. "Dit is te vroeg voor een stap als samenwonen. Maar nog belangrijker, ik... heb een aanbod voor een baan geaccepteerd. In New York."

Een puck die in mijn buik slaat, zou minder pijnlijk zijn dan dit. "Je hebt wat?"

Ze stapt achteruit. "Ik dacht dat je het met me had uitgemaakt. Ik dacht dat je mijn familie haatte. En dit is een baan die ik altijd al heb gewild."

"Welke baan?"

Als ze het uitlegt, begin ik misselijk te worden — ik ben ongetwijfeld wagenziek geworden doordat ik als een maniak had gereden.

"Ik begrijp het," zeg ik als ze me eraan herinnert dat de rattenshow al zo lang als ze zich kan herinneren haar droom is. Mijn toon is hol als ik zeg: "In dat geval moet je gaan. Nu."

Ze rent langs me heen en stapt in een stationair draaiende Uber.

Mijn misselijkheid wordt erger als ik zie hoe de Uber wegrijdt en uit het zicht verdwijnt.

Ik draai me naar mijn voordeur en sla er keer op keer met mijn vuist op, totdat het hout barst en de pijn in mijn knokkels me van de onrust in mijn hoofd afleidt.

Het uitstel is echter kort.

Ik herinner me al snel wat een verdomde idioot ik ben geweest.

Waarom heb ik haar gevraagd om te blijven? Waarom dacht ik dat het een verschil zou maken?

Ik had verdomme beter moeten weten. Er is nog nooit iemand voor me gebleven.

Geen. Enkel. Levend. Wezen.

HOOFDSTUK 25

CALLIOPE

k huil de hele weg naar New York, wat stom is, want ik zou echt extatisch moeten zijn — ik heb de kans van mijn dromen gekregen.

Terwijl de taxi me van het vliegveld naar het hotel brengt, gaat mijn telefoon en versnelt mijn verraderlijke hart, in de hoop Michaels stem te horen.

Nee. Het is Seraphina.

"Hoi," zeg ik, terwijl ik mijn best doe om vrolijk te klinken.

"Heeft Michael je gevonden?" zegt ze in plaats van een begroeting. "Hij is teruggekomen naar de kantine en —"

"Ja, hij heeft me gevonden." Voor al het goede wat het had gedaan.

"En?" eist ze.

"En we zijn uit elkaar gegaan," zeg ik, tegen een hik vechtend.

"Waarom? Heeft hij het niet uitgelegd? Hij —"

"Is weggegaan voor dringende zaken. Hij heeft het me verteld. Maar het was al te laat."

"Wat? Waarom?"

Ik adem diep in. "Ik heb geweldig nieuws. Ik had eigenlijk daarmee moeten beginnen. Ik heb een baan in New York. Ik zal mijn eigen rattenshow hebben. Zoals ik altijd heb gewild."

Zo. Door de woorden te zeggen, voel ik een beetje de opwinding die ik de hele tijd had moeten voelen.

"Wacht even. Even terug," zegt Seraphina. "Hoe kan dat?"

Ik vertel het haar en voel me als een verrader als ik bij het deel kom waar ik mijn nieuwe werkgever tijdens een evenement heb ontmoet waar Michael me naartoe had gesleept.

"Dit is geweldig," zegt Seraphina als ik klaar ben. "Hoe zit het met je Boo? Waarom zijn jullie uit elkaar?"

Ik haal mijn schouders op en realiseer me dan dat ze me niet kan zien. "Hij wilde dat ik bij hem in zou trekken. Deze baan betekent dat ik dat niet kan doen."

"Maar je was al bij hem ingetrokken," zegt ze.

"Dat was voor bescherming. Dit zou echt zijn geweest."

"En je hebt nee gezegd?"

Ik bijt in mijn lip. "Ja. Vanwege de baan."

"Dus... je gaat latten, toch?" eist ze. "Of zoiets?"

"Dat denk ik niet." Gezien zijn uitdrukking toen ik vertrok, betwijfel ik of hij ooit nog met me zal praten. "Het is eerlijk gezegd het beste. Ik realiseer me dat hij niet vanwege onze familie is weggegaan, maar ik wed dat hij ons toch haatte." Zoals alle mannen.

"Fout," zegt Seraphina. "Hij heeft tegen me gezegd dat hij dol was op onze familie. Hij zei iets in die zin dat hij het leuk vond hoe we allemaal om elkaar geven." Ze wacht even. "Weet je zeker dat je niet de problemen met al je exen op hem projecteert?"

Ik vernauw mijn ogen naar de telefoon. "Waarom kies je zijn kant?"

"Wat? Dat doe ik niet."

"Waarom feliciteer je me niet met het krijgen van de baan? Waarom vertel je me niet dat ik zonder hem beter af ben? Waarom —"

"Luister, ik ben niet degene op wie je boos bent," zegt Seraphina.

"Vertel me niet op wie ik boos moet zijn."

"Weet je wat? Dit gesprek is voorbij," zegt Seraphina. "Bel me als je er klaar voor bent om je te verontschuldigen."

Ik sta op het punt om iets zeggen in de trant van dat dat op een koude dag in de hel zal gebeuren, maar ze heeft me al opgehangen.

Klootzak.

Ik kook helemaal naar het hotel en sleep mezelf dan uit mijn funk door met mijn ratten een echte show te repeteren — een activiteit waardoor ik me een beetje beter voel. Maar niet zoveel.

De volgende dag bel ik eerst Linda van HR, maar dan herinner ik me dat het zaterdag is en hang ik op.

Tot mijn schrik belt ze me terug, dus ik bied mijn excuses aan dat ik per direct mijn ontslag indien.

"Dat voorkomt dat we een moeilijke keuze moeten maken," zegt ze.

"O?"

"Ted is terug," zegt ze. "En het blijkt dat het missen van werk buiten zijn controle lag."

Aha. Natuurlijk. Dus dat deel van Michaels gekke verhaal is waar.

"Geweldig," zeg ik. "Blij dat je me niet hoeft te ontslaan."

"Ik heb niet gezegd dat we dat zouden doen," zegt ze. "Je hebt ons allemaal een groot plezier gedaan met het 'Honey en Boo Boo'-gebeuren, dus —"

"Dat is voorbij," zeg ik.

Het is onmogelijk dat Michael zou willen doen alsof hij met me samen is, en vice versa.

"PR zal teleurgesteld zijn, maar ik begrijp het volledig," zegt Linda. "Veel succes met je toekomstige plannen."

Ik bedank haar en hang op, terwijl ik me op de een of andere manier nog steeds schuldig voel dat ik het hockeyteam zo heb gedumpt. Geen afscheid van de coach. Geen sayonara tegen Dante of een van de anderen.

Shit. Ik heb mijn ouders niet eens over mijn verhuizing verteld — hoewel het aan Seraphina vertellen betekent dat ze het nu wel weten. Mijn zus is als een Klaunbut-internet.

Toch bel ik om het ze officieel te vertellen, en mijn

hart knijpt zich samen als ze me vertellen hoe blij ze voor me zijn.

"Zo verdrietig van Michael," zegt mam net als ik op het punt sta om haar over dat deel te vertellen. "Je zus heeft ons verteld dat jullie uit elkaar zijn."

"Ja," zegt pap. "Ik vond hem veel leuker dan hoe hij ook heet."

Hoe hij ook heet, is hoe iedereen de meeste van mijn andere exen noemt, en ik denk dat het komt omdat de afkeer in die gevallen wederzijds was.

"Ik moet gaan," zeg ik, er niet klaar voor om Michael te bespreken.

"Natuurlijk," zegt mam. "Succes."

Ik hang met een glimlach op, die in een frons verandert als ik op mijn telefoon kijk voor eventuele telefoontjes, appjes of e-mails van Michael.

Die zijn er niet.

Wat ik al dacht. Het is voorbij. Ik zal nooit meer iets van hem horen.

Had Seraphina gelijk? Het is waar dat elk vriendje dat ik ooit heb gehad me heeft gedumpt nadat ze mijn familie hadden ontmoet. Heb ik het zo snel met Michael uitgemaakt omdat ik bang was dat het weer zou gebeuren, wat hij ook over het leuk vinden van mijn familie had gezegd en dat hij wilde dat ik bleef?

Nee. Ik heb gedaan wat ik moest doen. Hij heeft ze één keer ontmoet en hij is niet eens het hele etentje gebleven. Wie weet wat er zou zijn gebeurd als we door waren gegaan met onze relatie?

Eigenlijk weet ik het wel. Hij zou me hebben gedumpt, net als alle anderen.

Het was slechts een kwestie van tijd.

Mijn borst is pijnlijk strak als ik naar het theater ga, waar ik Max samen met alle anderen van het sollicitatiegesprek op me zie wachten. Er is ook een grote groep onbekende mensen die theaterpersoneel en hun gezinnen blijken te zijn.

"We hebben een traditie," zegt Max. "Iedereen krijgt de eerste repetitie te zien."

Wauw. Goede teambuildingsoefening, maar voor mij zenuwslopend.

Ik zet de projector op, ga het podium op en begin met iets eenvoudigs: ik kleed de ratten, die op zo'n gelegenheid hebben gewacht, in schattige outfits en laat ze als modellen op een catwalk rondlopen.

De ratten lijken het niet erg te vinden dat de menigte naar ons kijkt, wat geweldig is. Hetzelfde kan niet voor mezelf gezegd worden. Ik heb eerlijk gezegd last van wat plankenkoorts, ook al is deze groep slechts ongeveer een tiende van de maximale capaciteit van het theater — om nog maar te zwijgen van het feit dat ik in het verleden in een uitverkocht circus heb opgetreden en een mascotte ben geweest bij een drukke hockeywedstrijd.

Ik denk dat het feit dat dit belangrijk is, met mijn hoofd knoeit.

Maar hé. Iedereen juicht als de eerste act voorbij is, en dat geeft me het vertrouwen om verder te gaan. Ik

krijg het gevoel dat ik een grotere menigte aankan —
het zal gewoon even wennen zijn.

Als ik terugkom in mijn hotel, gaat mijn telefoon.
Net als eerder springt mijn hart op als ik denk dat het
Michael kan zijn, maar het duikt in teleurstelling als ik
zie dat het weer Seraphina is.

"Sorry," zegt ze zonder inleiding. "Ik had je met de
baan moeten feliciteren."

"Nee. Het spijt me. Ik weet dat je wilt wat het beste
voor me is."

"Precies."

"En deze baan is dat," zeg ik en ik wens dat ik me
net zo zeker voelde als dat ik doe alsof het zo is. Ik
weiger aan mijn malaise toe te geven en vertel haar
over mijn eerste repetitie, inclusief de onverwachte
plankenkoorts.

"Ja, daar zou ik me geen zorgen over maken," zegt
ze. "Je bent een Klaunbut. Hoe vol het circus ook is, we
kunnen zwaarden slikken en onze hoofden in de muil
van een leeuw steken. Wat is daarmee vergeleken een
beetje rattenactie?"

HOOFDSTUK 26

CALLIOPE

n de loop van de volgende maand — niet een paar weken, zoals Max had gehoopt — zijn mijn ratten en ik zo druk bezig met de voorbereiding van onze eerste echte show dat ik nauwelijks tijd heb om te kniezen. Dat wil zeggen, ik huil maar een uur of twee per dag, kijk elk uur op mijn telefoon voor wat communicatie van Michael en zie mentale montages van ons die onder de meest belachelijke voorwendselen kussen, zoals wanneer ik twee duiven dicht bij elkaar op een boomtak zie zitten. Of als ik vogels zie die iets doen, zelfs op auto's poepen.

Tegen de tijd dat mijn eerste show op het punt staat te beginnen, voel ik nauwelijks plankenkoorts, wat geweldig is. De ratten doen het geweldig tijdens de uitvoering, vooral met de eenwielers. Nadat de show voorbij is, staat het publiek gewoon echt op om ons een staande ovatie te geven.

Terwijl ik mijn buiging maak, wil ik mezelf

schoppen omdat ik niet volledig van dit hoogtepunt in mijn leven heb genoten. Meer dan wat dan ook, wil ik dat Michael in die menigte zit. Ik wil dat hij me daarna omhelst. Ik wil dat hij —

Ik realiseer me dat ik gebogen ben gebleven tot de gordijnen waren gesloten. Ik ga rechtop staan, geef mijn kleine jongens geweldige traktaties en ga dan naar mijn familie, die naar de show zijn gevlogen en op de eerste rij hebben gezeten.

"Dus," zegt Seraphina als we alleen zijn. "Hoe erg was de plankenkoorts?"

"Helemaal niet erg," zeg ik tegen haar. "Ga je gang en zeg 'ik zei het je toch'."

"Ik zei het je toch." Ze grijnst als een maniak, maar dan wordt haar uitdrukking serieus. "Heb je nog iets van hem gehoord?"

Ze hoeft me niet uit te leggen wie de 'hem' in dit scenario is.

"Nee. En dat had ik ook niet verwacht." Ik had het gehoopt. En gebeden, maar —

"Heb je hem gebeld?" vraagt ze.

Ik frons. "Waarom zou ik?"

"Uhm, omdat jij degene bent die is vertrokken?"

Mijn borst verkrampt zich. "Ik heb gedaan wat ik moest doen."

"Is dat zo? Waarom? Heb je überhaupt de mogelijkheid van een latrelatie overwogen?"

De waarheid is dat ik dat niet heb gedaan. Tenminste, niet op het moment dat Michael me vroeg om te blijven. Slechts enkele minuten eerder was ik er zo zeker van dat hij me om de gebruikelijke redenen had gedumpt dat ik het feit dat hij dat niet had gedaan niet volledig kon verwerken. Het is alsof mijn mentale versnellingen vast kwamen te zitten, en het enige waar ik aan kon denken was dat elk ander vriendje me had gedumpt.

"Je zou hem moeten bellen," zegt Seraphina als ik zwijg.

Ik slik. "Ik denk niet dat ik het aan zou kunnen als hij niet opneemt." Wat hij niet zal doen.

Ze fronst. "Waarom zou hij niet opnemen?"

"Waarom heeft hij me niet gebeld?"

"Omdat jij degene bent die is vertrokken," herhaalt ze.

Vervloek haar en haar stomme goede punten. Ik weet dat ze gelijk heeft. Michael heeft me gevraagd om te blijven. Hij had gezegd dat hij mijn familie leuk vond, maar ik geloofde hem niet echt.

Waarom had ik hem niet geloofd?

Was het omdat elk ander vriendje van me me in de steek had gelaten zodra ze mijn rare familie hadden ontmoet?

Of... misschien is het nooit mijn familie geweest die ze raar vonden.

Misschien was wat me echt bang maakte, het idee dat ik de vreemdheid was waar ze voor wegliepen.

"Seraphina..." Mijn stem breekt. "Ik denk dat ik het heb verpest. Zoals je zei, hij was dol op onze familie, en dat bewees hij door me te vragen om bij hem in te trekken. Door me te vragen om te blijven. En wat deed

ik? Ik ben weggegaan. Ik heb niet eens geprobeerd om
—"

Ze legt een hand op mijn schouder. "Zou je willen
dat je was gebleven?"

Ik slik de enorme brok in mijn keel weg. "Ja. Nee.
Misschien. Je hebt de show gezien. Ik moest hierheen
komen. Maar ik wou dat we geen ruzie hadden
gemaakt voordat ik vertrok. Ik wou dat we hadden
besloten om het te laten werken. Ik bedoel, ik had naar
Florida kunnen vliegen om hem af en toe te zien, en hij
had naar New York kunnen vliegen om mij te zien."

Op dat moment komt mijn broer bij ons zitten, dus
we kunnen er niet over blijven praten.

Toch ettert dat gesprek de hele avond en tot diep in
de nacht in mijn hoofd. De volgende ochtend word ik
moe en met liefdesverdriet wakker, maar met een
openbaring.

Ik kan niet zo doorgaan.

Ik moet proberen om dingen met Michael op te
lossen, en als hij me vertelt om op te rotten, dan is dat
een prijs die ik zal moeten betalen — maar ik zal in
ieder geval weten dat ik het heb geprobeerd.

HOOFDSTUK 27

MICHAEL

"Ga je met pensioen?" Dante doet zijn masker af en verblindt iedereen met de bleekheid van zijn huid. "Na al die hardcore training?"

De rest van het team ziet er net zo geschokt uit, en ik begrijp waarom. Ik ben de laatste tijd een beest op het ijs geweest, maar het was de enige manier om mijn gedachten van Calliope af te krijgen. Dat, en ik had de coach een gunst verleend door het team in vorm te brengen voordat ik vertrok.

"Ik ben steeds meer op mijn stichting gericht," leg ik uit. "En in de volgende fase moet ik overal naartoe reizen."

"'Overal' omvat New York, toch?" vraagt Dante met een knipoog. "Dat is tenslotte waar Tugev — ik bedoel, je grootste sponsor — woont."

"Precies." Dante's steek naar Tugev landt niet, omdat ik die overmoedige klootzak niet langer als een vijand zie. Het is dankzij een verrassend aantal dingen die we met elkaar gemeen hebben bijna het tegenovergestelde.

"Als ik mag." De coach slaat me op mijn schouder. "Je gaat hier gemist worden, Michael."

"Het zal zeker niet hetzelfde zijn zonder jou," zegt Isaac, en ik weet wat hij bedoelt. "Het zal voor mij zoveel gemakkelijker zijn om in mijn rol als kapitein te handelen zonder dat een klootzak als jij me bij elke stap ondermijnt."

"Ja," zeggen verschillende spelers in koor.

"En je kunt niet weggaan voordat we wat hebben gedronken om je vaarwel te wensen," voegt de coach eraan toe.

Dit idee wordt overal met gejuich begroet.

Fuck. Op een gegeven moment waren deze klootzakken gestopt met me te haten zoals ze voorheen deden, en ik denk dat ik het bijna aankan om ze in de buurt te hebben. Misschien moet ik zelfs van tijd tot tijd deze shithole bezoeken — puur omdat het allemaal sentimentele watjes zijn.

"Kan ik je even onder vier ogen spreken?" vraagt Dante en hij kijkt serieuzer.

Ik schaats weg en als we buiten ieders gehoorsafstand zijn, vraagt hij: "Als je in de Big Apple bent, ben je dan van plan om een bepaald theater te bezoeken?"

Ik kijk hem zo venijnig aan dat hij erin slaagt om een andere tint te verbleken, wat ik niet voor mogelijk had gehouden, maar hier zijn we dan. "Ga naar de pik."

"Goed dan. Dat zijn mijn zaken niet. Ik snap het."

Hij schaatst weg, met zijn schouders gebogen. Ik wil hem hoe dan ook achterna gaan en hem in zijn nieren slaan, omdat hij de gedachte terug in mijn hoofd heeft gebracht.

Niet dat hij er al meer dan een maand niet meer is geweest, zoals een gebroken plaat. Het maakt niet uit hoe hard ik op het ijs heb gewerkt of hoeveel vooruitgang ik met de stichting heb geboekt, verraderlijke 'wat als'-gedachten bleven, als een splinter van een goedkope hockeystick, opduiken.

Wat als ik dat etentje beleefder had verlaten? Wat als ik iets meer had gekropen voordat ze vertrok?

Fuck... wat als ik haar nu zou bellen? Haar zou schrijven? Haar bezoeken?

Die laatste drie zijn de meest verleidelijke, en het heeft me alle wilskracht gekost om niet aan de verleiding toe te geven om contact op te nemen... en de laatste tijd ben ik vergeten waarom ik me er zo tegen verzet.

Ben ik een verdomde masochist?

Mijn telefoon tingelt.

O, fuck. Het is de man die ik van een freelancersite heb ingehuurd.

Ik ga van het ijs af, ga op een bankje zitten en overweeg of ik de video moet bekijken die ik heb besteld. Een video die de 'wat als' waarschijnlijk oneindig erger zal maken.

Fuck. Wie neem ik in de maling? Mijn fucking excuus voor wilskracht is nutteloos. Als dat niet zo was, dan zou ik die man überhaupt niet hebben aangenomen.

Dus ik speel de video van de eerste show van Calliope af en ik ben blij dat ik zit — en dat ik niet in de buurt van mijn stomme teamgenoten ben. Als mijn ogen aan het einde vochtig zijn — en dat zijn ze helemaal niet — dan is het laatste wat ik wil dat ik iemand moet vermoorden omdat hij me plaagt.

Calliope was prachtig. Zij en haar ratten. En het was de eerste show. Het wordt vanaf hier alleen maar beter. Om eerlijk te zijn, kon ik me niet voorstellen dat de ratten zo vermakelijk konden zijn, maar dat waren ze wel, vooral omdat ze hun kleine voetbalwedstrijd speelden, die sinds ik hem voor het laatst heb zien spelen een stuk geavanceerder is geworden.

Fuck. Ik ben echt een masochist. Alle pijn die ik voelde toen ze vertrok — is weer terug van weggeweest. Net als het wanhopige verlangen om contact met haar op te nemen, of achter haar aan te gaan, of —

Weet je wat? Fuck het. Ik kan deze shit niet meer aan.

Ik ga haar bellen en als ze me zegt dat ik naar de hel moet gaan, dan is dat maar zo. Ik betwijfel of ik me rotter kan voelen dan ik de hele tijd zonder haar heb gedaan.

Ik bel haar nummer en hoor een telefoon bij de ingang van de ijsbaan rinkelen. De beltoon is *The Hockey Song* van Stompin' Tom Connors.

Raar.

Terwijl ik wacht tot ze opneemt, blijft die beltoon rinkelen. Mijn borst knijpt zich samen als ik haar voicemail krijg.

Fuck.

Ik hang op en bel haar opnieuw — alleen om diezelfde beltoon vlak achter me te horen.

Nee.

Dat kan niet.

Ik duw me overeind, draai me om en frons.

Het geluid komt van een persoon die het mascottepak van een ander team draagt — of in ieder geval denk ik dat het dat is. Maar aan de andere kant, welk team heeft een gele vogel als mascotte? Het heeft een gigantisch hoofd, enorme ogen en clownachtig oranje voeten.

Maar wacht.

Op de schouder van de vogel… is dat een rat?

"Calliope?" roep ik uit.

Het antwoord van de vogelpersoon is gedempt, dus ik weet niet zeker of zij het is, maar ik stap toch naar voren.

De gele vogel heft zijn armen op en trekt het gigantische hoofd eraf, waardoor het mooie gezicht van Calliope zichtbaar wordt.

Ik staar haar aan. Is dit een droom? "Ik belde je net." Ik toon haar als een idioot mijn telefoon.

"Ik heb het gezien," zegt ze stralend. "Maar ik wilde dit niet verpesten." Ze toont trots het hoofd van de mascotte.

"*Dit* is wat?" lukt me om te vragen — hoewel ik haar

eigenlijk in mijn armen wil nemen en haar als een gek wil kussen.

Calliope fronst. "Is dat niet duidelijk?"

"Nee?" Ik kijk Wolfgang aan, in de hoop dat hij me kan helpen, maar het enige wat ik als antwoord krijg is een soort getjilp.

"Ik ben een kanarie," zegt ze. "Als in *een vogel.*"

"Juist..." Ik denk dat ik deze vogel nu zelfs herken. Hij zat in een cartoon en er was een kat die hem wilde —

"Ik ben je kleine vogeltje," zegt ze nors. "En je houdt van vogels. Dus, als mijn grote gebaar, heb ik mijn oude connecties bij pretparken gebruikt om me als Tweety te verkleden, die de typische 'kleine vogel' is. "

O. "Is dit een groots gebaar?" Ik voel mijn hart versnellen. "Als in... je wilt me terug?"

Ze knikt plechtig. "Als je me wilt hebben. Als je me vergeeft." Ze haalt diep adem. "Het spijt me hoe ik ben weggegaan. Ik was er zo zeker van dat je van mijn familie was weggelopen toen je dat etentje verliet, en zelfs nadat ik erachter kwam dat je dat niet had gedaan, kon ik niet snel genoeg schakelen. Al mijn exen hadden me gedumpt nadat ze mijn familie hadden ontmoet, en ik was er zo zeker van dat je hetzelfde zou doen dat ik de waarheid niet helemaal kon geloven toen je het me vertelde."

"Calliope, ik vond je familie gewel —"

"Nee, luister." Ze zuigt nog een keer adem naar binnen. "Ik realiseerde me dat het niet echt mijn familie is waar ik bang voor was dat je die te raar zou vinden. Net als dat, nu ik erover nadenk, mijn exen me niet vanwege hen hebben gedumpt. Ik bedoel, Voldemort die haar slang tijdens het eten aait, was misschien de laatste druppel, maar de realiteit is dat ze me door *mij* hebben gedumpt. Omdat ik de rare ben. Ik ben waarschijnlijk de ergste Klaunbut van ons allemaal, met mijn ratten en mijn haar en —"

Ik pak haar hand in de mijne. "Ik hou van je ratten. En je haar. En al je wonderlijk rare familieleden." Ik bedoel, wat de fuck rookt ze? Zij en haar hele clan zijn geweldig. Ik zeg nors: "En ik ben degene die spijt heeft. Ik had dat zeer belangrijke etentje met je familie niet zo abrupt moeten verlaten als ik had gedaan. Als —"

"Stop." Ze knijpt in mijn hand. "Meer hoef je niet te zeggen."

"In dat geval..." Ik stop met praten en kus haar hevig, wanhopig om al de tijd die we uit elkaar zijn geweest goed te maken.

Er is vervelend gejoel in de verte en er wordt zelfs geklapt.

Fuck. Ik was de klootzakken van een teamgenoten vergeten.

Calliope trekt zich terug, kijkt naar het ijs en bloost.

"Laat ons!" brul ik. "Of onderga de gevolgen."

Tot mijn schrik gaan ze wel weg, maar lachen ze onder elkaar terwijl ze gaan, waarschijnlijk ten koste van ons.

"Sorry voor hen," zeg ik schaapachtig. "Waar waren we?"

Ze bevochtigt haar roze, door het kussen gezwollen

lippen. "Ik denk dat wij degenen zijn die hadden moeten vertrekken, niet zij... zodat we een bed kunnen vinden."

En zomaar ineens ben ik harder dan ik ooit in mijn leven ben geweest. Maar... "Ik moet je iets vertellen. Iets wat ik die avond had moeten zeggen. Iets dat de boel weer kan verpesten, maar als —"

"Wat is er?" Ze laat Tweety's hoofd op de grond vallen.

Dit is het. Ik krijg een tweede kans op de grootste 'wat als' die me al die tijd heeft gekweld.

Ik pak het gezicht van Calliope in mijn handen. "Ik hou van je, *ptichka*." Ik staar diep in haar ogen. "Ik begon voor je te vallen toen je het hoofd van die beer eraf had gehaald, en ik voor het eerst je groene ogen en roze haar zag. Toen was ik een beetje dieper voor je gevallen toen je de handschoenen uitdeed en ik je glinsterende nagels zag. En nog dieper toen ik de rat op je—"

"Mag ik al antwoorden?" zegt ze met geveinsde chagrijnigheid, maar haar ogen glanzen van geluk. Ik hoop in ieder geval dat dat is wat ik zie.

Ik knik.

"Ik hou ook van jou," zegt ze. "Je bent de woerd voor mijn eend en de doffer voor mijn duivin."

Gloeit mijn borst? Want dat is hoe dit voelt. "Weet je, eenden zijn niet de meest romantische vogels om in je liefdesverklaring te gebruiken," zeg ik. "Ze paren niet voor het leven en ze hebben zeer agressieve seks." Om nog maar te zwijgen van een nog minder romantisch feit: de pik van een woerd heeft de vorm van een kurkentrekker. "O, en een duivin is geen vrouwelijke duif of vice versa, wat je leek te impliceren. Het is technisch gezien dezelfde vogel, maar met lichte chromosomale verschillen."

Ze rolt met haar ogen. "Ik hou van je, ondanks wat je net hebt gezegd. Ik hou van je alsof ik..." Ze pauzeert en zoekt naar woorden. "Alsof ik de puck voor je stick ben."

En als reactie op die briljante analogie, kus ik haar weer.

EPILOOG

CALLIOPE

"Bedankt," zeg ik in hun eigen — zij het gebroken — taal tegen de juichende Esten. "En alsjeblieft, in de toekomst hoop ik dat je het in je hart kunt vinden om ratten met vriendelijkheid te behandelen."

Daarmee valt het gordijn en geef ik al mijn ratten hun traktaties, vooral Lenin, die net een routine op een koord heeft uitgevoerd, bijna net zo goed als mijn grootmoeder zou hebben gedaan.

Tovarisch, ik kan niet geloven dat je me naar een land hebt gebracht dat durft te gedijen na het verlaten van de glorie die de Sovjet-Unie was.

Ik pak mijn spullen, ga backstage, waar ik een aantal van de vips ontmoet en ik geef ze mijn handtekening — iets waar ik de laatste tijd steeds vaker om wordt gevraagd.

Als de handtekeningen zijn gezet, ga ik naar Michael en een groep kinderen met wie hij samen is, kinderen die dankzij Michaels steeds groter wordende stichting op het punt staan om een carrière in een sport van hun keuze te beginnen.

"Kinderen, maak kennis met mijn vrouw, Calliope," zegt Michael trots. "Calliope, ontmoet de kinderen." Hij zegt dan vermoedelijk hetzelfde in het Russisch, de populairste minderheidstaal in dit land.

Met Michael als tolk leer ik al hun namen terwijl ze me vertellen hoeveel ze van de show hebben genoten.

Wanneer de tweeling — alias twee van mijn meest favoriete mensen ter wereld — backstage bij ons komt, straalt Michael naar hen en zegt: "Dit zijn onze kinderen, Sasha en Filipp." Net als eerder herhaalt hij het hele ding in het Russisch.

Zijn protegés kijken met ongegeneerde nieuwsgierigheid naar de tweeling en een meisje zegt iets tegen me in het Russisch dat Michael vertaalt als: "Je lijkt te jong om de moeder van zulke grote kinderen te zijn."

Dat is niet waar. De tweeling is negen, dus ik had ze kunnen baren... theoretisch gezien.

Michael geeft een hele monoloog in het Russisch, een waarin hij waarschijnlijk uitlegt dat Sasha en Filipp biologische broer en zus zijn en dat we ze in een Russisch weeshuis hebben ontmoet en ze kort daarna hebben geadopteerd.

Hopelijk doet hij wat ik hem heb gevraagd en slaat hij het stukje over waar zijn stichting de tweeling niet kon helpen, omdat ze niet van sport hielden. En dat hun verhaal bijzonder hartverscheurend was: hun ouders waren brandweerlieden die tijdens hun werk waren gestorven. En hoe de tweeling in het weeshuis werd gepest omdat ze (Sasha) een rat als huisdier hadden, Lariska, die nu ook deel uitmaakt van ons huishouden.

"Mam," zegt Sasha. "Mag ik ze onze ratten laten zien?"

Ik glimlach. "Natuurlijk, lieverd."

Sasha zegt iets in het Russisch tegen haar nieuwe vrienden en haast zich weg, met haar broer en de andere kinderen achter haar aan.

Michael vertelt een van zijn werknemers om de kinderen in de gaten te houden en dan vraagt hij me wat ik van de locatie vond.

"Het was geweldig," zeg ik. "Zeg tegen Mason — ik bedoel 'Tugev'— dat ik hem enorm dankbaar ben dat hij ons heeft voorgesteld om door zijn vaderland te reizen."

"Dat ga ik niet doen," gromt Michael. "Het ego van die klootzak is al gigantisch; ik weiger het nog meer te voeden."

Hmm. Over dingen die gigantisch worden gesproken...

"Boo," zeg ik aarzelend. "Er is eigenlijk iets wat ik je wilde vertellen."

Hij houdt zijn hoofd schuin. "Wil iemand anders in je familie adopteren?"

Dat is een legitieme vraag, omdat een aantal van mijn familieleden ons voorbeeld hebben gevolgd en een thuis aan een aantal van de kinderen hebben gegeven die Michaels stichting niet kon helpen. Om nog maar te zwijgen van het feit dat mijn familie als geheel Michael volledig heeft geadopteerd en met zo'n enthousiasme dat je zou denken dat hockey spelen — of me orgasmes geven — een van de belangrijkste circusvaardigheden was.

"Nee," antwoord ik. "Maar je komt in de buurt. Dit heeft te maken met een toename van ons gezin." Ik leg mijn rechterhand op mijn voor nu platte buik. "Ik ben officieel een viplounge voor een hybride ter grootte van een boon tussen de kont van een clown en een beer."

Shit. Ik had op een kritiek moment als dit geen berengrap moeten maken. Nadat ik de achternaam Medvedev had aangenomen, had ik besloten dat ik berengrappen mag maken in plaats van die over clowns en konten, en Michael heeft gelachen toen hij er een paar van had gehoord, maar —

Michael pakt me in een beerachtige knuffel en rommelt opgewonden in een mix van Engels en Russisch in mijn oor.

Als hij me eindelijk loslaat, glanzen zijn ogen. "Ik dacht niet dat ik me *zo* gelukkig kon voelen bij het nieuws. Bedankt, *ptichka*."

"Bedankt?" Ik rol met mijn ogen. "Bewaar de dank voor nadat de boon — die de grootte van een kleine pompoen zal hebben — uit mijn roze panter komt."

Hij knikt ernstig. "Ik zal je bedanken als dat gebeurt. En ik zal je *nu* bedanken. En ik zal je bij elke stap bedanken."

Mijn lippen trillen. "De beste dank zou een voetmassage zijn."

"Beschouw het als gedaan."

Ik grijns. "Hoe zit het met zelfgemaakte *vareniki* met paddenstoelen?"

"Ik zal ze maken wanneer je er zin in hebt," belooft hij. "Andere vullingen ook."

"Over vulling gesproken," zeg ik. "Er is nog iets."

Hij trekt een wenkbrauw op. "Ja?"

"In een van haar TMI-braaksels, vertelde mijn moeder me dat alle vrouwen in onze familie een verhoogde zin in seks hebben als ze zwanger zijn."

Zijn neusvleugels trillen. "Verhoogd? Meer dan wat het nu is?"

Ik sla lichtjes op zijn borst. "Als dat gebeurt, dan wil ik dat je —"

"Je keer op keer laten komen," zegt hij zachtjes. "En dan nog meer komen."

"Dat klinkt goed," zeg ik buiten adem. "Laten we erop schudden." Ik steek mijn hand uit.

Hij pakt de aangeboden hand en streelt hem zachtjes. "Ik heb een beter idee." Hij trekt me naar zich toe en fluistert, "Zullen we naar je kleedkamer gaan en de bal op al deze dankbaarheid laten rollen?"

Ik pak zijn hand stevig vast. "Ik dacht dat je het nooit zou vragen."

Daarmee zonderen we ons af, doen onze kleren uit en Michael laat me zien wat voor soort zorg ik voor de rest van de zwangerschap kan verwachten.

En voor de rest van mijn leven.

VOORPROEFJES

Bedankt voor je deelname aan de reis van Calliope en Michael! Om ervoor te zorgen dat je nooit een release mist, meld je dan aan voor de nieuwsbrief op www.mishabell.com/nl.

Als je op zoek bent naar meer Misha Bell, sla dan de pagina om, om sneakpreviews van onze andere lachwekkende boeken te lezen!

FRAGMENT UIT CHAGRIJNIGE MILJONAIR

Juno

Als ik te laat ben voor een sollicitatiegesprek en vast
kom te zitten in een lift met een irritant sexy, door het
oude Rome geobsedeerde chagrijn, dan is het laatste
wat ik verwacht dat hij de miljardair-eigenaar van het
gebouw is. Ik verwacht ook niet dat ik hem bijna zal
doden... per ongeluk, natuurlijk.

Natuurlijk krijg ik niet de functie voor
plantenverzorging waar ik op heb gesolliciteerd, maar
ik krijg wel een interessant aanbod.

Lucius moet het publiek (en zijn oma) laten denken dat
hij een relatie heeft, en ik heb collegegeld nodig om
mijn diploma plantenkunde te halen. Onze regeling is
voor allebei voordelig - dat wil zeggen, totdat ik
gevoelens begin te krijgen.

Als een cactusliefhebber zijn me iets heeft geleerd, dan is het dat als je te gehecht raakt, er een goede kans is dat je gekwetst raakt.

Lucius
Na het incident in de lift, blijf ik blijf met drie dingen achter: mijn favoriete waterfles vol urine, een levensbedreigende allergische reactie en paparazzi-foto's van mijn "vriendin" en ik die mijn oma de gelukkigste vrouw ter wereld kan maken.

Natuurlijk is mijn volgende stap dit (toegegeven schattige) meisje te chanteren - ik bedoel, te overtuigen - om te doen alsof ze met me date. Op die manier blijft mijn oma gelukkig en als bonus kan ik de geldwolven op afstand houden.

Helaas begint mijn aartsvijand, ook wel biologie genoemd te werken, en het hele "niet fysiek worden" deel van onze overeenkomst wordt steeds moeilijker om me aan te houden. Erger nog, hoe langer ik bij Juno ben, hoe meer mijn delicaat vervaardigde ijzige buitenkant wegsmelt.

Als ik niet voorzichtig ben, zal Juno mijn muren volledig afbreken.

———

"Noem je me dom?" snauw ik. Iedereen kan problemen met deze verdomde knoppen hebben, niet alleen iemand met dyslexie.

Hij kijkt naar de knopen. "Je bent dom als je dom doet."

Ik knars hard met mijn tanden. "Je bent een klootzak. En je hebt iets te vaak naar *Forrest Gump* gekeken."

Zijn lippen versmallen zich. "Die film was niet de oorsprong van dat gezegde. Het komt uit het Latijn: *Stultus est sicut stultus facit.*"

Ik rol met mijn ogen. "Wat voor pretentieuze *dwaas* citeert er nou Latijn?"

Het staal in zijn ogen is zo koud dat ik wed dat mijn tong vast zou komen te zitten als ik zou proberen om aan zijn oogbal te likken. "Ik weet het niet. Misschien de 'idioot' die toevallig alles wat met Rome te maken heeft leuk vindt, inclusief hun cijfers."

Mijn mond valt open. "Heb jij deze beslissing genomen?" Ik zwaai naar de liftknoppen.

Hij knikt.

Shit. Hij heeft me waarschijnlijk daarnet gehoord, wat betekent dat ik met beledigingen ben begonnen. Ter verdediging, hij heeft een idiote keuze gemaakt.

Ik adem gefrustreerd uit. "Als je zo'n expert bent in Romeinse cijfers, dan had je me wel even kunnen vertellen op welke ik moest drukken."

Hij slaat zijn armen over elkaar. "Je hebt het me niet gevraagd."

Mijn haar gaat weer overeind staan. "Het aan jou

vragen? Je zag eruit alsof je misschien mijn hoofd eraf zou bijten, alleen maar omdat ik besta."

"Dat komt omdat je me hebt vertraagd —"

De lift komt schokkend tot stilstand, en de lichten om ons heen dimmen.

We staren allebei naar de deuren.

Ze blijven dicht.

Hij draait zich naar me toe en vernauwt beschuldigend zijn ogen naar me. "Wat heb je nu weer ingedrukt?"

"Ik? Hoe? Ik stond naar jou toe gedraaid. Helaas."

Hoofdschuddend loopt hij naar het paneel met de knoppen, en ik moet wegspringen voordat ik vertrapt word.

"Je hebt waarschijnlijk eerder op iets gedrukt," moppert hij. "Waarom zouden we anders vastzitten?"

Waarom is het illegaal om mensen te wurgen? Een paar seconden met mijn handen op zijn keel zou een kalmerende oefening zijn.

In plaats daarvan staar ik naar zijn rug, wat mijn zicht blokkeert op wat hij doet, als hij al iets doet. "De arme lift heeft waarschijnlijk net zelfmoord gepleegd vanwege zijn Romeinse cijfers. Het wist dat als iemand dingen als L en XL ziet, ze aan maten van T-shirts denken voor Neanderthalertypes zoals jij. En laat me maar niet over die XXX-knop beginnen, die een duidelijke verwijzing is naar porno. Het creëert een vijandige werkomge —"

"Zou je je mond kunnen houden zodat ik ons hieruit kan halen?" snauwt hij.

Zijn woorden brengen de realiteit van onze situatie onder de aandacht: er is al meer dan een minuut voorbij en de deuren zijn nog steeds gesloten.

Lieve saguaro, zit ik hier echt vast? Met deze kerel? Hoe zit het met mijn sollicitatiegesprek?

"Stilte, eindelijk," zegt hij tevreden en gaat opzij, zodat ik zie dat hij zijn vinger op de hulpknop drukt.

"Het is een wonder dat het niet in het Latijn is," kan ik niet helpen te zeggen. "Of in Klingon."

"Hallo?" zegt hij in de luidspreker onder de knop, zijn stem druipend van irritatie.

Geen antwoord, zelfs geen ruis.

"Is daar iemand?" Zijn ergernis stijgt duidelijk naar nieuwe hoogten. "Ik ben laat voor een belangrijke vergadering."

"En ik ben te laat voor een sollicitatiegesprek," val ik hem bij, voor het geval het er toe doet.

Hij pauzeert om een dikke wenkbrauw naar me op te trekken. "Een sollicitatiegesprek? Voor welke functie?"

Ik ga rechtop staan. "Ik weet zeker dat mensen zoals jij dit niet beseffen, maar de planten in dit gebouw zorgen niet voor zichzelf."

Wacht. Heb ik te veel gezegd? Zou hij mijn sollicitatiegesprek kunnen beïnvloeden, ervan uitgaande dat deze puinhoop met de lift het nog niet heeft gedaan? Wat doet hij hier eigenlijk, belachelijke liften ontwerpen? Dat kan toch geen fulltime baan zijn?

"Een boomknuffelaar," mompelt hij binnensmonds. "Dat past wel."

Wat een klootzak. Ik heb in mijn leven nog nooit een boom geknuffeld. Ik heb het te druk om met ze te praten.

Hij richt zijn fronsende aandacht weer op de hulpknop, hoewel ik nu denk dat het had moeten worden geëtiketteerd als 'geen hulp.'

"Hallo? Kun je me horen?" roept hij. "Geef nu antwoord, of je bent ontslagen."

Ik rol met mijn ogen. "Is het een goed idee om een lul te zijn tegen de persoon die ons kan redden?"

Hij blaast een hoorbare adem uit. "Het maakt niet uit. De knop moet defect zijn. Ze zouden me niet durven negeren."

Ik haal mijn vertrouwde telefoon tevoorschijn, een mooie en simpele Nokia 3310. "Ben je een beetje vol van jezelf?"

Hij staart ongelovig naar mijn handen. "Daarom zit de lift dus vast. Hij is door een tijdsprong gegaan en heeft ons naar 2008 getransporteerd."

Ik frons bij het gebrek aan ontvangst op mijn Nokia. "Deze versie is in 2017 uitgebracht."

"Hij ziet er nog steeds dommer uit dan een hersendode crashtestpop." Hij haalt vol trots een iPhone uit zijn zak. "*Dit* is hoe een telefoon eruit moet zien."

Ik gnuif. "Zo ziet constante afleiding eruit. Hoe dan ook, als je iNotSoSmartPhone zo geweldig is, had hij dan geen ontvangst moeten hebben?"

Hij kijkt naar zijn scherm, maar ik kan zien dat hij de waarheid al weet: zijn lieveling heeft ook geen ontvangst.

Toch kan ik het niet weerstaan. "Zie je wel? Je genie van een telefoon is net zo nutteloos. Het enige waar het goed voor is, is om mensen in social media-controlerende zombies te veranderen."

Hij verbergt het apparaat, als een beschermende ouder. "Ben je naast al je vertederende kwaliteiten ook nog eens een technofoob?"

Ik denk erover om mijn Nokia naar zijn hoofd te gooien, maar besluit dat het niet de moeite waard is om 65 dollar uit te geven om hem te vervangen. "Alleen omdat ik niet afgeleid wil worden, betekent niet dat ik een technofoob ben."

"Eerlijk gezegd is mijn telefoon geweldig in het blokkeren van afleidingen." Hij plaatst de koptelefoon terug over zijn oren. "Zie je?" Hij drukt op afspelen, en ik hoor de vage riffs van heavy metal.

"Zeer volwassen," zeg ik tegen hem.

"Sorry," zegt hij overdreven luid. "Ik hoor geen afleiding."

Prima. Whatever. Hij heeft tenminste een goede muzieksmaak. Mijn cactus en ik zijn grote fans van Metallica, dat is wat ik denk dat hij luistert.

Ik begin te ijsberen.

Ik zit vast en ik ben laat. Als deze liftstoring zich in de volgende minuut of twee niet vanzelf oplost, dan kan ik de nieuwe baan vrijwel vaarwel zeggen — en als gevolg daarvan mijn collegegeld. Geen collegegeld betekent geen diploma in plantkunde, wat de afgelopen jaren mijn droom is geweest.

Bij de sappen van saguaro, dit is echt slecht.

Ik kijk stiekem even naar het lekkere ding— ik bedoel, klootzak.

Wat zou hij over iemand met dyslexie zeggen die een diploma wil halen? Waarschijnlijk dat ik een universiteit nodig heb die kleurboeken gebruikt. In werkelijkheid zouden kleurboeken zelfs niet veel helpen — ik kan namelijk nooit binnen die stomme lijntjes blijven.

Ik zucht en kijk weg, steeds meer bezorgd. Mijn dromen terzijde, wat als de lift een tijdje blijft hangen?

Het meest directe probleem is mijn groeiende behoefte om te plassen, maar paradoxaal genoeg zal het vinden van vloeistoffen om te drinken een zorg op de langere termijn zijn.

Ik vraag me af... Als je genoeg dorst hebt, absorbeert je lichaam dan het water weer uit de blaas? En zou ik als MacGyver een filter kunnen maken met wat ik bij me heb om het water in mijn urine terug te winnen? Misschien door kattenhaar?

Ik ril, en slechts gedeeltelijk door de krankzinnige airco die me op de een of andere manier zelfs hierbinnen bereikt. Op korte termijn zou het zoveel beter zijn als het warm was in plaats van koud. Ik zou de vloeistoffen uitzweten en niet hoeven plassen, alhoewel ik eerder van de dorst zou sterven. Ik werp stiekem een jaloerse blik op de grote vreemdeling. Ik wed dat hij een blaas heeft zo groot als een zeppelin.

Hij heeft ook een roestvrijstalen fles die waarschijnlijk gevuld is met water dat hij waarschijnlijk niet zal delen.

Er is ook de kwestie van voedsel. Ik heb niets eetbaars bij me, behalve een blik kattenvoer... en, theoretisch gezien, de kat zelf.

Nee. Ik eet deze vreemdeling liever op dan die arme Atonic.

Alsof hij helderziend is, gromt de maag van de vreemdeling.

Shit. Aangezien deze man zo groot en gemeen is, zou hij waarschijnlijk de kat opeten. Daarna zou hij mij opeten... en niet op een leuke manier.

Ik ben zo de pineut.

Bezoek www.mishabell.com/nl om jouw exemplaar van *Chagrijnige miljonair* vandaag nog te bestellen!

FRAGMENT UIT PUCKING MILJARDAIR

Sophia

Door onverwachts een erfgename te worden, hadden al mijn problemen moeten verdwijnen, maar in plaats daarvan heb ik er drie nieuwe, enorme problemen bij gekregen: twee reuzenschildpadden en een slanke, gemene hockeyspeler van negentig kilo genaamd Mason. Hij is net zo heet als dat hij onuitstaanbaar is, en hij zou een goede Viking zijn geweest als hij niet in de verkeerde eeuw was geboren.

Hij wil mijn hockeyteam kopen, accepteert geen nee als antwoord en hij is bereid om alles te doen om zijn zin te krijgen... hoe vies hij het ook moet spelen.

Mason

Het enige wat ik wilde was mijn team kopen, maar wat een eenvoudige zakelijke transactie had moeten zijn, werd al snel ingewikkeld — en dat allemaal omdat ik per ongeluk een vrouw had beledigd die de nieuwe eigenaresse bleek te zijn... en een kracht om rekening mee te houden. Nu vallen al mijn zorgvuldig opgestelde plannen uit elkaar en sta ik voor een levensveranderende beslissing.

Wil ik het team nog steeds, of wil ik de eigenaresse van het team nog meer?

———

Ik scan nog steeds in een roes mijn omgeving.

Er staan hier twee mannen te wachten: eentje met snor, een beetje mollig die een tijdschrift leest en met de knopen op de kraag van zijn shirt speelt, en een lang, chagrijnig exemplaar met brede schouders die zijn telefoon met een strakke vuist vasthoudt.

O jeetje.

Die vuist.

Niet dit weer.

Maar ja hoor. Daar ga ik weer, nat, heet en zweterig bij het zien ervan.

Wat is er mis met mij? Je zou denken dat na alles wat ik net in dat kantoor heb meegemaakt, sexy dingen het laatste zouden zijn waar ik aan denk, maar het lijkt erop dat dat stomme vuistding nooit wordt uitgeschakeld.

In werkelijkheid ben ik een vredelievend persoon

— een pacifist zelfs — en ik ben voor zover ik weet niet bijzonder kinky, dus ik heb geen idee waarom de aanblik van de vuist van een man met me doet wat Viagra met een geile tienerjongen zou doen. O, en als de vuist aan zo'n prachtige man gehecht is, dan maakt dat de situatie oneindig erger.

De man heeft doordringende grijze ogen, een sterke — zij het eerder gebroken — neus, een krachtige kaak en wimpers waar ik mijn ziel voor zou verkopen. En om de een of andere reden draagt hij een trainingspak, waardoor hij op een old-school rapper of gangster zou moeten lijken. In mijn ogen lijkt hij echter op een Viking. Misschien komt het door het lange blonde haar? Of de felheid die hij uitstraalt?

Als we toch willekeurige vragen gaan stellen, hoe werkt aantrekkingskracht dan eigenlijk? Is 'heet zijn' objectief of subjectief? Hebben we allemaal een keuze in wie we 'heet' vinden, of is dit gewoon een andere manier om de vraag over de vrije wil te formuleren?

Whatever. Ik slik de overtollige vloeistof in mijn mond door en zou willen dat er een vergelijkbaar iets als slikken voor mijn poesje was. Net als met vuisten, ondanks dat ik het geweld en al het andere dat Vikingen vertegenwoordigen verafschuw, vind ik ze oneindig fascinerend. En ik ben hier niet trots op, maar ik fantaseer er soms over hoe het zou zijn om er met één in het hooi te rollen... en Odins naam te schreeuwen terwijl ik een orgasme krijg.

Goed, misschien heb ik wel een kink. Of twee.

"Dit is ook het kantoor van mijn advocaat," gromt de Viking sexy. "Een stalker zou in haar appartement wachten."

Wie is deze 'haar' en waarom voel ik me jaloers?

"O, alsjeblieft," antwoordt de Viking op alles wat hij van de andere kant van de lijn hoort, zijn grijze ogen glinsteren als staal. "Ze heeft hem al die jaren gemeden, maar zodra hij ziek werd, was ze daar."

Wacht eens even. Is het mijn schuldgevoel dat spreekt, of heeft hij —

"Denk je dat ze geïnteresseerd was in een verzoening?" vervolgt hij. "Echt niet. Ze is niet eens naar zijn begrafenis gekomen."

Fuck. De bruut heeft het inderdaad over mij. Maar —

"Het enige wat ze wilde was het geld, als een goudzoekende gier."

Er ontsnapt een zucht aan mijn lippen en alle sporen van opwinding verdampen, waardoor ik droger ben dan een pruim in de woestijn.

De klootzak van een Viking maakt oogcontact met me en er gaat een achtbaan van emoties over zijn gelaatstrekken, geen van hen een schuldgevoel over wat hij heeft gezegd.

Hij lijkt vooral teleurgesteld te zijn dat hij betrapt is.

Op basis van puur instinct sluit ik de afstand tussen ons, prik met mijn wijsvinger in zijn brede borst en sis: "Hoe durf je?"

Bezoek <u>www.mishabell.com/nl</u> om jouw exemplaar van *Pucking miljardair* vandaag nog te bestellen!